rororo

Weihnachten, das Fest der Liebe und Harmonie. Der Seelenfriede, heißt es, senkt sich wie Neuschnee über die Herzen der Menschen. Doch wie drohte schon Ebenezer Scrooge, der bekennende Weihnachtshasser? «Fröhliche Weihnachten? Zum Henker mit den fröhlichen Weihnachten! Wenn es nach mir ginge, dann würde jeder Narr, der mit einem ‹Fröhliche Weihnachten› auf den Lippen herumläuft, in seinem eigenen Plumpudding gekocht und mit einem Pflock von Stechpalmenzweigen im Herzen begraben!» Vielleicht gewinnt der legendäre Misanthrop aus Dickens' «Weihnachtsmärchen» einige Gesinnungsgenossen, wenn berühmte Krimiautoren zusammen unterm Christbaum sitzen:

Wolf Haas
Colin Dexter
Sir Arthur Conan Doyle
Christine Grän
Janwillem van de Wetering
Martha Grimes
Susan Moody
Michael Koglin
Julian Symons
Norbert Klugmann
Christine Lehmann
Bryan Clarke
Paul Auster

Martha Grimes u. a.

It's Christmas Crime

Geschichten

Herausgegeben
von Wolfram Hämmerling

Rowohlt Taschenbuch Verlag

Originalausgabe
Veröffentlicht im Rowohlt Taschenbuch Verlag GmbH,
Reinbek bei Hamburg, November 2001

Umschlaggestaltung any.way/Cathrin Günther
(Illustration: Bruce Meek)
Satz aus der Minion
bei Pinkuin Satz und Datentechnik, Berlin
Druck und Bindung Clausen & Bosse, Leck
Printed in Germany
ISBN 3 499 23113 1

Die Schreibweise entspricht den Regeln
der neuen Rechtschreibung.

Inhalt

Wolf Haas

Die Jungfrau und der Weihnachtsmann

Hoh hoh hoh! Klingelingeling! Der Weihnachtsmann ist da, und du bist ganz weg: nur 299 Schilling für eine Nordmanntanne! Und Stefan fährt morgen in die Dominikanische Republik. Das Tonstudio sperrt einfach zu über Weihnachten. Zwei Wochen lang. Als Sprecher könnte ich mir das nicht leisten. *Hoh hoh hoh, nur 299 Schilling für eine Nordmanntanne! Klingelingeling.* Unvorstellbar: Es wird Weihnachten, und die Stimme des Weihnachtsmannes ist nicht da. Macht Urlaub. In der Dominikanischen Republik. Faule Haut. Wer würde dann all die Weihnachtsmänner im Radio und Fernsehen sprechen? Etwa mein Kollege Wampe? Wampe mit der Fistelstimme, *hih hih hih.* Stefan kann einfach zwei Wochen Urlaub machen. Das ist der Unterschied. Hier ich, der berühmte Sprecher, in meiner Glaszelle. Dort Stefan, der Techniker. An seinem Mischpult. Zwischen uns ein dickes Glasfenster, durch das kein Ton dringt. *Hoh hoh hoh,* meine Stimme kennt man im ganzen Land. Niemand kennt Stefan, *klingelingeling.* Nichts verbindet uns. Ich kann Stefan nicht einmal hören, außer wenn er auf den Knopf drückt: *Das war eine Sekunde zu langsam,* sagt Stefan. Oder: *Das war eine Sekunde zu schnell.* Oder: *Das Sch bei Schilling hat gezischt.* Sonst habe ich keine Probleme. Stefan sagt, es hat gezischt. Er weiß, wie er mich damit verletzt. *Hoh hoh hoh, klingelingeling. Du bist ganz weg, wenn ich da bin: nur 299 Schilling für eine Nordmanntanne.* Das war gut. Das war sehr gut. Das war ein sch, wie es meine Mutter immer mit mir geübt hat: *Du sagst so oft Schilling, bis der Groschen fällt.* Und heute bin ich die bekannteste Stimme im ganzen Land: *299*

Schilling, das war gut, *hoh hoh hoh!* Aber Stefan hat es nicht mitgeschnitten. Wo ist Stefan schon wieder? Ich spreche hier meine besten Versionen, und Stefan geht sich kurz eine Tasse Kaffee holen. Muss ich mir diese Schlamperei bieten lassen? Jedes Mal fällt die Türschnalle mit Karacho zu Boden, wenn ich meine Sprecherkabine schließe. Seit Jahren sage ich Stefan, er soll sie reparieren lassen. Seit Jahren sage ich Stefan, er soll sich keinen Kaffee holen, wenn ich gerade meine beste Version spreche. Aber Stefan tut es absichtlich. Stefan ist böse auf mich. Stefan sabotiert meine Arbeit, wo er kann. Aber auch ich sabotiere Stefan, *klingelingeling.* Ich sage zu Stefan: *Diesen Text kann man nicht in 25 Sekunden sprechen, der geht nicht unter 26, das sehe ich auf einen Blick. Aber vielleicht schaffe ich es: Hoooooh … … hoooooh … … hoooooh.* Stefan lässt sich die extra lange Pause nicht gefallen. Er geht in die Küche, um sich eine Tasse Kaffee zu holen. Er ist böse auf mich, weil ich ihn Stefan nenne. Obwohl er gar nicht Stefan heißt. Aber soll ich mir vielleicht die Namen von all den Tontechnikern in diesem Land merken? Ich nenne sie alle Stefan. Deshalb sind sie alle böse auf mich. Und ich bin böse auf Stefan. Er hat meine beste Version nicht mitgeschnitten. Muss ich mir diese Schlamperei bieten lassen? Das Mikrofon wackelt. Der Boden stinkt nach Urin. Die Türschnalle fällt scheppernd zu Boden. Und Stefan sitzt in der Küche, statt meine beste Version mitzuschneiden. Aber in diesem Land regiert die Schlamperei. Erst letzte Woche ist ein Mann wegen Vorhautverengung in das Erste Allgemeine Krankenhaus gekommen. Versehentlich hat man ihm aber beide Hoden entfernt. *Hoh hoh hoh, klingelingeling!* Auch die Schlamperei bei den Studioterminen wird immer schlimmer. Einen Tag vor Weihnachten kommen sie noch auf die Idee, einen neuen Radiospot aufzunehmen. Am letzten Tag kostet die Nordmanntanne nur noch 299 statt 329 Schilling. Ich frage mich, wieso ein Möbelhaus überhaupt

Christbäume verkauft. Sie können den Rachen nicht voll kriegen. Ich sagte zu Stefans Sekretärin, am letzten Tag kostet der Weihnachtsmann das Doppelte. Kein anderer Sprecher könnte es sich leisten, gegen die fix vereinbarten Tarife zu verstoßen. Der Studioboykott wäre ihnen sicher. Aber ich bin der Weihnachtsmann. Wer sonst soll den Weihnachtsmann sprechen? Ich habe zu Stefans Sekretärin gesagt, nehmt Wampe, ich habe keine Zeit am letzten Tag vor Weihnachten. Ich muss meine Mutter besuchen. Das ist die Wahrheit. Sie haben mich mit der doppelten Gage verführt, Mutter warten zu lassen. Ich besuche Mutter jedes Jahr am Tag vor Weihnachten. Immer um 16 Uhr. Und jetzt ist es schon halb vier. Und ich brauche mindestens eine halbe Stunde zu Mutter. Im Vorweihnachtsverkehr womöglich eine Dreiviertelstunde, wenn es Komplikationen gibt. Und mit Mutter gibt es fast immer Komplikationen. Ich werde sie wie jedes Jahr mit dem Satz überraschen: *Hoh hoh hoh, der Weihnachtsmann ist da.* Dann ist Mutter immer ganz weg, weil ich klinge wie der Weihnachtsmann aus dem Fernsehen. Bei Mutter läuft den ganzen Tag der Fernseher. Sie sieht nicht hin, aber es beruhigt sie. Doch heute wird sie unruhig werden. Weil sie länger als gewohnt auf mich warten muss. Daran ist Stefan schuld. Mutter wird unruhig werden, wenn ich nicht pünktlich um vier Uhr erscheine. Mutter ist sehr sensibel. Sie hasst Komplikationen. Aber sie zieht sie an wie Motten das Licht. Es hat natürlich viel damit zu tun, dass sie Jungfrau ist. Stefan hat davon keine Ahnung. Ich kann es förmlich hören, wie er fragen würde: *Eine alte Jungfrau oder Jungfrau im Sternzeichen?* Stefan ist ein reiner Techniker. Er weiß alles über sein Mischpult. Er hört es immer, wenn mein s zischt. Aber dass meine leibliche Mutter eine Jungfrau ist, könnte er nicht verstehen. Seine Welt ist von meiner Welt durch eine zehn Zentimeter dicke Glaswand getrennt. Man hört keinen Laut durch. Stefan weiß, wie man eine Stimme mitschneidet. Aber er versteht nicht, was ihm diese Stimme sagt: *Du bist ganz weg, meine Mutter ist immer noch Jungfrau, und ich muss sie um Punkt 16 Uhr besuchen, sonst wird sie nervös.* Stefan hört nicht einmal, was ich ihm sage. Denn Stefan ist schon wieder in der Küche und holt sich eine Tasse Kaffee. *Hoh hoh hoh, klingelingeling: nur 299 Schilling für eine Nordmanntanne.* Es gibt nur eine richtige Weihnachtsmann-Stimme. Bis Berlin hinauf. Bis Bozen hinunter. Bis Zürich hinüber. Aber ich habe noch nie ein Studio erlebt, in dem es derart nach Urin gestunken hat. Die Österreicher nehmen es mit der Hygiene nicht so genau. In einer Statistik habe ich gelesen, dass wir die Unterwäsche ungern wechseln. Eine Zahnbürste überdauert bei uns oft mehrere Ehen. Ein schlampiges Volk. Erst letzte Woche haben sie einen Mann wegen Vorhautverengung in das Erste Allgemeine Krankenhaus eingeliefert. Der Bau des neuen Allgemeinen Krankenhauses dauerte dreißig Jahre. Es ist immer noch nicht ganz fertig. Trotzdem werden täglich fast 1000 Menschen in den beiden schwarzen Türmen operiert. Da kann es schon einmal Komplikationen geben. Ob er jetzt ohne Hoden eine Fistelstimme hat? Wie Wampe? Auch ich hatte früher eine hohe Stimme. Noch mit vierzehn Jahren hatte ich eine höhere Stimme als meine Mutter. Vater habe ich keinen. Aber ich habe eine Mutter, die Jungfrau ist. Mit ihr saß ich Abend für Abend vor dem Fernseher. Auf unserer Kuschelcouch. Mutter las nebenbei in einem Buch. Sie konnte gleichzeitig fernsehen und lesen. An dem Tag, als im Fernsehen der Bericht über Professor Reifenstahl lief, las sie den Roman *Piroschka, das Ferkel und ich.* Ich erinnere mich so genau, weil ich die ganze Zeit überlegte, ob hier von zwei oder von drei Lebewesen die Rede war: Hatte Piroschka ein Ferkel, oder war sie ein Ferkel? Sprachliche Unsicherheiten machten mich nervös. Ich fragte Mutter, aber wenn ich nervös war, zischte mein sch. *Du sagst so lange Piroschka und schlampig und Schilling, bis der Groschen fällt.* Professor Reifenstahl war Primarius am Ersten Allgemeinen Krankenhaus. Er hatte eine neuartige Operation entwickelt. Durch einen kleinen operativen Eingriff konnte er Frauen wieder zu Jungfrauen machen. *Professor Reifenstahl verdient ein Vermögen mit moslemischen Frauen, die aus dem Westen in ihre Heimat zurückkehren,* hieß es in dem Bericht. Ich habe noch die Stimme des Sprechers im Ohr. Ein miserabler Sprecher. Und ich habe auch noch im Ohr, wie mich meine Mutter plötzlich fragte: «Was wünschst du dir eigentlich zu Weihnachten?» *Hoh hoh hoh, klingelingeling!* Ich antwortete nicht auf Mutters Frage. Aber sie hat mich auch so verstanden. Sie sagte: «Ich sehe es dir an der Nasenspitze an, was du denkst.» Mutter hat es mir immer an der Nasenspitze angesehen, was ich dachte. Ihren Termin bei Professor Reifenstahl hatte sie dann einen Tag vor Weihnachten. Um 16 Uhr. Es war nur ein kleiner Eingriff. Aber Mutter zog Komplikationen an wie Motten das Licht. Kaum, dass Professor Reifenstahl den Faden abgebissen hatte, fiel sie ins Koma. *Hoh hoh hoh, du bist ganz* weg, *wenn ich da bin, nur 299 Schilling für eine Nordmanntanne.* Jedes Jahr besuche ich Mutter am Tag vor Weihnachten um 16 Uhr. Seit meinem fünfzehnten Lebensjahr. Und heute verspäte ich mich. Nur weil Stefan unbedingt seinen Kaffee holen muss. Stefan steht in der Küche, und ich komme zu spät ins Erste Allgemeine Krankenhaus, wo Mutter seit über 20 Jahren im Koma liegt. Ich besuche sie einmal im Jahr. Ich öffne leise die Krankenzimmertür und sage mit meiner berühmten Stimme: *Klingelingeling, der Weihnachtsmann ist da.* Mutter lächelt dann im Koma. Denn sie erkennt meine Stimme wieder, die wie der Weihnachtsmann im Fernsehen klingt. Der Fernseher läuft bei ihr den ganzen Tag. Die Schwestern sagen, es beruhigt sie. Professor Reifenstahl sagt, als sie ins Koma fiel, war sie bereits Jungfrau. Aus schlechtem Gewissen weinte ich damals den ganzen Tag und die ganze Nacht. *Hoh, am nächsten Tag hatte ich eine furchtbare Stimme.* Diese Stimme änderte sich aber Wochen lang nicht mehr. Monate vergingen, und meine Stimme besserte sich nicht. Bis ich bemerkte, dass sie nicht furchtbar war. Es war meine weltberühmte Weihnachtsmannstimme: *Hoh hob hoh, Professor Reifenstahl ist ein kleiner Fehler unterlaufen. Er hat Mutter operiert, die Komplikationen anzieht wie Motten das Licht.* Seither besuche ich sie einmal jährlich, am Tag vor Weihnachten. Den Heiligen Abend verbringe ich mit meiner Frau. Sie ist mein Ein und Alles. Es war Liebe auf den ersten Blick. Mein Blick fiel zufällig auf ihren Namen, als ich bei der Passkontrolle neben ihr stand. Ein paar Wochen später heiratete ich Piroschka. Ich bereue es nicht. Ohne Piroschka könnte ich den Stress nicht ertragen. Sie fährt mich mit dem Auto ins Studio und holt mich wieder ab. Auch Stefan kennt meine Frau. Stefan ist nur einmal schnell in die Küche gegangen, um sich eine Tasse Kaffee zu machen. Die Türklinke meiner Sprecherzelle liegt am Boden. Durch das zehn Zentimeter dicke Glas sehe ich die Klinke im Gang draußen liegen. Anfangs habe ich noch versucht, nicht zu urinieren. Dann die unglaublichen Schmerzen in meinen Händen. Und als die Hände gebrochen waren, brach ich mir auch noch die Nase. Man kann es mir an der Nasenspitze ansehen, dass es sinnlos ist, gegen zehn Zentimeter dickes Glas anzurennen. Das Einzige, was dabei rauskommt, ist das eigene Blut. Jetzt stört mich nicht einmal mehr, dass ich so stinke. Zuerst bin ich noch in die andere Ecke gegangen. Stefan holt sich schnell eine Tasse Kaffee. Seit sechs Tagen und acht Stunden. Nicht einmal, wenn jemand hinter der Glasscheibe stünde, könnte er meine Schreie aus der schallisolierten Zelle hören. Ich schreie jetzt auch nicht mehr. Seit dem vierten Tag bin ich schon zu müde, um zu schreien oder in die andere Ecke zu gehen. Dabei ist noch nicht einmal die erste Woche vorbei. Aber ich habe noch

Hoffnung. Das kann noch nicht meine letzte Sekunde sein. Denn mein Leben zieht nicht wie in einem Film an mir vorbei. Immer nur Mutter und Professor Reifenstahl. Das soll ein Film sein? Was ist mit der Dominikanischen Republik? Was ist mit Stefan und Piroschka? Gibt es dort einen guten Kaffee für Stefan? Und was trinkt Piroschka? Und worüber redet Stefan mit Piroschka? Und was macht das Ferkel mit meiner Frau? Sie ist so schön. Das Sonnenlicht der Dominikanischen Republik wird ihr bekommen. Nur ihre Nase ist etwas schief. Ich werde einmal mit Professor Reifenstahl darüber reden müssen. Am besten gleich nach den Feiertagen. *Hoh hoh hoh, ich bin ganz weg, wenn sie wieder da ist. Klingelingeling.*

Colin Dexter

Das grösste Rätsel

> «Heda!», brummte Scrooge mit seiner gewöhnlichen Stimme, so gut er sie vorzutäuschen vermochte, «was fällt Ihnen ein, zu dieser Tageszeit zu erscheinen?»
>
> Dickens, *Ein Weihnachtslied in Prosa*

Er hatte schüchtern in Morses Wohnung in North Oxford geklopft. Nur wenige waren je in die büchergesäumten, wagnergeschwängerten Räume eingeladen worden, und sogar er – Sergeant Lewis – hatte sich nie allzu willkommen gefühlt. Selbst in der Weihnachtszeit nicht. Und so klang es denn auch nicht gerade nach dem Fest der Freude, als Morse Lewis hereinwinkte und schlecht gelaunt die Unterhaltung mit dem Bankdirektor zu Ende führte.

«Hören Sie! Wenn ich im Moment ein paar Hundert auf meinem Konto stehen lasse, dann ist das *meine* Sache. Ich verlange noch nicht mal Zinsen dafür. Was ich verlange, ist nur, dass Sie mir nicht diese verdammten Bankgebühren anhängen, wenn ich – wie oft? ein-, zweimal im Jahr? – überziehe. Es ist nicht so, dass ich geizig wäre» – Lewis' Augenbrauen hoben sich einen Zentimeter –, «aber wenn Sie mich nochmal damit belasten, möchte ich, dass Sie mich anrufen und mir sagen, *warum*!» Morse knallte den Hörer auf und saß schweigend da.

«Sie hören sich nicht so an, als ob Sie in besonderer Weihnachtsstimmung wären», wagte Lewis zu äußern.

«Ich kann Weihnachten nicht ausstehen – konnte ich noch nie.»

«Sie bleiben in Oxford, Sir?»

«Ich werde mich in der Küche betätigen.»

«Was – einen Plumpudding kochen?»

«Die Wände streichen. Plumpudding kann ich nicht ausstehen – konnte ich noch nie.»

«Sie klingen jede Minute mehr wie Scrooge, Sir.»

«*Und* ich werde einen Roman von Dickens lesen. Das mache ich Weihnachten immer. Vielmehr *wieder* lesen.»

«Wenn ich mit Dickens anfangen würde, welchen –?»

«Ich würde als ersten *Bleakhaus* nehmen, als zweiten *Klein Dorrit* –»

Das Telefon klingelte, und Morses Sekretärin teilte ihm aus dem Hauptquartier mit, dass er bei der Wohltätigkeitstombola der Polizei einen Geschenkgutschein über fünfzig Pfund gewonnen hatte, und diesmal legte Morse erheblich besser gelaunt auf.

«Sagten Sie ‹Scrooge›, Lewis? Nur damit Sie es wissen, ich habe bei dieser Tombola fünf Lose gekauft – ein Pfund das Stück!»

«Ich habe auch fünf Lose gekauft, Sir.»

Morse lächelte selbstgefällig. «Wir sollten mildtätiger sein, Lewis! Es kommt darauf an, dass man diese Anliegen *unterstützt,* nicht, dass man *gewinnt.*»

«Ich warte im Auto, Sir», sagte Lewis ruhig. In Wahrheit wurde er langsam ärgerlich. Mit Morses Jähzorn konnte er sich abfinden, aber er ertrug es nicht, sich noch mehr über dessen uneigennützige Großzügigkeit anzuhören.

Morses alter Jaguar war wieder mal in der Werkstatt («Zu geizig, sich einen neuen zu kaufen!», behaupteten die Kollegen), und es fiel an diesem Tag Lewis zu, den Chief Inspector herumzukutschieren; zweifellos würde er ihm außerdem (wenn die Dinge nach Plan liefen) das eine oder andere Bier spendieren müssen. Was in der Tat recht wahrscheinlich war, da Morse es an diesem Dienstagmorgen so gedeichselt hatte, dass ihre Ankunft im *George* mit dem Zeitpunkt der Öffnung zusammenfallen würde. Während sie am Bahnhof vorbeifuhren, berichtete Lewis Morse, was er bisher über die Ereignisse des vergangenen Tages herausgefunden hatte …

Die Gäste des *George* hatten für die Littlemore-Stiftung für geistig behinderte Kinder 400 Pfund gesammelt. Diese stolze Summe sollte Ende der Woche dem Geschäftsführer der Stiftung überreicht werden, und die *Oxford Times* hatte versprochen, dass einer ihrer Fotografen das große Ereignis festhalten würde. Mrs. Michaels, die Wirtin, war vormittags gegen 10.30 Uhr von ihrem Mann vor der Bank am Carfax abgesetzt worden und hatte dort eine bunte Mischung aus Münzen und Scheinen gegen vierzig funkelnagelneue Zehner eingetauscht. Danach hatte sie einiges eingekauft (darunter Weintrauben für ihre gerade ins Krankenhaus eingewiesene Tochter), bevor sie mit einem Minibus nach Hause fuhr, wo sie kurz nach zwölf ankam. Das Geld befand sich in einem langen weißen Umschlag zusammen mit den morgendlichen Besorgungen in ihrer Einkaufstasche. Ihr Mann war noch nicht aus dem *Cash and Carry* zurück, und als Mrs. Michaels das *George* durch die Bar betrat, hatte sie das Telefon läuten hören. Da sie annahm, es sei das Krankenhaus (was auch der Fall war), hatte sie die Tasche auf die Theke fallen lassen und sich beeilt, den Hörer abzunehmen. Bei ihrer Rückkehr war der Umschlag verschwunden.

Zur Zeit des Diebstahls hatten sich rund dreißig Personen in der Bar aufgehalten, darunter einige Rentner, die Stammgäste waren, der übliche Trupp Billard spielender Arbeitsloser und die Belegschaft einer ortsansässigen Firma bei der Weihnachtsfeier. Und – ja! – von Anfang an hatte Lewis gewusst, dass die Chance, das Geld wieder aufzutreiben, praktisch gleich Null war. Trotzdem erschienen die drei Routineverhöre, die Morse durchführte, Lewis arg unbefriedigend.

Nachdem Morse der wenig erhellenden Aussage des Wirts eine Weile gelauscht hatte, fragte er ihn, warum seine Erledigungen im *Cash and Carry so* lange gedauert hätten; und obwohl die nachfolgende Erklärung völlig plausibel schien, hatte die Entlassung des ersten Zeugen fast beleidigend schroff gewirkt. Und niemanden hätte man schneller und wirkungsvoller vor den Kopf stoßen können als den Aushilfsbarkeeper, der gestern Vormittag Dienst gehabt hatte und sich nun weigerte, Morses barsche Fragen über sein gegenwärtig überzogenes Konto zu beantworten. Und was war mit der attraktiven, kastanienbraun gelockten Mrs. Michaels? Nachdem ein ziemlich schiefes Lächeln Morse ihre regelmäßigen, wenn auch leicht nikotinverfärbten Zähne enthüllt hatte, war die unglückliche Dame nicht imstande gewesen, ihre Tränen zurückzudrängen, als sie Morse zu erklären versuchte, warum sie für den Pressefotografen auf echten Banknoten statt eines auf Kameraformat vergrößerten Pseudoschecks bestanden hatte.

Aber halt! Lewis sah, dass soeben etwas Dramatisches in Morse vorgegangen war: als sei plötzlich Licht auf einen Mann gefallen, der zuvor im Dunkeln gesessen hatte. Jetzt fragte er (Morse) – welche Überraschung! –, ob die gute Dame zufällig ein Paar leuchtend grüne, hochhackige Lederschuhe besäße, und als sie erwiderte, ja, das täte sie, lächelte Morse heiter, als hätte er das Geheimnis des Universums entschlüsselt, und zitierte umgehend nicht nur die drei soeben Verhörten in die Bar, sondern auch alle im *George* Anwesenden, die am gestrigen Vormittag dort getrunken hatten.

Während sie warteten, fragte Morse nach den Seriennummern der gestohlenen Scheine, und Lewis reichte ihm einen Zettel, auf den hastig einige Zahlen gekritzelt worden waren. «Um Gottes willen!», zischte Morse. «Hat man Ihnen in der Schule nicht Schreiben beigebracht?»

Lewis atmete schwer, zählte bis fünf und schrieb dann die

Ziffern gewissenhaft noch einmal auf ein jungfräuliches Stück Papier: 773 741–773 780. Morse warf einen flüchtigen Blick darauf, bevor er das Blatt in seine Tasche steckte und sich den Stammgästen des *George* zuwandte.

Er sei *praktisch* sicher (sagte er), wer das Geld gestohlen hätte. *Absolut* sicher wüsste er aber, wo sich das Geld *genau in diesem Moment* befände. Er hätte die Seriennummern der Banknoten – das sei inzwischen aber nicht mehr von Belang. Der Dieb wäre vorher vielleicht in Versuchung gewesen, das Geld auszugeben, jetzt jedoch nicht mehr! Und warum nicht? Weil die betreffende Person nun, zur Weihnachtszeit, *nicht länger die Kraft hätte, ihrem besseren Ich zu widerstehen.*

In der Bar, die jetzt lautlos und still wie ein Grab war, wirkten Morses Zuhörer wie hypnotisiert – auch dann noch, als Morse Anweisungen gab, die Scheine in den Originalumschlag zurückzulegen und (wie, sei ihm egal) *innerhalb der nächsten vierundzwanzig Stunden* in Sergeant Lewis' Büro im Hauptquartier der Thames Valley Police abzuliefern.

Auf der Rückfahrt konnte Lewis seine Neugier nicht länger zügeln. «Sie glauben *wirklich*, dass –?»

«Natürlich!»

«Anscheinend schaffe ich es nie, mir die Indizien selbst zusammenzureimen, Sir.»

«Indizien? Was für Indizien, Lewis? Ich wusste gar nicht, dass wir welche haben.»

«Na ja, diese Schuhe zum Beispiel. Was spielen sie für eine Rolle?»

«Wer sagt, dass sie eine Rolle spielen? Es ist nur so, dass ich mal eine Schönheit mit kastanienbraunem Haar kannte, die sechs Paar – *sechs*, Lewis! – leuchtend grüne Schuhe hatte. Sie stünden ihr, meinte sie.»

«Sie … haben also überhaupt nichts mit dem Fall zu tun?»

«Nicht, dass ich wüsste», murmelte Morse.

Am nächsten Morgen wurde in Lewis' Büro ein weißer Umschlag abgegeben, obwohl sich am Empfang niemand entsinnen konnte, wann und woher er gekommen war. Lewis rief sofort Morse an, um ihm zu gratulieren.

«Da ist nur noch eins, Sir. Ich habe den Zettel mit den Seriennummern aufbewahrt, und diese Scheine hier sind zwar auch funkelnagelneu – aber es sind nicht dieselben!»

«Tatsächlich?» Morse klang zutiefst desinteressiert.

«Macht Ihnen das nichts aus?»

«Du liebe Güte, nein! Geben Sie das Geld einfach unserem Rotschopf im *George,* und sagen Sie ihr, sie soll das nächste Mal lieber einen Scheck nehmen! Oh, und noch was, Lewis. Ich habe *Urlaub.* Dass mich also niemand stört – verstanden?»

«Ja, Sir. Und, äh … fröhliche Weihnachten, Sir!»

«Ihnen auch, alter Freund!», erwiderte Morse ruhig.

Der Bankdirektor rief kurz vor Mittag desselben Tages an. «Es geht um die vierhundert Pfund, die Sie gestern abgehoben haben, Inspector. Ich habe versprochen, dass ich mich melde, wenn wieder Bankgebühren –»

«Ich habe es dem Mädchen erklärt», protestierte Morse. «Ich brauchte das Geld schnell.»

«Oh, das ist völlig in Ordnung. Aber Sie sagten doch, dass Sie heute Morgen zum Überweisen vorbeikommen –»

«Morgen! Jetzt stehe ich gerade mit dem Pinsel in der Hand auf der Leiter.»

Morse legte den Hörer auf und ließ sich in seinen Sessel mit dem Kreuzworträtsel zurücksinken. In Gedanken war er jedoch weit weg, und ein paar Worte, die er selbst gesagt hatte, hallten in seinem Kopf wider: etwas über ein besseres Ich … Und er lächelte, weil er wusste, dass er an diesem Weihnachtsfest vielleicht ebenso viel Freude haben würde wie die

Kinder oben in Littlemore. Er hatte in seinem Leben so viele Rätsel gelöst. War er nun allmählich, so fragte er sich, der Lösung des allergrößten Rätsels auf der Spur?

Deutsch von Almut Carstens

Sir Arthur Conan Doyle

Der blaue Karfunkel

In der Absicht, ihm schöne Festtage zu wünschen, hatte ich meinen Freund Sherlock Holmes am zweiten Morgen nach Weihnachten besucht. Angetan mit einem purpurroten Schlafrock, lag er müßig auf dem Sofa; rechter Hand befand sich ein Pfeifenständer in seiner Reichweite, und gleich daneben lag ein Stapel offensichtlich frisch gelesener, zerknitterter Morgenzeitungen. Neben der Couch stand ein hölzerner Sessel, und auf einer Ecke der Rückenlehne hing ein über alle Maßen jammervoller und unreputierlicher Hut aus steifem Filz, arg abgenutzt und mehrfach eingerissen. Ein Vergrößerungsglas und eine Zange auf der Sitzfläche des Sessels verrieten, dass der Hut zum Zweck einer Untersuchung in dieser Weise angebracht worden war.

«Sie sind beschäftigt», sagte ich; «vielleicht störe ich Sie.»

«Keineswegs. Ich bin erfreut, einen Freund hier zu haben, mit dem ich meine Ergebnisse erörtern kann. Die Sache ist völlig unbedeutend» – er machte mit dem Daumen eine ruckartige Bewegung zum Hut hin –, «aber im Zusammenhang damit gibt es einige Punkte, die eines gewissen Interesses nicht gänzlich entbehren und außerdem lehrreich sind.»

Ich ließ mich in seinem Lehnsessel nieder und wärmte meine Hände vor dem knisternden Feuer, denn es hatte ein strenger Frost eingesetzt, und die Fensterscheiben waren von üppigen Eisblumen überwuchert. «Ich nehme an», bemerkte ich, «dass dieses Ding, wenn es auch noch so heimelig aussieht, mit einer tödlichen Geschichte verbunden ist – dass es der Faden ist, der Sie bei der Lösung eines Rätsels und der Bestrafung eines Verbrechens leiten wird.»

«Nein, nein. Kein Verbrechen», sagte Sherlock Holmes lachend. «Nur einer dieser absonderlichen kleinen Zwischenfälle, die unvermeidlich sind, wenn sich vier Millionen Menschen auf einem Gebiet von wenigen Quadratmeilen drängen und stoßen. Unter all den Aktionen und Reaktionen eines so dichten Menschenschwarms ist damit zu rechnen, dass jede mögliche Kombination von Vorfällen sich ereignet, und manch ein kleines Problem kann sich stellen, das überraschend und bizarr ist, ohne gleich verbrecherisch zu sein. Wir haben doch bereits Erfahrungen dieser Art gemacht.»

«Und zwar so reichlich», stellte ich fest, «dass von den letzten sechs Fällen, die ich in meine Sammlung von Notizen aufgenommen habe, drei völlig frei von irgendeinem Verbrechen im Sinne des Gesetzes waren.»

«Genau. Sie spielen auf meinen Versuch an, die Papiere von Irene Adler zu beschaffen, außerdem auf den einzigartigen Fall von Miss Mary Sutherland und auf das Abenteuer des Mannes mit der entstellten Lippe. Ich habe keinen Zweifel, dass diese geringfügige Sache hier in die gleiche unschuldige Kategorie fallen wird. Kennen Sie Peterson, den Dienstmann?»

«Ja.»

«Er ist es, dem diese Trophäe gehört.»

«Das ist sein Hut?»

«Nein, nein; er hat ihn gefunden. Der Besitzer ist unbekannt. Ich bitte Sie: Betrachten Sie dieses Ding nicht als schäbigen *chapeau*, sondern als intellektuelles Problem. Zunächst zur Frage, wie es hergekommen ist. Der Hut traf hier am Weihnachtsmorgen ein, in Begleitung einer schönen fetten Gans, die zweifellos in diesem Augenblick vor Petersons Feuer brutzelt. Der Tatbestand ist der folgende. Am Weihnachtsmorgen, gegen vier Uhr in der Frühe, kam Peterson, der, wie

Sie wissen, ein sehr ehrlicher Kerl ist, von einer kleinen Lustbarkeit zurück und befand sich auf dem Heimweg durch die Tottenham Court Road. Im Licht der Gaslaternen sah er vor sich einen groß gewachsenen Mann, der beim Gehen ein wenig schwankte und eine weiße Gans trug, die er über die Schulter geworfen hatte. Ecke Goodge Street brach zwischen diesem Fremden und einer kleinen Gruppe von Raufbolden ein Streit aus. Einer der Strolche schlug dem Mann den Hut vom Kopf, worauf dieser seinen Stock hob, um sich zu verteidigen, und als er damit weit ausholte, zertrümmerte er hinter sich ein Ladenfenster. Peterson war vorwärts gelaufen, um dem Fremden gegen seine Angreifer beizustehen, aber als der Mann, der entsetzt darüber war, dass er das Fenster zertrümmert hatte, nun auch noch eine amtlich aussehende Person in Uniform auf sich zustürzen sah, ließ er seine Gans fallen, gab Fersengeld und verschwand in dem Labyrinth kleiner Straßen hinter der Tottenham Court Road. Bei Petersons Erscheinen waren auch die Raufbolde geflohen, und so fand er sich im Besitz des Schlachtfeldes und auch der Siegesbeute, in Gestalt dieses verbeulten Huts und einer gänzlich untadeligen Weihnachtsgans.»

«Die er doch sicher ihrem Besitzer zurückgegeben hat?»

«Genau hier liegt das Problem, mein Lieber. Zwar stand auf einer kleinen Karte, die an das linke Bein des Vogels gebunden war, ‹Für Mrs. Henry Baker›, und weiterhin sind wohl die Initialen ‹H. B.› am Hutfutter zu lesen; da es aber in dieser unserer Stadt einige tausend Bakers und einige hundert Henry Bakers gibt, ist es nicht ganz einfach, irgendeinem von ihnen eine Fundsache zurückzuerstatten.»

«Was hat Peterson dann getan?»

«Er hat mir am Weihnachtsmorgen sowohl den Hut als auch die Gans gebracht, da er weiß, dass mich auch die kleinsten Probleme interessieren. Die Gans haben wir bis heute früh behalten, als sich Anzeichen dafür einstellten, dass es trotz des leichten Frosts ratsam wäre, sie ohne weiteren, unnötigen Aufschub zu verzehren. Der Finder hat sie also heimgeführt, dass sich an ihr die letzte Bestimmung einer jeden Gans erfülle, während ich noch immer den Hut des unbekannten Gentleman besitze, der sein Weihnachtsessen verloren hat.»

«Hat er nicht annonciert?»

«Nein.»

«Haben Sie denn irgendwelche Hinweise auf seine Identität?»

«Nur das, was wir deduzieren können.»

«Von seinem Hut?»

«Genau.»

«Aber Sic scherzen doch wohl. Was können Sie von diesem altcn, schäbigen Filz deduzieren?»

«Hier ist mein Vergrößerungsglas. Sie kennen meine Mcthoden. Was können Sie selbst über die Person des Mannes feststellen, der diesen Gegenstand getragen hat?»

Ich nahm das zerlumpte Objekt in die Hände und wandte es ziemlich bekümmert hin und her. Es handelte sich um einen ganz gewöhnlichen schwarzen Hut von der üblichen runden Form, steif und von langem Gebrauch abgenutzt. Das Futter aus vormals roter Seide war sehr verfärbt. Der Name eines Herstellers war nicht zu finden; wie Holmes bemerkt hatte, waren jedoch die Initialen ‹H. B.› auf eine Seite gekritzelt. Die Krempe war durchbohrt, um einen Kinnriemen zu befestigen; dieser fehlte jedoch. Im Übrigen war der Hut eingerissen, sehr verstaubt und an mehreren Stellen befleckt, wenn auch offenbar Versuche gemacht worden waren, die verfärbten Stellen zu verbergen, indem man sie mit Tinte beschmierte.

«Ich kann nichts sehen», sagte ich; ich gab meinem Freund den Hut zurück.

«Im Gegenteil, Watson, Sie können alles sehen. Es gelingt Ihnen nur nicht, aus dem, was Sie sehen, Schlüsse zu ziehen. Was das angeht, sind Sie allzu zurückhaltend.»

«Dann sagen Sie mir doch bitte, was Sie glauben, aus diesem Hut ableiten zu können?»

Er nahm ihn auf und starrte ihn in der merkwürdig grüblerischen Art an, die für ihn eigentümlich ist. «Er sagt uns vielleicht weniger, als er sagen könnte», bemerkte er, «und dennoch sind einige sehr eindeutige Schlussfolgerungen möglich und einige weitere, die zumindest über eine sehr hohe Wahrscheinlichkeit verfügen. Natürlich ist es auf den ersten Blick klar, dass der Mann überaus intellektuell veranlagt ist, und weiter, dass er vor etwa drei Jahren ganz wohlhabend war, wenn er auch nun schlechte Zeiten durchmacht. Er besaß Weitblick, hat davon aber heute weniger als früher, was auf einen moralischen Rückschritt deutet; dieser wiederum, wenn wir ihn zusammen mit dem Niedergang seiner Lebensumstände betrachten, scheint darauf zu verweisen, dass bei ihm schlimme Einflüsse am Werk sind – vermutlich Alkohol. Das mag auch der Grund für die offensichtliche Tatsache sein, dass seine Frau ihn nicht mehr liebt.»

«Mein lieber Holmes!»

«Er hat sich jedoch noch ein wenig Selbstachtung bewahrt», fuhr Holmes fort, ohne meinen Protest zu beachten. «Dieser Mann führt ein sesshaftes Leben, geht selten aus, ist in schlechter körperlicher Verfassung, mittleren Alters, hat graue Haare, die er im Verlauf der letzten Tage hat schneiden lassen und die er mit Limonenpomade pflegt. Das sind die auf der Hand liegenden Tatsachen, die von diesem Hut deduziert werden können. Ach, und außerdem auch, dass sein Haus höchstwahrscheinlich nicht an die Gasversorgung angeschlossen ist.»

«Sie scherzen doch sicher, Holmes.»

«Aber keineswegs. Ist es denn möglich, dass Sie auch jetzt noch, nachdem ich Ihnen diese Ergebnisse genannt habe, nicht sehen können, wie ich zu ihnen gelangt bin?»

«Ich bezweifle nicht, dass ich sehr dumm bin; ich muss aber zugeben, dass ich Ihnen nicht folgen kann. Wie leiten Sie zum Beispiel ab, dass der Mann ein Intellektueller ist?»

Zur Antwort setzte Holmes sich selbst den Hut auf. Er bedeckte die ganze Stirn und ruhte schließlich auf der Nasenwurzel. «Das ist eine Frage des Fassungsvermögens», sagte er. «Ein Mann mit einem so großen Kopf muss etwas darin haben.»

«Und der Niedergang seiner Lebensumstände?»

«Dieser Hut ist drei Jahre alt. Diese flachen, an den Rändern aufgebogenen Krempen kamen damals in Mode. Der Hut ist von allerbester Qualität. Schauen Sie sich das Band aus gerippter Seide an und das ausgezeichnete Futter. Wenn dieser Mann es sich vor drei Jahren leisten konnte, einen so teuren Hut zu kaufen und seither keinen neuen, dann ist er doch sicher in weltlichen Dingen auf dem Abstieg.»

«Nun ja, das ist sicher deutlich genug. Aber was ist mit dem Weitblick und dem moralischen Rückschritt?»

Sherlock Holmes lachte. «Hier ist der Weitblick», sagte er; er legte seinen Finger auf die kleine Scheibe und Öse, daran der Kinnriemen befestigt werden sollte. «Man verkauft sie nie zusammen mit dem Hut. Dass der Mann eine solche Vorrichtung verlangt hat, spricht für einen gewissen Weitblick, denn er hat sich die Mühe gemacht, Vorkehrungen gegen den Wind zu treffen. Aber da wir sehen, dass der Riemen abgebrochen ist und er sich nicht die Mühe gegeben hat, ihn zu ersetzen, hat er heute offensichtlich weniger Weitblick als früher, und das ist ein deutlicher Beweis dafür, dass sein Charakter schwächer geworden ist. Andererseits hat er versucht, einige dieser Flecken auf dem Filz zu verbergen, indem er Tinte darüber schmierte, was ein Zeichen dafür ist, dass er seine Selbstachtung noch nicht völlig verloren hat.»

«Ihre Argumentation ist ohne Zweifel plausibel.»

«Die weiteren Punkte, dass er mittleren Alters ist, dass sein Haar grau wird, dass es kürzlich geschnitten wurde und dass er Limonenpomade verwendet, lassen sich alle einer gründlichen Untersuchung des Futters entnehmen, und zwar des unteren Teils. Das Vergrößerungsglas zeigt eine große Anzahl von Haarspitzen, die von der Schere des Barbiers glatt abgeschnitten wurden. Sie scheinen alle dort festzukleben, und es riecht entschieden nach Limonenpomade. Wie Sie feststellen werden, ist dieser Staub nicht grauer, grießiger Straßenstaub, sondern flockiger, brauner Hausstaub, was uns zeigt, dass der Hut meistens im Haus gehangen hat; die Feuchtigkeitsflecken auf der Innenseite dagegen sind klare Beweise dafür, dass der Träger des Huts stark geschwitzt hat und folglich kaum in bester körperlicher Verfassung sein kann.»

«Aber seine Frau – Sie haben gesagt, sie liebt ihn nicht mehr.»

«Dieser Hut ist seit Wochen nicht mehr gebürstet worden. Wenn ich Sie einmal mit dem Staub von einer Woche auf dem Hut sehe, Watson, und Ihre Frau lässt Sie in einem solchen Zustand ausgehen, werde ich fürchten müssen, dass auch Sie so unglücklich waren, die Zuneigung Ihrer Frau zu verlieren.»

«Er könnte aber doch Junggeselle sein.»

«Nein, er wollte doch als Friedensangebot an seine Frau die Gans nach Hause bringen. Denken Sie an die Karte am Bein des Vogels.»

«Sie wissen auf alles eine Antwort. Aber wie, um alles in der Welt, deduzieren Sie, dass das Haus nicht ans Gas angeschlossen ist?»

«Ein oder zwei Talgflecken können Zufall sein; wenn ich aber nicht weniger als fünf sehe, dann, so glaube ich, kann es kaum einen Zweifel daran geben, dass die Person oft mit brennendem Talg in Berührung kommt – wahrscheinlich steigt er nachts Treppen mit dem Hut in der einen und einer tropfenden Kerze in der anderen Hand. Jedenfalls hat er die Talgflecken niemals von einer Gasleitung. Sind Sie jetzt zufrieden?»

«Es ist auf alle Fälle sehr scharfsinnig», sagte ich lachend; «da aber, wie Sie eben gesagt haben, kein Verbrechen begangen wurde und außer dem Verlust der Gans kein Schaden entstanden ist, scheint mir das Ganze doch eine ziemliche Energievergeudung zu sein.»

Sherlock Holmes hatte bereits den Mund zu einer Antwort geöffnet, als die Tür aufsprang und der Dienstmann Peterson mit geröteten Wangen und dem Gesicht eines vor Verblüffung fassungslosen Menschen ins Zimmer stürzte.

«Die Gans, Mr. Holmes! Die Gans, Sir!», keuchte er.

«Eh? Was ist denn damit? Ist sie wieder lebendig geworden und durch das Küchenfenster fortgeflattert?» Holmes verdrehte sich auf dem Sofa, um das erregte Gesicht des Mannes besser sehen zu können.

«Schauen Sie, Sir! Schauen Sie, was meine Frau im Kropf gefunden hat!» Er streckte die Hand aus, und inmitten der Handfläche lag ein strahlend funkelnder blauer Stein, ein wenig kleiner als eine Bohne, aber von solcher Reinheit und Leuchtkraft, dass er wie ein elektrischer Funke in der dunklen Höhlung der Hand blitzte.

Sherlock Holmes setzte sich auf und pfiff. «Beim Zeus, Peterson», sagte er, «das ist wirklich ein Schatzfund! Ich nehme an, Sie wissen, was Sie da haben?»

«Einen Diamanten, Sir! Einen kostbaren Stein! Er schneidet Glas, als ob es Kitt wäre.»

«Das ist mehr als ein kostbarer Stein. Es ist *der* kostbare Stein überhaupt.»

«Doch nicht der blaue Karfunkel der Gräfin von Morcar?», rief ich aus.

«Genau der. Ich muss seine Größe und Form ja wohl kennen, da ich in letzter Zeit jeden Tag die ihn betreffende Anzeige in der *Times* gelesen habe. Er ist absolut einmalig, und über seinen Wert lässt sich nur mutmaßen, aber die ausgesetzte Belohnung von tausend Pfund ist sicher noch nicht einmal ein Zwanzigstel des Marktwerts.»

«Tausend Pfund! Du lieber Gott!» Der Dienstmann plumpste in einen Sessel und starrte uns abwechselnd an.

«Das ist die Belohnung, und ich habe gute Gründe, anzunehmen, dass im Hintergrund Erwägungen sentimentaler Natur mitspielen, die die Gräfin auch dazu bewögen, sich von der Hälfte ihres Vermögens zu trennen, wenn sie nur diesen Edelstein zurückbekommen könnte.»

«Wenn ich mich recht entsinne, hat sie ihn doch wohl im Hotel Cosmopolitan verloren», bemerkte ich.

«Das stimmt, und zwar am 22. Dezember, also erst vor fünf Tagen. John Horner, ein Klempner, wurde beschuldigt, ihn aus der Schmuckschatulle der Lady entfernt zu haben. Die Umstände sprachen so sehr gegen ihn, dass der Fall schon an das Schwurgericht überwiesen worden ist. Ich glaube, ich habe hier einen Bericht über die Vorgänge.» Er kramte in seinen Zeitungen, schaute nach den Daten und glättete schließlich ein Blatt, faltete es einmal und las den folgenden Absatz vor:

Juwelendiebstahl Hotel Cosmopolitan. John Horner, 26, Klempner, wurde vorgeführt unter der Beschuldigung, am 22. des laufenden aus der Juwelenschatulle der Gräfin von Morcar den wertvollen Edelstein entwendet zu haben, der als der blaue Karfunkel bekannt ist. James Ryder, Verwalter im Hotel, sagte hierzu aus, er habe Horner am Tag des Diebstahls in das Ankleidezimmer der Gräfin von Morcar geführt, wo dieser die zweite Stange des Kamingitters löten sollte, die sich gelöst hatte. Er sei eine kurze Weile bei Horner geblieben, dann jedoch abgerufen worden. Bei seiner Rückkehr habe er festgestellt, dass Horner verschwunden und der Sekretär aufgebrochen worden sei, und das kleine Kästchen aus Saffianleder, in welchem, wie später bekannt wurde, die Gräfin das Kleinod aufzubewahren pflegte, habe leer auf dem Frisiertisch gelegen. Ryder löste sogleich den Alarm aus, und Horner wurde noch am gleichen Abend festgenommen; der Stein konnte jedoch weder bei ihm noch in seinen Räumen gefunden werden. Catherine Cusack, die Zofe der Gräfin, gab an, Ryders Entsetzensschrei bei der Entdeckung des Diebstahls gehört zu haben und in den Raum gestürzt zu sein, wo sie die Dinge so vorfand, wie der vorige Zeuge sie beschrieben hatte. Inspektor Bradstreet von der Abteilung B sagte zu Horners Verhaftung aus, dieser habe sich heftig gewehrt und seine Unschuld mit Kraftausdrücken beteuert. Da eine frühere Verurteilung wegen Diebstahls ebenfalls gegen den Verhafteten sprach, lehnte der Polizeirichter es ab, sich mit dem Vergehen summarisch zu befassen, sondern er verwies es ans Schwurgericht. Horner, der während des Verfahrens Anzeichen starker Gefühlsbewegung gezeigt hatte, fiel bei dem Beschluss in Ohnmacht und wurde aus dem Gericht getragen.

«Hm! So viel zum Polizeibericht», sagte Holmes nachdenklich; er warf die Zeitung beiseite. «Die Frage, die wir nun zu klären haben, ist die Abfolge der Ereignisse zwischen einer geplünderten Schmuckschatulle an einem Ende und dem Kropf einer Gans in der Tottenham Court Road am anderen. Wie Sie sehen, Watson, erhalten unsere kleinen Deduktionen plötzlich einen viel bedeutenderen und weniger unschuldigen Charakter. Hier ist der Stein; der Stein stammt aus der Gans, und die Gans stammt von Mr. Henry Baker, dem Gentleman mit dem schäbigen Hut und all den anderen Charakteristika, mit denen ich Sie gelangweilt habe. Wir müssen uns nun also ernsthaft daran begeben, diesen Gentleman ausfindig zu machen und festzustellen, welche Rolle er in diesem kleinen Mysterium gespielt hat. Zu diesem Behuf müssen wir zunächst das einfachste Mittel einsetzen, und dies ist zweifellos eine Anzeige in allen Abendblättern. Sollte das ein Fehlschlag werden, müsste ich zu anderen Methoden greifen.»

«Was wollen Sie schreiben?»

«Geben Sie nur einen Bleistift und dieses Stückchen Papier. Nun denn: ‹Gefunden – Ecke Goodge Street, eine Gans und ein schwarzer Filzhut. Mr. Henry Baker kann diese um 6 Uhr 30 heute Abend in 221 B Baker Street abholen.› Das ist klar und knapp.»

«Sehr sogar. Aber wird er es lesen?»

«Er wird ja sicher die Zeitungen im Auge behalten, da der Verlust für einen armen Mann doch schwer wiegt. Dass er das Pech hatte, die Fensterscheibe zu zerbrechen, und dass Peterson sich ihm näherte, hat ihn ja offenbar so erschreckt, dass er an nichts als Flucht denken konnte; aber seither muss er den Impuls bitterlich bedauert haben, der ihn dazu brachte, den Vogel fallen zu lassen. Außerdem wird die Nennung seines Namens dafür sorgen, dass er es sieht, weil jeder, der ihn kennt, ihn darauf aufmerksam machen wird. Da haben Sie es, Peterson; laufen Sie bitte zur Anzeigenannahme damit und lassen Sie es in die Abendzeitungen setzen.»

«In welche, Sir?»

«Also, in *Globe, Star, Pall Mall, St. James's Gazette, Evening News, Standard, Echo* und was Ihnen sonst noch unterkommt.»

«Sehr gut, Sir, und dieser Stein?»

«Ah ja – ich werde den Stein aufbewahren. Ich danke Ihnen. Und übrigens, Peterson, kaufen Sie doch bitte auf dem Rückweg eine Gans und lassen Sie sie mir hier; wir müssen ja dem Gentleman eine geben anstelle jener, die Ihre Familie in diesem Moment verschlingt.»

Als der Dienstmann gegangen war, nahm Holmes den Stein auf und hielt ihn vor das Licht. «Das ist ein hübsches Stück», sagte er. «Sehen Sie nur, wie es glitzert und funkelt. Natürlich ist es Kern und Brennpunkt von Verbrechen. Das ist jeder gute Stein. Das sind die Lieblingsköder des Teufels. Bei den größeren alten Juwelen kann jede Facette für eine Bluttat stehen. Dieser Stein ist noch keine zwanzig Jahre alt. Man hat ihn im Ufer des Amoy in Südchina gefunden; bemerkenswert an ihm ist, dass er alle Charakteristika des Karfunkel aufweist, abgesehen davon, dass er bläulich ist statt rubinrot. Obwohl er noch jung ist, hat er doch schon eine düstere Geschichte. An ihm hängen zwei Morde, ein Vitriol-Anschlag, ein Selbstmord und mehrere Diebstähle, alles wegen dieser vierzig Gran wiegenden kristallisierten Holzkohle. Wer denkt schon beim Anblick eines so hübschen Spielzeugs daran, dass es Galgen und Gefängnis mit Nachschub versorgt? Ich werde es jetzt in meiner Stahlkassette einschließen und der Gräfin schreiben, dass wir es haben.»

«Glauben Sie, dass dieser Mann, Horner, unschuldig ist?»

«Ich weiß es nicht.»

«Könnten Sie sich denn vorstellen, dass dieser andere, Henry Baker, etwas mit der Sache zu tun hatte?»

«Ich glaube, es ist sehr viel wahrscheinlicher, dass Henry Baker vollkommen unschuldig ist und keine Ahnung davon hatte, dass der Vogel, den er bei sich trug, viel wertvoller war, als wenn er aus purem Gold bestanden hätte. Das werde ich jedoch durch einen sehr einfachen Versuch feststellen, falls wir Antwort auf unsere Anzeigen erhalten.»

«Und bis dahin können Sie also nichts tun?»

«Nichts.»

«In diesem Fall mache ich mich wieder auf die Rundreise

zu meinen Patienten. Ich werde aber heute Abend zur von Ihnen genannten Zeit zurückkommen; ich würde doch zu gern die Auflösung einer so verwickelten Geschichte sehen.»

«Ich freue mich, wenn Sie kommen. Ich esse um sieben Uhr. Ich glaube, es gibt eine Waldschnepfe. Dabei fällt mir ein: Vielleicht sollte ich angesichts der jüngsten Vorfälle Mrs. Hudson bitten, sich den Kropf der Schnepfe genauer anzusehen.»

Einer meiner Fälle hielt mich auf, und es war bereits kurz nach halb sieben, ehe ich wieder in der Baker Street eintraf. Als ich mich dem Haus näherte, sah ich einen großen Mann mit Schottenmütze und bis zum Kinn zugeknöpftem Mantel; er wartete außerhalb des hellen Halbkreises, den das Licht im Haus durch die Rosette über der Tür auf die Straße warf. Genau in dem Moment, da ich die Tür erreichte, wurde sie geöffnet, und wir wurden zusammen zu Holmes' Räumen hinaufgeführt.

«Mr. Henry Baker, nehme ich an», sagte Holmes; er erhob sich aus seinem Lehnsessel und begrüßte seinen Besucher mit jener ungezwungenen Freundlichkeit, die er so leicht an den Tag legen konnte. «Bitte nehmen Sie diesen Stuhl neben dem Feuer, Mr. Baker. Es ist ein kalter Abend, und ich sehe, dass Ihr Kreislauf mehr auf Sommer als auf Winter eingestellt ist. Ah, Watson, Sie kommen gerade rechtzeitig. Ist das Ihr Hut, Mr. Baker?»

«Ja, Sir, das ist ohne Zweifel mein Hut.»

Er war groß gewachsen, mit runden Schultern, einem massigen Kopf und einem breiten, intelligenten Gesicht, das sich nach unten zu einem spitzen, graubraunen Bart verjüngte. Ein Hauch von Rot in Nase und Wangen und ein leichter Tremor in seiner ausgestreckten Hand riefen mir Holmes' Vermutungen über seine Gewohnheiten wieder ins Gedächtnis. Sein verschossener, schwarzer Gehrock war vorn ganz zugeknöpft, der Kragen hochgeschlagen, und die schmalen Handgelenke, die aus den Ärmeln ragten, wiesen keinerlei Anzeichen von Manschetten oder Hemd auf. Er sprach leise und abgehackt, wählte seine Worte bedächtig und machte ganz allgemein den Eindruck eines gebildeten und verständigen Mannes, dem das Schicksal übel mitgespielt hatte.

«Wir haben diese Dinge ein paar Tage lang aufbewahrt», sagte Holmes, «weil wir gehofft hatten, eine Anzeige von Ihnen zu finden, in der Sie Ihre Adresse angeben. Ich begreife nicht, weshalb Sie nicht annonciert haben.»

Unser Besucher stieß ein eher verschämtes Lachen aus. «Shillings stehen mir nicht so reichlich zur Verfügung wie früher einmal», stellte er fest. «Ich war sicher, dass die Bande von Raufbolden, von denen ich überfallen wurde, sowohl den Vogel als auch den Hut mitgenommen hat. Ich wollte nicht noch mehr Geld bei dem sinnlosen Versuch verlieren, Sie zurückzubekommen.»

«Das ist verständlich. Übrigens, was den Vogel angeht – wir waren gezwungen, ihn zu verzehren.»

«Ihn zu verzehren!» Unser Besucher stand vor Erregung beinahe auf.

«Ja. Niemand hätte etwas davon gehabt, wenn wir es nicht getan hätten. Ich nehme aber an, dass diese zweite Gans da auf der Anrichte, ungefähr gleich schwer und ganz frisch, Ihren Absichten genauso entspricht.»

«Oh, ja, gewiss doch!», erwiderte Mr. Baker mit einem Seufzer der Erleichterung.

«Natürlich haben wir noch Federn, Beine, Kropf und so weiter von Ihrem eigenen Vogel, wenn Sie Wert darauf legen …»

Der Mann brach in ein munteres Gelächter aus. «Ich könnte sie nur als Andenken an mein Abenteuer nehmen», sagte er, «aber darüber hinaus sehe ich nicht, welchen Nutzen ich aus den *disiecta membra* meiner verblichenen Bekannten ziehen könnte. Nein, Sir, ich glaube, ich werde mit Ihrer gütigen Erlaubnis meine Aufmerksamkeiten auf das vorzügliche Tier beschränken, das ich da auf der Anrichte sehe.»

Sherlock Holmes sah mich scharf an und zuckte kaum merklich mit den Schultern.

«Da haben Sie also Ihren Hut und da Ihren Vogel», sagte er. «Nebenbei – hätten Sie etwas dagegen, mir zu erzählen, woher Sie die andere Gans bekommen haben? Ich bin selbst in gewisser Weise ein Geflügel-Liebhaber, und ich habe selten eine besser gezüchtete Gans gesehen.»

«Das will ich Ihnen gern sagen, Sir», meinte Baker; er hatte sich erhoben und klemmte sich seine wiedergewonnenen Besitztümer unter den Arm. «Einige von uns verkehren regelmäßig im Alpha Inn neben dem Museum – tagsüber findet man uns im Museum selbst, wissen Sie. Dieses Jahr hat unser freundlicher Wirt – er heißt Windigate – einen Gänseclub ins Leben gerufen, mit dessen Hilfe wir für ein paar Pence pro Woche zu Weihnachten eine Gans bekommen sollten. Ich habe meine Pence pünktlich bezahlt, und den Rest der Geschichte kennen Sie. Ich bin Ihnen sehr verbunden, Sir, denn eine Schottenmütze passt weder zu meinem Alter noch zu meiner Würde.» Mit drolliger Gestelztheit verneigte er sich feierlich vor jedem Einzelnen von uns und machte sich auf den Weg.

«So viel zu Mr. Henry Baker», sagte Holmes, als er die Tür hinter ihm geschlossen hatte. «Es ist ziemlich sicher, dass er überhaupt nichts von dieser Sache weiß. Haben Sie Hunger, Watson?»

«Nicht besonders.»

«Dann schlage ich vor, wir machen aus unserem Dinner ein Supper und verfolgen diese Spur, solange sie noch warm ist.»

«Aber unbedingt.»

Der Abend war bitterkalt, daher schlüpften wir in unsere Ulster und schlangen Wolltücher um unsere Hälse. Draußen leuchteten die Sterne kalt in einem wolkenlosen Himmel, und der Atem der Passanten war wie der Rauch vieler Pistolenschüsse. Unsere Schritte klangen trocken und laut, als wir das Ärzteviertel durchquerten, Wimpole Street, Harley Street, dann weiter durch die Wigmore Street zur Oxford Street. Innerhalb einer Viertelstunde hatten wir das Alpha Inn in Bloomsbury erreicht, ein kleines Lokal an der Ecke einer jener Straßen, die nach Holborn führen. Holmes stieß die Tür zur Bar auf und bestellte zwei Glas Bier bei dem rotgesichtigen Wirt mit der weißen Schürze.

«Ihr Bier muss hervorragend sein, wenn es so gut ist wie Ihre Gänse», sagte er.

«Meine Gänse!» Der Mann wirkte überrascht.

«Ja. Ich habe erst vor einer halben Stunde mit Mr. Henry Baker gesprochen, einem Mitglied Ihres Gänseclubs.»

«Ach so, ja, ich verstehe. Aber wissen Sie, Sir, das sind nicht unsere Gänse.»

«Tatsächlich? Wessen denn?»

«Also, ich hatte die zwei Dutzend von einem Händler in Covent Garden.»

«Tatsächlich! Ich kenne einige Händler dort. Wer ist es?»

«Er heißt Breckinridge.»

«Ah! Den kenne ich nicht. Na, auf Ihr Wohl, Herr Wirt, und auf gute Geschäfte. Gute Nacht!

Jetzt zu Mr. Breckinridge», fuhr er fort, als wir wieder in die frostige Luft hinaustraten. Er knöpfte seinen Mantel zu. «Bedenken Sie, Watson, wenn wir an einem Ende dieser Kette auch etwas so Heimeliges wie eine Gans haben, am anderen ist ein Mann, der zweifellos sieben Jahre Zuchthaus bekommen wird, wenn wir nicht seine Unschuld beweisen können.

Es ist möglich, dass unsere Nachforschung letzten Endes nur seine Schuld bekräftigt; in jedem Fall haben wir hier aber eine Richtung für Nachforschungen gefunden, die die Polizei übersehen und die ein einzigartiger Zufall uns in die Hand gespielt hat. Wir wollen ihr bis zum bitteren Ende nachgehen. Also, die Augen nach Süden, und Geschwindschritt – marsch!»

Wir durchquerten Holborn, nahmen die Endell Street und erreichten durch ein Gewirr von Elendsquartieren endlich den Markt von Covent Garden. An einem der größten Stände prangte der Name Breckinridge, und der Besitzer, ein Mann mit einem hageren Pferdegesicht und gepflegtem Backenbart, half gerade einem Jungen dabei, die Vorsetzläden anzubringen.

«Guten Abend. Kalt ist es», sagte Holmes.

Der Händler nickte und warf meinem Gefährten einen fragenden Blick zu.

«Wie ich sehe, sind die Gänse ausverkauft», fuhr Holmes fort; er wies auf die nackten Marmorplatten.

«Morgen früh können Sie fünfhundert kriegen.»

«Das ist zu spät.»

«Es gibt noch welche an dem Stand mit dem Gaslicht.»

«Ja, aber man hat mir Sie empfohlen.»

«Wer?»

«Der Wirt vom Alpha.»

«Ach ja; dem habe ich ein paar Dutzend geschickt.»

«Und schöne Vögel waren das. Woher hatten Sie die denn bekommen?»

Zu meiner Überraschung bewirkte diese Frage einen Wutausbruch bei dem Händler.

«Also hören Sie, Mister», sagte er, wobei er den Kopf schief legte und die Fäuste in die Seiten stemmte, «worauf wollen Sie hinaus? Raus damit!»

«Das ist doch ganz einfach. Ich möchte wissen, wer Ihnen die Gänse verkauft hat, die Sie ans Alpha geliefert haben.»

«Na schön, ich werde es Ihnen nicht sagen. Und jetzt?»

«Ach, die Sache ist völlig unwichtig; ich weiß nur nicht, weshalb Sie wegen so einer Nebensächlichkeit derartig in Hitze geraten.»

«Hitze! Vielleicht wären Sie auch so hitzig, wenn Sie deswegen dauernd so gelöchert würden wie ich. Wenn ich gutes Geld für einen guten Artikel bezahle, dann sollte es damit gut sein; aber dauernd heißt es ‹Wo sind die Gänse?› und ‹Wem haben Sie die Gänse verkauft?› und ‹Was wollen Sie für die Gänse haben?› Man könnte fast meinen, das wären die einzigen Gänse in der Welt, so viel Wind wird deswegen gemacht.»

«Ich habe nichts mit anderen Leuten zu tun, die sich vielleicht danach erkundigt haben», sagte Holmes wegwerfend. «Wenn Sie es uns nicht sagen wollen, kann ich meine Wette nicht gewinnen, das ist alles. Ich bin nämlich immer bereit, für meine Meinung über Geflügel etwas springen zu lassen, und ich habe einen Fünfer verwettet, dass der Vogel, den ich gegessen habe, auf dem Land gezogen wurde.»

«Dann haben Sie Ihren Fünfer verloren, er kommt nämlich aus der Stadt», schnauzte der Händler.

«Das kann nicht sein.»

«Wenn ich es Ihnen doch sage.»

«Ich glaube Ihnen nicht.»

«Bilden Sie sich denn ein, Sie verstehen mehr von Geflügel als ich, wo ich mich doch damit auskenne, seit ich ein Laufbursche war? Ich sage Ihnen, alle Vögel, die ans Alpha gegangen sind, stammen aus der Stadt.»

«Sie werden mich nie dazu bringen, Ihnen das abzunehmen.»

«Wollen Sie darauf wetten?»

«Ich will Ihnen nicht Ihr Geld aus der Tische ziehen; ich

weiß doch, dass ich Recht habe. Aber ich will gern einen Sovereign gegen Sie setzen, nur, um Ihnen beizubringen, dass man nicht so stur sein sollte.»

Der Händler lachte grimmig. «Bring mir die Bücher, Bill», sagte er.

Der Junge brachte ihm ein kleines und ein großes Buch mit fettigem Einband und legte sie beide unter die Hängelampe.

«Also dann, Mister Besserwisser», sagte der Händler. «Ich dachte, ich hätte keine Gänse mehr, aber bevor wir miteinander fertig sind, werden Sie feststellen, dass hier doch noch so ein dummer Vogel ist. Sehen Sie das kleine Buch?»

«Was ist damit?»

«Das ist die Liste der Leute, von denen ich kaufe. Klar? Also weiter. Hier, auf dieser Seite, das sind die Leute vom Land, und die Zahl hinter dem Namen ist, wo ich ihr Konto in der großen Kladde finde. Also dann! Sehen Sie diese andere Seite da, mit roter Tinte? Das ist die Liste meiner Lieferanten in der Stadt. Sehen Sie sich mal den dritten Namen an. Lesen Sie ihn mir laut vor.»

«Mrs. Oakshott, 117 Brixton Road – 249», las Holmes.

«Genau. Jetzt suchen Sie das in der Kladde.»

Holmes schlug die angegebene Seite auf. «Da ist es. ‹Mrs. Oakshott, 117 Brixton Road, Eier und Geflügel.›»

«Na, und was ist die letzte Eintragung?»

«‹22. Dezember. Vierundzwanzig Gänse zu siebeneinhalb Shilling.›»

«Genau. Da haben Sie es. Und was steht darunter?»

«‹Verkauft an Mr. Windigate vom Alpha für zwölf Shilling.›»

«Und was sagen Sie jetzt?»

Sherlock Holmes sah zutiefst betrübt drein. Er zog einen Sovereign aus der Tasche und warf ihn auf die Schranne; dann wandte er sich ab, mit dem Gesichtsausdruck eines Mannes, der allzu angeekelt ist, um noch zu sprechen. Einige Yards weiter blieb er unter einem Laternenpfahl stehen und lachte in seiner eigentümlichen, gleichzeitig herzhaften und lautlosen Art.

«Wenn Sie einen Mann mit solchem Backenbart sehen, aus dessen Tasche eine Turf-Zeitschrift herauslugt, dann können Sie ihn immer mit einer Wette ködern», sagte er. «Ich glaube, selbst wenn ich hundert Pfund bar auf den Tisch gelegt hätte, hätte er mir keine so vollständigen Informationen gegeben wie jetzt, als er meinte, er könnte mich bei einer Wette hereinlegen. Ich glaube, Watson, wir nähern uns dem Ende unserer Suche, und der einzige Punkt, der noch zu klären bleibt, ist die Frage, ob wir diese Mrs. Oakshott noch heute besuchen oder ob wir uns das für morgen aufheben. Nach dem, was dieser bärbeißige Bursche gesagt hat, ist es klar, dass außer uns noch andere sich für diese Sache interessieren, und ich sollte …»

Seine Ausführungen wurden jählings von lautem Getöse unterbrochen, das an dem Stand ausgebrochen war, den wir eben erst verlassen hatten. Als wir uns umdrehten, sahen wir einen kleinen Mann mit einem Rattengesicht; er stand im Mittelpunkt des gelben Lichtkreises unter der Hängelampe, während der Händler Breckinridge, eingerahmt von der Tür seiner Bude, wütend seine Fäuste vor der geduckten Gestalt schüttelte.

«Ich habe euch und eure Gänse satt», schrie er. «Von mir aus könnt ihr alle zum Teufel gehen. Wenn noch jemand kommt und mich mit diesem vermaledeiten Unsinn löchert, lasse ich meinen Hund los. Sie können Mrs. Oakshott herbringen, ihr werde ich antworten, aber was haben Sie damit zu schaffen? Habe ich die Gänse etwa von Ihnen gekauft?»

«Nein, aber eine davon gehörte trotzdem mir», winselte der kleine Mann.

«Dann fragen Sie doch Mrs. Oakshott nach ihr.»

«Sie hat mir gesagt, ich soll Sie fragen.»

«Von mir aus können Sie den König von Preußen danach fragen. Ich habe genug davon. Verschwinden Sie hier!» Er stürzte wütend vor, und der Frager huschte in der Dunkelheit von hinnen.

«Ha, das könnte uns einen Besuch in der Brixton Road ersparen», flüsterte Holmes. «Kommen Sie, wir wollen sehen, was mit diesem Burschen anzufangen ist.» Mein Gefährte schritt aus, durchquerte die verstreuten Gruppen von Leuten, die um die erleuchteten Stände herumlungerten, holte den kleinen Mann sehr bald ein und berührte dessen Schulter. Er fuhr herum, und im Licht der Gaslaternen konnte ich sehen, dass jede Spur von Farbe aus seinem Gesicht gewichen war.

«Wer sind Sie? Was wollen Sie?», fragte er mit zitternder Stimme.

«Entschuldigen Sie», sagte Holmes sanft, «aber es war mir unmöglich, die Fragen zu überhören, die Sie eben dem Händler gestellt haben. Ich glaube, ich könnte Ihnen helfen.»

«Sie? Wer sind Sie denn? Was könnten Sie denn schon von der Angelegenheit wissen?»

«Mein Name ist Sherlock Holmes. Es gehört zu meinen Aufgaben, das zu wissen, was andere nicht wissen.»

«Aber hiervon können Sie doch wohl nichts wissen?»

«Verzeihen Sie, aber ich weiß alles darüber. Sie versuchen, die Spur einiger Gänse zu verfolgen, die von Mrs. Oakshott aus der Brixton Road an einen Händler namens Breckinridge und von ihm wiederum an Mr. Windigate vom Alpha verkauft worden sind, von diesem schließlich an seinen Club, in dem Mr. Henry Baker ein Mitglied ist.»

«Oh, Sir, Sie sind genau der Mann, den ich gesucht habe», rief der kleine Bursche, mit ausgestreckter Hand und bebenden Fingern. «Ich kann Ihnen kaum sagen, wie sehr ich an dieser Sache interessiert bin.»

Sherlock Holmes hielt eine vorüberfahrende Droschke an. «In diesem Fall sollten wir es wohl besser in einem behaglichen Raum als auf diesem zugigen Markt erörtern», sagte er. «Aber bevor wir fortfahren, sagen Sie mir doch bitte, mit wem ich das Vergnügen habe.»

Der Mann zögerte einen Augenblick lang. «Mein Name ist John Robinson», antwortete er dann mit einem verstohlenen Seitenblick.

«Nein, nein, den richtigen Namen», sagte Holmes milde. «Es ist immer misslich, Geschäfte mit einem *alias* zu machen.»

Röte stahl sich auf die bleichen Wangen des Fremden. «Also schön», sagte er, «in Wirklichkeit heiße ich James Ryder.»

«Das stimmt. Verwalter im Hotel Cosmopolitan. Bitte steigen Sie in den Wagen, und ich werde Ihnen sehr bald alles sagen können, was Sie nur wissen wollen.»

Der kleine Mann stand da und blickte von einem zum anderen, mit halb ängstlichen, halb hoffnungsvollen Augen, wie einer, der nicht sicher weiß, ob er vor einer Glückssträhne oder einer Katastrophe steht. Dann stieg er in den Wagen, und eine halbe Stunde später waren wir wieder im Wohnraum in der Baker Street. Während der Fahrt war kein einziges Wort gefallen, aber das hohe, dünne Atmen unseres neuen Bekannten und das Öffnen und Schließen seiner Hände sprachen von der nervösen Spannung, die in ihm herrschte.

«Da sind wir!», sagte Holmes munter, als wir hintereinander den Raum betraten. «Das Feuer sieht so aus, als wäre es dem Wetter angemessen. Sie sehen verfroren aus, Mr. Ryder. Nehmen Sie doch bitte den Korbsessel. Ich will mir nur eben meine Hausschuhe anziehen, bevor wir Ihr kleines Anliegen bereinigen. So! Sie möchten also wissen, was aus diesen Gänsen geworden ist?»

«Ja, Sir.»

«Oder genauer, aus dieser Gans. Es war, glaube ich, nur ein Vogel, an dem Sie interessiert waren – weiß, mit einem schwarzen Streifen am Sterz.»

Ryder zitterte vor Erregung. «Oh, Sir», rief er, «können Sie mir sagen, wo sie geblieben ist?»

«Sie war hier.»

«Hier?»

«Ja, und es stellte sich heraus, dass sie ein überaus bemerkenswerter Vogel war. Ich verstehe sehr gut, dass Sie ein solches Interesse an ihr haben. Sie legte ein Ei, nachdem sie tot war – das hübscheste, leuchtendste kleine blaue Ei, das jemals gesichtet wurde. Ich habe es hier in meinem Museum.»

Unser Besucher kam schwankend auf die Füße und klammerte sich mit der rechten Hand an den Kaminsims. Holmes schloss die Stahlkassette auf und hielt den blauen Karfunkel hoch, der wie ein Stern kalt und prächtig mit seinen vielen strahlenden Facetten aufleuchtete. Ryder stand dort und starrte ihn mit verzerrtem Gesicht an, unentschlossen, ob er ihn beanspruchen oder verleugnen sollte.

«Das Spiel ist aus, Ryder», sagte Holmes ruhig. «Halten Sie sich fest, Mann, sonst fallen Sie ins Feuer. Helfen Sie ihm zurück zum Sessel, Watson. Er ist nicht Manns genug, um ungestraft ein Kapitalverbrechen zu begehen. Geben Sie ihm einen Schuss Brandy. So! Jetzt sieht er ein bisschen menschlicher aus. Nein, welch ein Wurm!»

Einen Augenblick lang war er getaumelt und fast gefallen, aber der Brandy brachte wieder einen Hauch von Farbe auf seine Wangen, und mit angstvoll aufgerissenen Augen saß er da und starrte seinen Ankläger an.

«Ich kenne fast alle Einzelheiten und habe alle Beweise, die ich überhaupt nur brauche, es gibt also nicht mehr viel, was Sie mir noch erzählen müssten. Immerhin können wir dieses wenige nun auch noch klarstellen, um den Fall zu vervollständigen. Ryder, Sie hatten von diesem blauen Stein der Gräfin von Morcar gehört?»

«Das war Catherine Cusack, die mir davon erzählt hat», sagte er mit brüchiger Stimme.

«Aha. Die Zofe von Mylady. Die Versuchung, plötzlichen Reichtum so leicht erringen zu können, war zu viel für Sie, wie schon für bessere Männer vor Ihnen; aber Sie hatten keine besonderen Skrupel bei der Wahl Ihrer Mittel. Es scheint mir so, Ryder, als wären Sie aus dem Holz, aus dem man nette kleine Schurken macht. Sie wussten, dass dieser Horner, der Klempner, schon einmal die Finger in so einer Sache gehabt hat und deshalb umso schneller in Verdacht geraten würde. Was haben Sie dann getan? Sie haben irgendetwas im Zimmer von Mylady angerichtet – Sie und Ihre Spießgesellin Cusack – und dafür gesorgt, dass man nach Horner schickt, um es in Ordnung zu bringen. Als er wieder gegangen war, haben Sie die Schmuckschatulle geplündert, Alarm ausgelöst und diesen unglücklichen Mann verhaften lassen. Dann haben Sie …»

Ryder warf sich plötzlich auf den Teppich nieder und umklammerte die Knie meines Gefährten. «Um Gottes willen, seien Sie gnädig!», kreischte er. «Denken Sie an meinen Vater! An meine Mutter! Es würde ihnen das Herz brechen. Ich habe noch nie etwas Böses getan! Ich werde es nie wieder tun! Das schwöre ich. Ich schwöre es auf eine Bibel. Oh, bringen Sie es nur nicht vor Gericht! Um Himmels willen, tun Sie es nicht!»

«Zurück in Ihren Sessel!», sagte Holmes streng. «Sie können jetzt gut wimmern und zu Kreuze kriechen, aber Sie haben reichlich wenig Gedanken an den armen Horner verschwendet, der für ein Verbrechen auf der Anklagebank sitzt, von dem er nichts weiß.»

«Ich werde fliehen, Mr. Holmes. Ich gehe außer Landes, Sir. Dann wird die Anklage gegen ihn zusammenbrechen.»

«Hm! Darüber sprechen wir noch. Aber jetzt berichten Sie uns wahrheitsgemäß über den nächsten Akt. Wie kam der Stein in die Gans, und wie kam die Gans auf den freien Markt? Sagen Sie uns die Wahrheit; das ist Ihre einzige Hoffnung, ungestraft davonzukommen.»

Ryder fuhr sich mit der Zunge über die spröden Lippen. «Ich will es Ihnen erzählen, genau so, wie es sich abgespielt hat, Sir», sagte er. «Als Horner verhaftet war, dachte ich, es wäre wohl das Beste, wenn ich mich mit dem Stein sofort davonmache; ich wusste ja nicht, ob nicht die Polizei es sich im nächsten Moment in den Kopf setzt, mich und mein Zimmer zu durchsuchen. Im Hotel wäre er nirgendwo sicher gewesen. Ich bin aus dem Hotel, als ob ich einen Auftrag zu erledigen hätte, und zum Haus meiner Schwester gegangen. Sie hat einen Mann namens Oakshott geheiratet und lebt in der Brixton Road, wo sie Geflügel für den Markt mästet. Den ganzen Tag hatte ich das Gefühl, jeder, dem ich begegne, ist ein Polizist oder Detektiv, und obwohl die Nacht klar war, war ich schweißgebadet, als ich in der Brixton Road ankam. Meine Schwester fragte mich, was los ist und warum ich so bleich bin; ich habe ihr aber gesagt, ich wäre nur aufgeregt über den Juwelendiebstahl im Hotel. Dann bin ich in den Hinterhof gegangen und habe eine Pfeife geraucht und überlegt, was ich wohl am besten tun sollte.

Ich hatte einmal einen Freund namens Maudsley, und der hat gerade seine Zeit in Pentonville abgesessen. Vor kurzem ist er mir begegnet und hat angefangen, mir über die Arbeit von Dieben zu erzählen und wie sie die Sachen loswerden, die sie gestohlen haben. Ich wusste, dass ich mich auf ihn verlassen konnte, weil ich ein oder zwei Dinge über ihn weiß, deshalb habe ich mich dazu entschlossen, sofort nach Kilburn zu gehen, wo er wohnt, und ihn einzuweihen. Er würde mir bestimmt sagen, wie ich den Stein zu Geld machen kann. Aber wie sollte ich sicher zu ihm kommen? Ich dachte an die Ängste, die ich auf dem Weg vom Hotel durchgemacht hatte. Man konnte mich ja jeden Moment festnehmen und durchsuchen, und dann hätte ich den Stein in der Westentasche. Dabei stand ich die ganze Zeit an die Wand gelehnt und starrte auf die Gänse, die mir um die Füße watschelten, und dann hatte ich plötzlich die Idee, wie ich auch den besten Detektiv schlagen könnte, den es je gegeben hat.

Ein paar Wochen vorher hatte meine Schwester mir gesagt, ich könnte mir als Weihnachtsgeschenk von ihr die Gans aussuchen, die ich haben wollte, und ich wusste ja, dass sie immer für ihr Wort einsteht. Ich würde mir die Gans jetzt schon nehmen, und sie sollte meinen Stein nach Kilburn tragen. Im Hof steht ein kleiner Schuppen, und hinter den habe ich einen der Vögel gejagt, ein schönes großes Tier, weiß, mit einem gestreiften Sterz. Ich habe sie gefangen, ihr mit Gewalt den Schnabel geöffnet und ihr den Stein in die Gurgel geschoben, so weit mein Finger reicht. Die Gans schluckt, und ich kann fühlen, wie der Stein durch den Hals nach unten in den Kropf rutscht. Aber das Tier schlägt mit den Flügeln und zetert, und schon taucht meine Schwester auf, um nachzusehen, was los ist. Als ich mich umdrehe, um mit ihr zu reden, reißt sich das Vieh los und verschwindet flügelschlagend zwischen den anderen.

‹Was machst du denn da mit dem Vogel, Jem?›, sagt meine Schwester.

‹Also›, sage ich, ‹du hast gesagt, du schenkst mir eine zu Weihnachten, und ich wollte feststellen, welche die fetteste ist.›

‹Oh›, sagt sie, ‹deine haben wir schon aussortiert. Jems Vogel nennen wir sie. Die große weiße Gans da drüben. Hier sind gerade sechsundzwanzig, das macht eine für dich, eine für uns und zwei Dutzend für den Markt.›

‹Danke, Maggie›, sage ich, ‹aber wenn es dir nichts ausmacht, nehme ich lieber die, die ich gerade in der Hand hatte.›

‹Aber die andere ist gut drei Pfund schwerer›, sagt sie, ‹und wir haben sie extra für dich gemästet.›

‹Macht nichts. Ich möchte die andere haben, und ich nehme sie gleich mit›, sage ich.

‹Mach, was du willst›, sagt sie, ein bisschen beleidigt. ‹Also, welche willst du jetzt?›

‹Die weiße da, mit dem Streifen am Sterz, mitten in der Schar.›

‹Na gut. Schlachte sie und nimm sie mit.›

Also, ich habe getan, was sie gesagt hat, Mr. Holmes, und ich habe den Vogel die ganze Strecke nach Kilburn getragen. Ich erzähle meinem Kumpel, was ich angestellt habe, er ist nämlich einer, dem man so etwas ganz einfach erzählen kann. Er lacht, bis ihm die Luft wegbleibt, und wir haben ein Messer genommen und die Gans aufgemacht. Dann ist mir das Herz stehen geblieben; wir haben nämlich keine Spur von dem Stein gefunden, und ich wusste, dass ich einen schrecklichen Fehler gemacht hatte. Ich habe den Vogel Vogel sein lassen und bin zurück zu meiner Schwester gerannt und in den Hof gestürzt. Aber da war kein einziger Vogel mehr.

‹Wo sind die alle, Maggie?›, rufe ich.

‹Zum Händler.›

‹Welcher Händler?›

‹Breckinridge, Covent Garden.›

‹Aber war denn da noch eine mit Streifen am Sterz?›, frage ich. ‹Genau wie die, die ich mir ausgesucht habe?›

‹Ja, Jem, wir hatten zwei mit gestreiften Sterzen, und ich habe sie nie auseinander halten können.›

Da ist mir natürlich alles klar gewesen, und ich bin zu diesem Breckinridge gerannt, so schnell ich konnte; aber er hatte die ganze Lieferung sofort weiterverkauft und wollte mir überhaupt nicht sagen, wohin sie gegangen waren. Sie haben ihn ja heute Abend selbst gehört. Mir hat er jedes Mal genauso geantwortet. Meine Schwester hält mich jetzt für verrückt. Manchmal glaube ich das selbst. Und jetzt – jetzt bin ich ein gebrandmarkter Dieb, und dabei habe ich den Reichtum, für den ich meinen guten Ruf aufs Spiel gesetzt habe, nie angefasst. Gott helfe mir! Gott helfe mir!» Er brach in krampfhaftes Schluchzen aus und vergrub sein Gesicht in den Händen.

Ein langes Schweigen stellte sich ein, unterbrochen nur von seinem Schnaufen und vom leisen, gleichmäßigen Klopfen von Sherlock Holmes' Fingerspitzen auf dem Tisch. Schließlich erhob mein Freund sich und riss die Tür auf.

«Hinaus!», sagte er.

«Was, Sir! Oh, Gott segne Sie!»

«Kein Wort mehr. Hinaus!»

Weitere Worte waren auch nicht nötig. Er stürzte hinaus, polterte die Treppe hinab, die Haustür fiel krachend ins Schloss, und wir hörten ihn immer leiser die Straße hinabrennen.

«Letzten Endes, Watson», sagte Holmes, als er die Hand nach seiner Tonpfeife ausstreckte, «werde ich nicht von der Polizei bezahlt, um ihre Fehler auszubügeln. Wenn Horner in Gefahr wäre, wäre es etwas anderes, aber da dieser Bursche nicht mehr gegen ihn aussagen kann, wird die Anklage zusammenbrechen. Ich glaube, ich übertrete gerade ein Gesetz, aber möglicherweise rette ich damit eine Seele. Dieser Mann wird kein Verbrechen mehr begehen. Das hat ihn zu sehr entsetzt. Wenn man ihn jetzt ins Gefängnis steckt, macht man einen lebenslangen Galgenvogel aus ihm. Abgesehen davon haben wir die Jahreszeit der Vergebung. Der Zufall hat uns ein ganz einzigartiges und absonderliches Problem zugespielt, und es gelöst zu haben ist Belohnung genug. Wenn Sie die

Freundlichkeit aufbrächten zu läuten, Doktor, könnten wir mit einer anderen Untersuchung beginnen, bei der wieder ein Vogel die Hauptrolle spielt.»

Deutsch von Gisbert Haefs

Christine Grän

Engel morden nicht

Alternder Engel sucht Weihnachtsmann.
Chiffre BZ 5910.

Zwei Weihnachtsmänner haben geschrieben, ohne Fotos beizulegen. Doch der alte Engel glaubt, sie zu erkennen: nicht jung, nicht schön, nicht reich – ohne besondere Kennzeichen außer jenem Kainsmal der Einsamkeit, das sich in kleinen Wohnungen mit Einbauküchen versteckt, hinter stolzen, abwehrenden Blicken, in Büros, Cafés und Kinosälen.

Einsame erkennen einander, ohne sich zu begegnen. Wer würde Viola Schmidt begegnen auf ihren Wegen ins Büro, zum Kaufmann, ins Kino oder Café? Auffallend an ihr ist nur ihre Unauffälligkeit. Sie ist 53 Jahre alt geworden und hat nie nackt in einem Springbrunnen getanzt. Sie befriedigt sich immer seltener im Dunkel ihres Schlafzimmers. Sexuelle Erinnerungen, die mit Männern zu tun haben, sind verblichen wie die Fotos ihrer Jugend. Das Leben ist immer weitergegangen, und sie hat Schritt gehalten. Mehr war nie von ihr gefordert.

Viola Schmidt wohnt in einem modernisierten Mietshaus in Bonn-Kessenich; sie arbeitet seit 15 Jahren als Sekretärin in einer Speditionsfirma; sie besitzt einen Kater und ein kleines Sparkonto sowie ein paar schöne Möbelstücke, die sie von ihren Eltern geerbt hat. Sie mag Beethoven, Kriminalromane und Liebesfilme mit Happy End. Sie hasst Lärm und fürchtet die Lächerlichkeit. Sie schützt sich mit einem Sicherheitsschloss und einer Türkette vor Eindringlingen. Doch niemand hat bisher versucht, in ihr Leben einzudringen.

«Es geht mir gut», sagt sie zu den wenigen Menschen, die sich nach ihrem Befinden erkundigen. Sie meint es so. Einsamkeit ist keine Krankheit, die ständig Schmerzen verursacht. Nur manchmal möchte sie mehr vom Leben als die geordnete Nichtigkeit ihrer Tage und Nächte. Etwas Aufregendes, an das man sich erinnern kann, später, in dem Altenheim, in das sie sich eingekauft hat, weil man für alle Fälle vorsorgen muss, wenn man alleine lebt.

Es geht ihr nicht immer gut. Weihnachten ist so eine Zeit, in der alternde Engel unruhig werden und in Wellen von Weltschmerz eintauchen. Wenn die Weihnachtsfeier im Betrieb vorbei ist, warten auf Viola Schmidt das Weihnachtsgesteck mit Kerze, die Pikkoloflasche Sekt, die Canapés, die Weihnachtskarte von Tante Luise und – das Fernsehprogramm. Stille, Heilige Nacht auf allen Kanälen. Lange, stille Nächte.

Viola Schmidt studiert jeden Samstag, den sie allein verbringt, die Todes- und Heiratsanzeigen. Aber ebenso wenig, wie sie nackt in einem Springbrunnen tanzen würde, bringt sie es über sich, einem fremden Mann zu schreiben und sich mit Worten auszuliefern. Sie hat nichts gegen Männer, prinzipiell. Sie kennt sie nur zu wenig, um ihnen zu trauen. Sie liebt sich selbst zu wenig, um Liebe zu erwarten. Und doch hat sie in diesem Jahr einen ungeheuerlichen Versuch gewagt: Sie hat die Anzeige aufgegeben, vier Wochen vor Weihnachten. Ein einsamer, spontaner Entschluss; ein sorgfältig überlegter Anzeigentext … und tausend Sprünge über die Schatten, mit denen sie ihr Leben in gedämpftes Licht getaucht hat.

★

Einsamer Engel sucht Weihnachtsmann. Zwei Briefe sind gekommen, die sie immer wieder gelesen hat. Zwei sehr unterschiedliche Briefe. Ein Rentner aus Köln: Er schreibt auf fünf

Seiten sein Leben nieder, und sein Leben ist voller Kommafehler. Es gibt Dinge, die Viola Schmidt sehr ärgerlich machen: Grammatikfehler gehören dazu; Menschen, die lügen oder grässlich laut lachen – so wie ihr Chef manchmal, wenn er meint, sich auf ihre Kosten amüsieren zu müssen.

Der zweite Brief ist kürzer. Er kommt aus Düsseldorf, von einem Mann, der nichts über sich, aber viel über Einsamkeit schreibt. Sätze, die sie berühren und neugierig machen. Es käme ihr nicht in den Sinn, beide Männer einzuladen. Sie hat einmal an den Weihnachtsmann geglaubt und war sehr enttäuscht, als sie herausfand, dass es viele gab – und alle falsch waren.

Viola Schmidt entscheidet sich sehr sorgfältig für das Abenteuer, den Mann aus Düsseldorf: für Arnold Huber. Viel mehr als seinen Namen und seine Adresse weiß sie nicht von ihm. Doch sie schreibt ihm, dass er sie am 24. Dezember um 19 Uhr besuchen könne. «Ich hoffe, Ihren Ansprüchen gerecht zu werden», schreibt Viola Schmidt. Kann sie das? Wird er nicht enttäuscht sein, auch wenn sie beim Frisör war, ihr bestes Kleid trägt und ihr bestes Lächeln …

Alternder Engel trifft Weihnachtsmann. Ihr Herz hämmert, als es schellt, und sie muss sich zwingen, langsam zur Tür zu gehen. Sie bleibt stehen. Noch hat sie die Wahl, diesen Wahnsinn abzuwenden. Einsamkeit ist nicht nur Qual, sondern auch Selbstschutz. Sie war leichtsinnig. Sie hätte sich zumindest in einem Café verabreden sollen …

Der Weihnachtsmann trägt einen langen weißen Bart, den er sich vom Gesicht reißt, als er ihr entsetztes Gesicht sieht. Arnold Huber lacht, als er ihr die rote Rose und das Buch mit den Weihnachtsmärchen überreicht. «Ich danke für die Einladung, lieber Engel», sagt er und setzt seinen Fuß in die Tür, bevor sie reagieren kann.

Er ist jung, bedeutend jünger als sie. Sie schätzt ihn auf 45

Jahre und schämt sich ihrer Frivolität, einen Weihnachtsmann zu suchen. Er sieht gut aus, auf eine intellektuelle Art, die das Gefühl der Unterlegenheit und Scham noch steigert. Die Situation ist absurd, und Viola Schmidt steht im gedämpften Licht der Flurbeleuchtung und sagt: «Ich glaube, es ist besser, wenn Sie gehen.»

Arnold Huber hängt seinen Mantel und den falschen Bart an den Garderobenhaken. «Mögen Sie keine Weihnachtsmärchen?» Er lächelt sie an: «Ich mag sie – und ich möchte bleiben.»

Viola Schmidt denkt an das aufwändige Essen, das sie vorbereitet hat. Ist es eine praktische Entscheidung, der Sache ihren Gang zu lassen? Sie bittet ihn mit einer Handbewegung ins Wohnzimmer, in dem ihre besten Möbel stehen und das Tischsilber im Schein der Kerzen funkelt.

Er ist souverän, und sie findet sich schrecklich linkisch. Er bewundert den Weihnachtsbaum, den sie für ihn geschmückt hat. Er hilft ihr, eine Vase für die Rose zu finden. Er öffnet die Sektflasche und vergießt keinen Tropfen auf den kostbaren Teppich. «Junggesellen sind erfahren in Haushaltsdingen», sagt er. Sie ringt sich ein zustimmendes Lächeln ab.

Während des Essens hilft er ihr beim Auf- und Abtragen. Er spricht über Politik und Kunst, und sie sitzt ihm gegenüber, ein alter Engel, der sich fürchtet. Sie denkt, dass ein Mann wie er es doch nicht nötig hat, auf Anzeigen zu antworten. Warum ist er hier?

Ein Heiratsschwindler, denkt sie, während sie das Filet Wellington aufschneidet und ihm zwei Stücke auf den Teller legt. Arnold Hubers Worte fließen mit solcher Leichtigkeit. Sie weiß doch, dass Einsame das Sprechen verlernen. Er redet über alles, nur nicht über sich. Ich bin einem Heiratsschwindler aufgesessen, denkt sie, und ihre Wangen brennen vor Scham.

Einsame verlernen, sich zu wehren. Sie hört ihm zu und trägt schließlich das Dessert auf, einen selbst gebackenen Christstollen, und er lächelt sie an, als ob er ihre Gedanken lesen könne. «Ich halte nicht viel von jungen Frauen», sagt er. «Ihre Anzeige hat mich neugierig gemacht. Erzählen Sie mir von sich, Viola. Ich möchte Sie näher kennen lernen.»

Sein Blick ist schmeichelnd, aber da ist etwas an seinem Lachen, das sie stört. Zu überlegen, zu laut vor allem. Ein Lachen, das so eisig ist wie das Gefühl in ihrem Magen. Und jetzt weiß sie plötzlich, was sie von Anfang an an diesem jungenhaften Gesicht gestört hat: Es ähnelt der Phantomzeichnung in der Tageszeitung, der Beschreibung eines Mannes, der seit Wochen sein Unwesen in Bonn treibt und ältere Frauen überfällt und ausraubt. Wenn er den falschen Bart nicht getragen hätte, vielleicht hätte sie ihn gleich erkannt und ihm die Tür vor der Nase zugeschlagen …

Während er nicht aufhört zu reden, kämpft Viola mit Panik. Keine ihrer Lebensängste ist vergleichbar mit dieser großen Angst, die sich in ihrem Körper ausbreitet und ihrem Gesicht einen Ausdruck des Entsetzens verleiht.

«Ist Ihnen nicht wohl, Veilchen?», fragt der Verbrecher, der mit ihr spielt, bevor er seine Maske ablegen und zur Tat schreiten wird. Viola springt mit einem unterdrückten Schrei auf und läuft zur Toilette. Sie schafft es noch, die Tür von innen zu verschließen, bevor sie sich über dem Waschbecken übergibt.

«Was immer passiert, niemand darf davon erfahren», sagt Viola Schmidt zu ihrem bleichen Gesicht im Spiegel. Draußen sagt seine Stimme: «Kann ich Ihnen helfen?» Das ist beinahe komisch, aber Viola Schmidt hat keinen Sinn für schwarzen Humor. Er klopft an die Tür, bewegt die Türklinke. Sie kann nicht denken. Alte Mädchen haben gelernt, mit Puppen zu spielen. Sie wissen nicht, wie man sich gegen böse Männer zur Wehr setzt. Mit einer Nagelschere?

«Viola, verflixt, nun machen Sie schon auf.»

Seine Stimme klingt nicht wie die Stimme eines Mörders. Der Mann aus der Zeitung hat die Frauen nicht vergewaltigt oder umgebracht. Vielleicht kann ich ihn hindern, die Wohnung zu zerstören, wenn ich aufmache, denkt sie. Es sind viele Schritte bis zur Tür. Sie ergreift den Schlüssel ...

Er ist groß, viel größer als sie. Sie blickt zu ihm auf und bemüht sich um einen festen, mutigen Ton. «Ich werde Sie nicht anzeigen. Aber es wäre mir lieber, wenn Sie mich niederschlagen und ausrauben, bevor ich den Kaffee serviere», sagt Viola Schmidt zu Arnold Huber. Sie steht vor ihm und senkt sogar den Kopf in einer Geste der Ergebenheit. Der Kater streicht um ihre Beine, als ob er ihr Trost spenden wolle. Der CD-Player spielt Beethoven, und Viola wartet auf den ersten Schlag und hofft, dass es nicht allzu wehtut.

Als er die Arme um sie legt, denkt sie, dass er sie nun doch erwürgen wird. Man sollte Weihnachtsmännern nie trauen. Sie sind Väter, die sich verkleiden und so tun, als ob sie gut wären. Märchengestalten ... böse Märchen ...

Als er sie küsst, denkt Viola Schmidt an nichts mehr. Als er sie loslässt, sagt sie: «Ich hätte mir vorher die Zähne putzen sollen.»

«Engel», sagt Arnold Huber grinsend, «werden auch immer verrückter.» Er streicht ihr mit einer zarten Geste über die Perlenkette, die eine Narbe verdeckt. Verglühen Engel, wenn sie zu nah ans Feuer kommen? Viola schmilzt in einer Mischung aus Scham und Erstaunen. Ganz weich und willenlos folgt sie seiner Regie einer sexuellen Begegnung. Sie führt Arnold Huber in ihr Schlafzimmer und tanzt nackt in einem Springbrunnen. Schlafen ist Sünde in solchen Nächten, und sie erzählt ihm von ihren Wünschen und Begierden, weil er alles von ihr wissen will und weil sie überquillt von Geschichten und von dem Selbstbewusstsein einer Frau, die begehrt wird. Es gibt diese Nächte, und sie sind wie glitzernde Glassplitter auf Asphalt. Nicht mit Diamanten zu verwechseln …

★

«Es war zweifellos die wunderbarste Nacht meines Lebens», sagt Viola Schmidt später zum Staatsanwalt. Und sie fügt hinzu: «Vielleicht hätte er nicht lachen sollen, als er mir beim Frühstück gestand, dass er Journalist ist und eine Artikelserie über allein stehende Frauen schreibt; Frauen, die Bekanntschaftsanzeigen aufgeben.» Sie merkt, dass der Staatsanwalt sie nicht versteht. Der Mann trägt einen Bart und erinnert sie entfernt an Männer, die man fürchten muss. Sie hat ihm ihre Geschichte nur erzählt, weil sie ihre Ruhe haben will, ungestört Zeit, sich an diese Nacht zu erinnern.

«Wissen Sie, es war dieses laute Lachen … ich wollte nur, dass er aufhört, über mich zu lachen, als ich nach dem Brotmesser griff …»

Janwillem van de Wetering

Ein angemessenes Weihnachtsgeschenk

Sie ging ohne Umschweife auf den kleinen älteren Herrn zu, der auf einer verwitterten Bank auf der Prinzeninsel saß. Die Prinzeninsel ist ein älterer Stadtteil von Amsterdam, auf der südlichen Seite des Flusses. Die rot gekleidete Dame setzte sich neben den Alten. «Sie sind ein feiner Herr», sagte sie.

«Bin ich?», fragte Amsterdams Chefinspektor.

Mit einem kalten Finger berührte sie seine Hand. «Ja.»

Er hatte dem Liebeswerben eines Wildentenpärchens zugeschaut. Erst hatten sie einander aus der Ferne beobachtet, dann schien das Weibchen die Regie übernommen zu haben, und jetzt nickten sie mit den Köpfen und verneigten sich voreinander. Er fragte sich, ob die Dame wohl Ähnliches von ihm erwartete.

Er fand sie attraktiv: langbeinig, mit festem, schlankem Körper, das rote Kleid in zurückhaltendem Rot. Möglicherweise hatte sie ihr Gesicht liften lassen, und möglicherweise war sie in den Vierzigern. Ihr spärliches Make-up unterstrich wirkungsvoll die Konturen ihres Gesichts mit den hohen Wangenknochen, die glänzenden Augen waren verführerisch, der Mund schön geschwungen. Ihr kurz geschnittenes schwarzes Haar ließ ihre kleinen, wohlgeformten Ohren frei. Sie war schlank.

«Sie haben Geschmack», sagte sie jetzt.

Er dankte für das Kompliment. Natürlich hatte er Geschmack. Sein Anzug aus Shantungseide, wenn vielleicht auch schon etwas abgetragen, war maßgeschneidert und betonte die lässige Eleganz seines Körpers. Unter der Krempe seines neuen Strohhutes lagen seine intelligenten hellblauen Augen im Schatten. Seine Nase, unter den goldgerahmten Brillengläsern, war gerade, seine schmalen Hände ruhten auf dem goldenen Knauf eines dünnen Bambusstöckchens.

«Kommen Sie zur Sache», sagte der Chefinspektor mit entschlossener Stimme.

«Sie glauben, ich sei eine Nutte?»

«Sind Sie eine?»

Sie schüttele den Kopf, «Glauben Sie, ich will Sie anbetteln, um Geld für Drogen zu kriegen?»

Er sah in ihre Pupillen. «Nein, ich glaube nicht.»

«Langweile ich Sie?», fragte die Dame in Rot.

Eine hochkultivierte Sprache, dachte der Commissaris. Eine universitätsgeschulte Aussprache. Ihr Auftreten erinnerte ihn an die Frauen aus seinem Bekanntenkreis, die an der exklusiven Universität von Leyden studiert hatten. Und sie schien selbstbewusst zu sein. Eine erfolgreiche Akademikerin? Eine Rechtsanwältin? Nein, mit denen hatte er dauernd zu tun. Weibliche Juristinnen waren oft hochnäsig. Sie dagegen schien, trotz ihres augenblicklichen Verhaltens, eine stille, zurückhaltende Person zu sein.

«Medizinerin?», fragte er.

Sie neigte den Kopf. «Richtig geraten.»

Sie trug einen Diamantring und eine goldene Uhr, passende Schuhe zu dem raffiniert gearbeiteten roten Kleid, einen Schal und ein Notizbuch. Ihr gesamtes Auftreten erinnerte an die professionellen Mannequins, die in Frauenzeitschriften abgebildet waren, die seine Frau überall herumliegen ließ. «Praktizieren Sie?», fragte er.

«Seit einigen Jahren nicht mehr», antwortete die Dame.

Ihre Stimme war fest, kühl und zurückhaltend, ganz im Gegensatz, wie er bemerkte, zu der draufgängerischen Art von vorher. Seine Art der Wahrnehmung war die eines Polizisten

– welche auch sonst –, die sich immer wieder auf die Widersprüche konzentrierte. Der Punker im Rolls-Royce, der unauffällige, gut gekleidete Typ, der betrunken durch die übelste Gasse der Stadt taumelt, die scheue, draufgängerische Dame. Der Punker hat das Auto gestohlen. Der Typ will einen Strichjungen wegen Erpressung erschießen. Und was hat die scheue, draufgängerische Dame vor?

Er stand auf, lüftete seinen Hut, nannte seinen Namen und reichte ihr die Hand.

«Marion», sagte sie und erwiderte seinen Händedruck.

Er nahm wieder Platz. «Marion wie?»

«Darf ich noch ein bisschen anonym bleiben?», fragte Marion. «Einverstanden, Commissaris? Bis ich Sie ein wenig besser kenne?»

Sie hatte ihn wahrscheinlich aufgrund der Zeitungsfotos erkannt, dachte er. Gerade heute war er wieder abgebildet gewesen: ein vertrackter Fall, den er noch nicht einmal selber gelöst hatte. Sergeant de Gier hatte die Arbeit gemacht, aber die Journalisten wollten den Commissaris im Blatt haben – den weisen alten Mann, wie ihn die Morgenzeitung genannt hatte.

«Was kann ich für Sie tun, Dr. Marion?», hörte er sich selbst mit freundlicher Stimme fragen. Würde ein weiser alter Mann es zulassen, dass seine Betrachtungen auf der verwitterten Bank der Prinzeninsel gestört würden? Er kam gerne hierher, um über die Dinge des Lebens nachzudenken und dabei auf die sich kräuselnden Wellen zu schauen. «Reflexionen über das Meer der Illusionen.» Er hatte das irgendwo mal gelesen.

Es stimmte, je älter er wurde, desto unwirklicher erschienen ihm die Dinge.

«Ich möchte Sie etwas fragen», sagte die Dame.

Das Guru-Syndrom, dachte der Commissaris. Die Dame wollte einen kostenlosen Rat von oben haben. Was, glaubte sie, hätte er ihr zu sagen? Er war doch genauso ein Ignorant, ließ sich doch genauso manipulieren wie jeder andere – was man den Morgenzeitungen natürlich nicht auf die Nase binden konnte.

«Ich lebe mit dem Tod», sagte Marion.

Das tun wir alle, dachte er, sprach es aber nicht aus.

«Alles um mich herum stirbt», hörte er sie sagen.

Jetzt war ihre Stimme rau, dachte er, als ob ein trockener Wind das zarte Gesicht gestreift hätte. Ihre Finger, die auf seiner Hand lagen, waren eisig, ihr Lächeln war kalt. Er fröstelte. Sie zog ihre Hand zurück. «Niedriger Blutdruck, Commissaris, habe ich schon immer. Ich bin daran gewöhnt.» Jetzt sah er, dass ihre straffe Haut es gar nicht nötig hatte, geliftet zu werden. Ihr Kopf glich einem lebenden Totenschädel. Ihre vorher so geheimnisvollen schönen Augen lagen tief, beinahe leer in den Höhlen.

«Es tut mir Leid», sagte sie, als er erneut fröstelte.

«Was stirbt?», fragte er. «Was ist es, was um Sie herum stirbt?»

Der Prozess hätte ganz allmählich begonnen, erklärte sie. Zuerst waren es die Topfpflanzen, die eine nach der anderen verdorrten. Sie hatte sich immer gerne mit Pflanzen beschäftigt. Sie hatte Zwergpalmen und große Farne in einem Gewächshaus auf der hinteren Veranda gezüchtet und riesige Geranien auf den Fensterbänken. Die Setzlinge, die sie gekauft hatte, um die Pflanzen zu ersetzen, wollten nicht wachsen, dann seien sie eingegangen.

«Krankheiten?», fragte der Commissaris.

Ja, erklärte Marion, aber Krankheiten bei Pflanzen könne man behandeln. Sie hätte die Blätter der Palmen abgewaschen, die Farne bestäubt, die Geranien runtergeschnitten und die Setzlinge gedüngt. Doch der Erfolg war ausgeblieben.

Auch Mollie war gestorben. Mollie war der Hund, eine

Zwergbulldogge, bei der man nicht wusste, wo hinten und vorne war. Ein fröhlicher Hund, ein guter Kamerad. Mollie hatte Krebs gehabt.

«War er schon alt?»

«Gerade fünf Jahre.»

Marion hatte sich aus dem Tierheim einen neuen jungen Hund und kleine Kätzchen geholt – ein unbekanntes Virus stoppte ihr Wachstum, und sie starben. Sie war in den Wäldern von Amsterdam geritten, und jedes Pferd war erkrankt. Der Reitstall hatte ihre Mitgliedskarte eingezogen. Sie kaufte sich selbst ein Pferd, aber auch Kaiser starb.

«Woran?»

«An einem Kopfschuss. Sein Bein war gebrochen. Er war in dem Park aufgewachsen, er kannte jeden Weg, jeden Stein, aber mit mir auf dem Rücken kam er ins Stolpern und fiel.»

Der Commissaris sagte nichts.

«Pech?», fragte Marion.

Er sagte, das sei ihre Interpretation. Dem Absonderlichen könne man immer wieder begegnen. Er erzählte ihr von dem Onkel seiner Frau und der Bombardierung Rotterdams während des Zweiten Weltkriegs. Die dreimotorigen deutschen Junkers-Flugzeuge hatten die Innenstadt bombardiert, nachdem die Stadtregierung es abgelehnt hatte, sich den über den Fluss eingeschmuggelten Kommandotruppen der SS zu ergeben. Als die holländische Marine den Feind zurückdrängen wollte, setzten die Junkers die Stadt in Brand. Dieser Onkel war in die Stadt gefahren, um wertvolle Waren aus seinem Lager in Sicherheit zu bringen. Das Warenhaus brannte, als er ankam. Während er zusah, wie sein unversichertes Vermögen in Flammen aufging, stahlen fliehende Menschen seinen Wagen. Er ging zu Fuß nach Hause und musste feststellen, dass sein Haus dem Erdboden gleichgemacht war, weder seine Frau noch seine Kinder hatten überlebt. Der Onkel hatte sich immer sehr ereifert, wenn ihm ein Schnürsenkel riss. In diesem Moment riss einer. Er lachte und konnte überhaupt nicht mehr damit aufhören.

«Der zerrissene Schnürsenkel bedeutete Glück?», fragte Marion.

Er wolle den Fall nicht überbewerten, sagte der Commissaris, aber der Onkel, der nichts mehr zu verlieren hatte, wurde ein hochdekorierter Freiheitskämpfer, heiratete erneut, gründete wieder eine neue Firma, und nicht Schlimmes widerfuhr ihm mehr.

Der Commissaris schürzte seine dünnen Lippen. «Sie werden es nicht glauben, aber der Onkel hieß Hiob.» Er lächelte.

«Hiob war unschuldig.» Kalte Lippen berührten seine Wange, und er war wieder mit den Wildenten allein.

★

«Das ist noch nicht zu Ende», sagte seine Frau, als der Commissaris mit seiner Geschichte fertig war. Er war ein wenig verlegen, auch deshalb, weil er unabsichtlich ihre Füße unter der Bettdecke berührt hatte – eine Intimität, die er sonst genoss.

«Möchtest du die Dame in Rot wieder sehen?», fragte sie.

«Eigentlich nicht, Katrien.»

«Dann bleib der Prinzeninsel fern.»

Der Commissaris hielt sich Katrien zuliebe daran. Er konnte sich auch nicht recht vorstellen, dass er mit seinen vierundsechzig Jahren, halb verkrüppelt durch ein rheumatisches Hüftleiden, seinem Gebiss und seiner fürchterlichen Husterei – er rauchte zwar nicht mehr, aber seine jahrzehntelang durch Zigaretten traktierte Lunge brauchte Zeit, um sich zu erholen –, dass er für eine neurotische, damenhafte Schönheit eine Herausforderung sein sollte. An seinen freien Tagen sehnte er sich danach, seine Gedanken über das «Meer der Illusionen» fortzuspinnen, was aber nur gelingen wollte, wenn er am Wasser war. Deshalb mietete er sich eines freien Tages ein Dory, um die Amstel hinabzurudern.

Vom Kai aus rief Marion ihm zu: «Haben Sie etwas dagegen, wenn ich Sie begleite?»

Er tippte an seinen Strohhut und ruderte auf sie zu. «Seien Sie mein Gast, meine Liebe.»

Er sah auf ihre Beine. Das kurze rote Kleid zeigte sie in ihrer ganzen Vollendung.

«Sie sollten Gitarre spielen», sagte Marion.

«Ich kann singen.»

Der Commissaris sang *My Funny Valentine.*

«Das ist die Chet-Baker-Version», sagte Marion. «Ich hatte die Schallplatte, aber sie hat auf Partys Kratzer abgekriegt.» Sie streichelte seine Knie. «Sie sind sehr kühn. Ich dachte, der letzte lange Ton würde brechen, aber Sie hielten ihn und führten ihn bis zum Ende der Melodie.» Sie lächelte. «Das genau ist es, was das Lied ausmacht. Sie *haben* Geschmack. Aber das war nicht nur Chet Baker. Irgendetwas, das noch raffinierter war, vielleicht.»

«Miles Davis hat es manchmal so gespielt», sagte er. «Nur besser.»

Sie lächelte. «Sie kennen sich gut aus im Jazz.»

Durch ihre Worte ermutigt, blieb er bei seinem Lieblingsthema. «Zwei meiner Kollegen machen Jazz. Adjudant Grijpstra spielt Schlagzeug und Sergeant de Gier Trompete. Früher hat er Flöte gespielt. Ich höre ihn lieber auf der Trompete, er ist wirklich gut, einige seiner Solos sind sogar großartig.» Der Commissaris errötete. «Sie haben mich eingeladen, bei ihnen mitzumachen.» Er blickte auf den Fluss, ein frischer Windstoß kräuselte die Wellen, und eine Seemöwe, die über die Angeberei eines alten Mannes kicherte, glitt vorbei.

«Singen Sie schon lange?»

«Als Junge habe ich gesungen», sagte der Commissaris. «Dann wurde die Karriere unterbrochen, weil es unklug zu sein schien, sich auf seine Musikalität zu verlassen. Aber jetzt, wo nicht mehr so viel los ist, freut es mich, dass meine Kollegen mich überredet haben, in ihrem Ensemble mitzumachen.» Er ruderte mit langen Schlägen, die Aussicht, noch einmal etwas Neues anzufangen, erfüllte ihn mit Tatkraft. «Jazz zu singen strengt mehr an.» Sie freute sich an seinem Lächeln, und seine hellen Augen blitzten.

Er lenkte das Dory in eine Bucht, unter den Schatten großer Weiden. Rosagestreifte Riesenelritzen gaben sich ihren rituellen Tänzen zwischen den schwankenden Sumpfgräsern hin. Eine Reiherente, die mit ihrem untersetzten braun-gelben Körper im Schatten des Schilfrohrs versteckt war, erschreckte das Paar im Boot mit lauten Warnschreien, die wie plötzliche Trommelschläge hallten. «Adjudant Grijpstra explodiert manchmal genauso», sagte der Commissaris, «um dann dem äußersten Rand seiner *snare drum* ein paar harte Schläge zu geben: Das knistert von Understatement und kann den Zuhörer schier verrückt machen.» Er grinste: «Das Understatement ist es, das den Jazz so unvergleichlich macht.»

Der Commissaris hatte eine Thermoskanne mit starkem schwarzem Kaffee und Ingwerkekse bei sich. Sie tranken beide aus seinem silbernen Becher.

Ihm wurde kalt, und er verfluchte seine alten Knochen.

«Gute alte Knochen», Marion lächelte. «Vielleicht sollten wir uns andere Treffpunkte aussuchen. Nächstes Mal gehen wir zusammen essen.» Sie erzählte ihm von ihrem Vater, der sich hatte scheiden lassen und den sie kaum gekannt hatte, bis er ihr plötzlich in Paris über den Weg lief. Er lud sie zum Essen ein, und sie gingen in ein kleines Restaurant mit Blick auf die Seine und aßen gegrillte Seezunge.

«Das war das einzige Mal, dass wir uns nahe waren.»

«Bin ich eine Vaterfigur für Sie?»

«Und wenn?» Sie hatte wieder ihr kaltes Lachen. «Aber Sie sind nicht mein Vater.»

«Ich möchte eigentlich einen Rat», sagte Marion, als das Boot beim Verleih anlegte.

«Dafür ist ein alter Mann da», witzelte der Commissaris. Aber sie ging nicht darauf ein. Nichts regte sich in ihrem Gesicht. «Sogar das Unkraut in meinem Garten geht ein», sagte sie. «Glauben Sie, es hat etwas mit dem zu tun, was ich getan habe?»

«Was haben Sie getan?», fragte der Commissaris.

Sie wartete, bis das Dory vertäut war und er ihr aus dem Boot half. Die Hand auf seine Schulter gestützt, sagte sie: «Sie wissen, dass ich Ärztin bin. Ärzte heilen. Aber ich habe vorsätzlich meinen Mann getötet.» Ein Windstoß blies seinen neuen Strohhut in die Amstel. Marions teurer Sportwagen fuhr davon, als ihm bewusst wurde, dass Katrien vor ihm stand.

★

«Vielleicht war es eine falsche Diagnose», sagte der Commissaris zu seiner Frau. «Übertriebenes Schuldbewusstsein nennt man das wohl. Aber auch Ärzte sind nicht davor gefeit, tragische Fehler zu machen. Denk an Cousin Jasper.»

«Cousin Jasper», sagte Katrien, «war noch in der Ausbildung. Sein Professor war krank geworden, und er war allein, als das kleine Mädchen eingeliefert wurde. Ihr Zustand war kritisch, und sie brauchte unverzüglich Hilfe. Jasper war unerfahren und ohne Hilfe. Er traf die falsche Entscheidung.»

«Das kleine Mädchen starb», sagte der Commissaris, «weil Jasper einen tragischen Fehler gemacht hatte.»

«Jasper lebt heute auf dem Land», sagte Katrien, «seine Patienten lieben ihn. Seine Praxis ist erfolgreich. In seiner Freizeit pflanzt er Tomaten. Er züchtet gesunde Zwergziegen. Lass die Finger von dieser Killerfrau.»

★

Marion und der Commissaris aßen gegrillte Seezunge in einem Restaurant neben dem Concertgebouw, nachdem er sie telefonisch eingeladen hatte. Sie war glücklich und aufgeregt. «Wie haben Sie mich gefunden?» Er sagte ihr nicht, dass das ein Kinderspiel gewesen war. Sergeant de Giers Spezialität war es, Verdächtigen auf die Spur zu kommen. Die Hinweise, wenn es auch wenige waren, reichten vollkommen aus: eine Dame über vierzig, die Marion hieß, in Leyden promoviert hatte und einen brandneuen roten Mercedes-Sportwagen fuhr.

«Sie wollen es mir nicht sagen?» Das kurze kalte Lachen war wieder da. «Die Polizei weiß alles, hält die Bevölkerung mit ihren Verwirrspielen in Schach.» Er nickte. «Und wie haben Sie mich am Bootshafen gefunden?» Sie hatte zufällig gesehen, wie er seinen alten Citroen DS dort parkte. Auf der Prinzeninsel war es ebenso. Ein Freund, der in der Stadtverwaltung saß, hatte ihr den Commissaris einmal gezeigt und gesagt, er sei so etwas wie der Monsieur Vidoux von heute. Das war schon eine ganze Weile her, damals hatte sie noch Freunde gehabt. An diesem Nachmittag auf der Prinzeninsel hatte er sie beeindruckt, wie er so stillvergnügt dasaß und auf den Fluss schaute. Als sie erkannte, wer er war, sei sie instinktiv auf ihn zugegangen, um ihn anzusprechen. «Ich dachte, Sie könnten mir helfen.»

«Sie haben immer noch Sorgen?», fragte er.

«Ja», sagte sie, nun sei auch der riesige Baum vor ihrem Haus kurz davor einzugehen. Eine der uralten Ulmen, auf die Amsterdam so stolz ist. «Bin ich dabei, die ganze Stadt umzubringen?»

Die *sole à la meuniere* war so groß, dass sie die silberne

Platte, auf der sie unfiletiert aufgetragen wurde, beinahe verbarg. Sie schmeckte hervorragend: innen zart, knusprig an den Gräten, die seitlichen Flossen mürbe. Die kleinen mit Petersilie verzierten Kartoffeln waren wunderbar kross und der Endiviensalat frisch und knackig. Marion trug wieder ein rotes Kleid, nicht das von ihrem zweiten Treffen und auch nicht das ihres ersten Zusammenseins, Rot stand ihr sehr gut.

Im Plauderton fragte der Commissaris: «Sie haben also Ihren Ehemann umgebracht, meine Liebe. Erzählen Sie mir, wie Sie es gemacht haben?»

«Ich habe seinen psychosomatischen Zustand verschlimmert», sagte Marion. «Paul glaubte, ein schwaches Herz zu haben. Seine ständige Angst verursachte ihm starkes Herzklopfen. Ich verschrieb ihm Tabletten, die den Herzschlag derart verlangsamten, bis es ganz aufhörte zu schlagen.»

«Es gab keinen Verdacht?»

Sie sah ihn ernst an: «Bei einem Infarkt, nach chronischem Herzleiden?»

«Warum wollten Sie, dass er stirbt?»

Sie versuchte, seinem Blick auszuweichen. «Ich wollte all das haben, was mein Mann besaß, einschließlich seines brillanten Freundes, einem hübschen bisexuellen Jungen mit Namen Bart. Böser Bart, wie wir ihn nannten.»

«Definieren Sie ‹böse›», sagte der Commissaris.

«Glauben Sie», fragte Marion, «dass das nicht passiert ist?»

«Hat Bart es geglaubt?»

«Glauben *Sie* das?», fragte sie mit kalter Stimme.

«Ich glaube, dass das Experiment mit der Schöpfung nicht durchgeplant war», sagte der Commissaris, «aber zahllose Entwicklungen finde ich faszinierend. Schon deshalb, weil sie so chaotisch verlaufen.» Sorgfältig untersuchte er die Gräte der Seezunge nach Resten. «Sehen Sie, meine Liebe, wenn mit unserer Existenz ein Ziel angestrebt worden wäre, müsste man den Schöpfer dieses Ziels in Anbetracht dessen, was in der Welt vor sich geht, als verrückten Kriminellen bezeichnen.» Er reichte dem Kellner die leere Silberplatte und lächelte Marion zu. «Aber wenn nichts passiert, wenn wir alles über uns ergehen lassen, was auch immer mit uns geschieht …»

Sie seufzte. «Bart hat genauso geredet. Er fand, dass alles reichlich lächerlich sei oder einfach nutzlos, was auch immer, meine Existenz eingeschlossen. Er pflegte zu sagen, dass wir alles tun können, was wir wollen. Ich dachte, ich sei seiner Meinung. Ich wollte mich zu seinem Glauben bekennen, um meinen zukünftigen Liebhaber zu beeindrucken. Alles ist möglich, also brachte ich meinen geduldig leidenden Mann um. Wir haben damals alle Sartre gelesen, und ich meinte, ich sei dazu verdammt, frei zu sein.»

«Sie haben die Freiheit, alles zu tun, was Sie wollen», sagte der Commissaris.

Sie berührte seine Hand. «Ich wünschte, ich hätte sie nicht gehabt.» Der Commissaris rührte in seiner Schokoladenmousse mit gedünsteter Birne und Sahne. «War es Barts Idee, dass Sie Ihren reichen Ehemann umbringen sollten?»

Sie schüttelte den Kopf. «Bart hielt nicht viel von Taten. Ich habe versucht, ihn zu verführen, aber er wollte nicht mit der Frau seines Freundes ins Bett gehen.»

Der Commissaris hob die Augenbrauen: «Moralische Gründe?»

«Psychologische Blockade», sagte Marion. «Ritterlichkeit, die er aus Kinderbüchern gelernt hatte. Pfadfindererinnerungen.»

«Deshalb beseitigten Sie den Freund, damit Ihr Geliebter mit Ihnen schlief. Haben Sie Bart erzählt, dass Sie es getan haben?»

«Ja.» Marion versuchte, ihr Schluchzen durch ein Hüsteln zu tarnen. «Verrückt, nicht wahr?»

«Und dieses hier», der Commissaris wies mit einer Handbewegung auf den Tisch und das Lokal, «soll Ihr Treffen mit Ihrem Vater in Paris wiederholen?»

«Nein», sie schob die Eisschokoladensplitter beiseite, «ich wollte von ihm gar nichts mehr. Wir haben uns nur zufällig getroffen und sind gut zusammen essen gegangen.»

«Was wollen Sie von mir?», fragte der Commissaris.

Zum ersten Mal wurde ihre Stimme schrill. «Ich möchte, dass die Dinge um mich herum aufhören zu sterben.» Einige Gäste blickten zu ihnen herüber.

Der Commissaris senkte seine Stimme. «Wann soll dieser Mord geschehen sein?»

«Er ist *geschehen*», sagte sie, «dazu stehe ich. Alles geschieht. Wir geschehen. Wir haben keine Kontrolle darüber. Nichts ist geplant. Als dieser Planet sich zu drehen begann, geschah es ohne Sinn und Zweck, und nur weil ich zufällig in diesen wahnsinnigen Zirkus geraten bin, musste ich Paul töten.» Ihre Augen waren dunkel und groß. «Anders konnte ich das nicht sehen.»

Der Commissaris rührte in seinem Mokka. Marion rauchte in tiefen Zügen.

«Sie rauchen viel?»

«Selten.» Wieder lachte sie kalt auf. «Ich habe eigentlich keine schlechten Angewohnheiten. Das einzig Schlimme an mir ist, dass ich Paul umgebracht habe.» Sie wühlte in ihrer Tasche und förderte einen vergrößerten Schnappschuss zu Tage. Der tote Mann, der auf einem Perserteppich lag, lächelte. Er trug einen Smoking und hielt einen Zettel in der toten Hand, auf dem handschriftlich «Lebwohl, meine Liebe» stand, darunter der Abdruck von roten Lippen. Der Fuß einer Frau in hochhackigem rotem Schuh tippte auf die makellos weiße Hemdbrust. Es war ein langes Bein, oben sah man noch den Saum eines kurzen roten Kleides. «Ah», sagte der Commissaris. «Paul? Nach seinem Herzinfarkt? Ich finde, er sieht sehr gut aus. Sie mochten ihn nicht?»

Sie zuckte mit den Schultern. «Ein lieber Kerl, aber langweilig. Besonders in seiner Konversation. Er trank zu viel.»

«Ihr Bein?», fragte der Commissaris.

«Mein Bein.»

«Ihr Abschiedsgruß, Ihre Handschrift, Ihr Mund?»

«Ja, ja, ja», sagte sie ungeduldig.

«Wer hat das Foto aufgenommen?»

«Ich habe meine Kamera auf den Selbstauslöser eingestellt», sagte sie. «Die Sachen habe ich hinterher natürlich entfernt. Es sollte ein Witz sein.» Sie zog an ihrer Zigarette. «Ein furchtbar schlechter Witz.»

«Ich bin Polizeibeamter», sagte der Commissaris. «Sie haben mich zweimal gefunden, weil Sie bewusst nach mir gesucht haben. Sie haben sich Mühe gemacht. Es ist Ihnen gelungen, mich zu verwirren. Ich müsste hinter Ihnen her sein. Wissen Sie, was Sie tun?»

Sie seufzte. «Ja, ich gebe mich auf. Das Foto ist der Beweis. Und Sie haben mein Geständnis.»

«Wann ist das alles geschehen?», fragte der Commissaris.

Sie lächelte traurig. «Vor fünfzehn Jahren. Um nicht mehr belangt zu werden, müsste der Fall sechzehn Jahre zurückliegen. Sie können mich immer noch verhaften. Ich habe das Foto gemacht, um den bösen Bart zu beeindrucken. Es macht mein Verbrechen noch schlimmer. Ist das nicht ein guter Fall für Sie?»

«Sie haben einige Nachforschungen angestellt, aber haben Sie auch darüber nachgedacht, was Sie mir hier präsentiert haben? Ein verrücktes Geständnis, dessen Beweise nicht ausreichen. Gab es keine Autopsie?»

Sie schüttelte den Kopf «Mein Kollege hat einen Herzinfarkt diagnostiziert. Ein natürlicher Tod.»

«Irgendwelche Zeugen?», fragte der Commissaris und deutete auf den Schnappschuss. «War der böse Bart dabei?»

«Nein.»

«Paul und Sie wollten ausgehen?»

Sie lächelte. «Weil er einen Smoking trägt? Ja, wir wollten ins Konzert.»

Der Commissaris blickte sie nachdenklich an. «Oje.»

«Die Beweise könnten ausreichen», sagte sie. «Meine Handschrift auf dem Zettel, mein Bein ...»

«Nein.» Der Commissaris gab ihr das Foto zurück. «Ich will mit diesem Fall nichts zu tun haben.» Er schüttelte den Kopf. «Und Sie werden weder einen Ankläger finden noch ein Gericht, das Sie anhört. Das Foto könnte ein Spaß gewesen sein, lange vor seinem Tod aufgenommen, so würde jedenfalls Ihr Rechtsanwalt argumentieren. Ihr Geständnis würde man als schlicht verrückt bezeichnen.» Er wedelte mit seiner Serviette. «Hysterisch. Dieses Land hat seine Wurzeln im Calvinismus, wir sind alle davon besessen, schuldig zu sein.» Er tippte sich an die Brust. «*Mea culpa.* Der Calvinismus übernahm die Lehre von der Mutterkirche. Aber sie vergibt letztendlich.»

«Schuld», sagte sie, «ich habe mich bald darauf schuldig gefühlt. Bart enttäuschte mich, er war nicht einmal böse.»

«Was ist mit ihm passiert?»

«Der ängstliche Bart konnte es nicht mehr ertragen, dass alles um mich herum starb, dann starb auch er. Er war heroinsüchtig und fiel aus der Straßenbahn.»

«Sie waren zu dem Zeitpunkt schon nicht mehr mit ihm zusammen?»

«Nein. Ich habe seinen Entzug bezahlt. Er hat die Klinik heimlich verlassen.»

Der Commissaris half Marion in den Mantel.

«Ich weiß, was ich tue», sagte sie auf dem Weg zu ihrem Auto. «Sie stehen an der Spitze der Polizei. Sie sind den Bürgern und der Königin verpflichtet. Die Königin ist die Macht. Die Macht ist der magische Vermittler, durch den die Bürger Göttlichkeit erlangen können. Die Symbolik, die insbesondere in unseren Gesetzbüchern festgeschrieben wird, ist deutlich. Wenn ich Gnade erreichen will, muss ich den Engel der Königin sehen.» Sie küsste ihn auf die Wange. «Meinen eigenen Engel der Königin.»

«Du solltest es sein lassen mit dieser Frau», sagte Katrien abends zu ihm. Sie hatten sich zusammen einen Naturfilm im Fernsehen angesehen, der das Leben von Elefanten in freier Wildbahn vorführte. Als die Elefantenmutter mit sacht gebogenem Rüssel ihr gerade geborenes Baby aufnahm, hatten sie sich bei den Händen gehalten. Als ein Elefantenbulle brünstig trompetete, bevor er das Weibchen bestieg, hatte Katrien ihre Hand zurückgezogen und gesagt: «Ich will nicht, dass du sie wieder siehst. Ich meine das ernst.»

★

Eines Samstagabends im Spätherbst nahm Katrien das Telefon ab. Der Commissaris lag in der Badewanne, um seine Schmerzen in der Hüfte und den Beinen zu mildern. Katrien sagte, er schliefe, aber Marion sprach weiter. «Ich werde es ihm erzählen», sagte sie, nachdem sie eine Weile still zugehört hatte.

«Wer?», fragte der Commissaris, der sehr wohl noch in der Wanne lag und versuchte, mit dem Zeh den Heißwasserhahn aufzudrehen.

«Die liebliche Dame», sagte Katrien, «die glaubt, du seist göttlich. Die Ulme vor ihrem Haus ist eingegangen. Du hältst dich da raus.» Sie tippte ihm auf die Nase. «Verstanden?»

Sein Rheumatismus ließ ihn nicht schlafen, und am Sonntagmorgen stand er früh auf und schlich sich bei Tagesanbruch aus dem Haus. Schwarzdrosseln saßen in den Ulmen entlang der Herengracht und schmetterten ihr Morgenlied. Es waren herrliche Gesänge, einzig für ihn angestimmt, da alle anderen zu dieser Stunde noch schliefen. Er ging zu Fuß, weil der öffentliche Verkehr ebenfalls noch ruhte und sein Sohn das Auto für eine Ferienreise nach Frankreich geliehen hatte. Seine schmerzenden Beine zwangen ihn, sich auf einer Bank niederzulassen. Die Herbstsonne malte blassorangene Streifen auf den Bürgersteig. Dr. Marion Janssen wohnte, wie Sergeant de Gier ermittelt hatte, in einem schmalen silbergrauen Giebelhaus (mit sieben Etagen für sich allein) – eine erstklassige Adresse mitten in der Altstadt. De Giers Bericht zufolge war die Ärztin Witwe. Ihr verstorbener Ehemann war der Erbe bedeutender holländischer Bisquit- und Keksfirmen gewesen. Pauls Tod hatte Marion unermesslich reich gemacht. Und bedauerlicherweise auch verrückt, dachte der Commissaris.

Wären da nicht die Heiterkeit dieses frühen Morgens und der Gesang der Drosseln gewesen, wäre der Commissaris wohl kaum den eingeschlagenen Weg weitergegangen. In seinem Alter eine gottlose Witwe anzuhimmeln. Hätte er sich wohl die Mühe gemacht, wenn das Objekt weniger attraktiv wäre? Warum ignorierte er die Hexe nicht einfach?

Wie war diese unsinnige Verbindung überhaupt entstanden? Der Commissaris rief sich die Bilder ihrer Treffen ins Gedächtnis, während er sich im Schatten der großen Bäume, die den Kanal säumten, entlangschleppte. War es sein Video vom *Blauen Engel,* das ihn angesteckt hatte? Eiferte er gar einem deutschen Philosophieprofessor nach, der zu einem willenlosen Bündel wurde, nur weil Marlene Dietrich ihm ihre langen Beine gezeigt hatte? Würde er, wie der Professor, in einer zweitklassigen Show als Gehilfe des Clowns enden?

Ganz in Gedanken versunken, war er vor dem toten Baum angekommen. Der mächtige hölzerne Leichnam ragte mit seinen verdorrten Ästen in die Kronen der nebenstehenden prachtvollen Bäume, die mit Millionen von Blättern geschmückt waren. Der Commissaris wusste, dass Amsterdamer Botaniker endlose Mühe drauf verwandten, die Ulmen zu erhalten. Warum sollte ein einziger Baum, einer der hundert Bäume, die den sanften Bogen der Keizersgracht säumten, just vor einem baufällig aussehenden Giebelhaus eingehen? Der Commissaris betrachtete das Haus, sah die Risse in den Mauern des Kellergeschosses und die schief hängenden Fenster und Türen. Sie waren vor nicht langer Zeit gestrichen worden, aber die Farbe blätterte schon wieder ab. Der massive Türklopfer aus Messing war stumpf und die granitenen Stufen rissig. Holländische Giebelhäuser werden so gebaut, dass sie leicht nach vorne ragen, damit man mit einem Flaschenzug Möbel hinaufbefördern kann. Der Neigungswinkel dieses Gebäudes sah gefährlich aus. Würde etwa das ganze mehrstöckige Gebäude zusammenfallen?

Der Commissaris zog sich schwerfällig die Steinstufen bis zur Eingangstür hoch, stützte sich auf seinen Spazierstock und schaute durch die Fenster in das erste Stockwerk. Es gab keine Pflanzen zu sehen. Kein Hund bellte, keine Katze schlich herum. Ihm wurde bewusst, dass hier alles unheimlich still war. Er sah keine tschilpenden Spatzen, die nach Krümeln suchten, in der toten Ulme wachten keine Krähen, nicht einmal eine Taube flatterte über das Dach. Aber dies ist Amsterdam, dachte der Commissaris, die Stadt der Vögel. Rechts und links sah er in der Ferne Wasservögel auf dem Kanal. Auf dem Wasser vor dem Haus schwamm nur eine Ente auf dem Rücken, ihre großen orangenen Füße ragten steif in die Luft.

Die Tür wurde geöffnet. Marion, ohne Make-up, aber gewaschen und gekämmt, stand in einem roten Kimono, durch dessen Schlitz ein Bein zu sehen war, vor ihm. Der Versuch, ein Begrüßungslächeln auf ihr Gesicht zu zaubern, scheiterte kläglich. «Haben Sie die Ente gesehen? Glauben Sie etwa, ich hätte sie erschossen, weil ich hoffte, dass Sie kämen? Und den Baum? Glauben Sie mir jetzt?»

«Haben Sie für diesen Fluch eine Erklärung?», fragte Marion. Der Commissaris saß still in einem viktorianischen Sessel, einem Museumsstück, als sei er selbst eine Wachsfigur, an der die Museumsbesucher vorbeidefilierten, einen kurzen Blick auf ihn warfen und weitergingen, um im nächsten Raum vielleicht die Beatles oder gar Madonna zu sehen.

Marion zeigte mit dem Finger auf seine Brust. «Kommen Sie mir bloß nicht mit Freud und Ähnlichem. Sie sind kein Psychiater. Sie sind ein Chefinspektor, Sie vertreten das Gesetz. Sie sind zuständig für mich. Die Zeitungen halten Sie für ein Genie. Sie sind ein Diener der Öffentlichkeit. Erzählen Sie mir nicht, ich gehörte nicht zu dieser Öffentlichkeit.» Sie ließ sich von ihrem Stuhl auf den nackten Boden gleiten und berührte seine Füße. «Ich weiß, dass ich das für mich tun muss. Gibt es kein Ende meiner Schuld? Es tut mir wirklich Leid, dass ich meinen Mann umgebracht habe. Muss ich deshalb für immer und ewig in dieser Hölle leben?» Wieder berührte sie seinen Fuß. «Bitte, erlösen Sie mich!»

Der Commissaris trank eine Tasse Instantkaffee, den er zu Hause nicht angerührt hätte. Er verzog seinen Mund. Hier, sagte er zu sich selbst, sehen wir einen freundlichen älteren Herrn, der, weil er nicht mehr so gut schlafen kann, einen frühen sonntäglichen Spaziergang unternimmt und direkt in der Hölle des Teufels landet. In einem sterbenden Haus mitten in Amsterdams lebendiger City mit ihren unaufhörlich plätschernden lebendigen Wasserwegen. Er schaute aus dem Fenster und sah die tote Ente, deren orangene Füße in die Luft ragten wie kleine Segel. Er nahm noch einen Schluck von dem Kaffee und schüttelte sich innerlich. Konnte eine Multimillionärin, die einen Mercedes Sportwagen fuhr, der so viel kostete wie ein Haus, ihm nicht etwas Besseres anbieten? Frisch gerösteten Sumatra zum Beispiel? Der Mercedes, wo war der Mercedes? Er hatte ihn vor dem Haus nicht bemerkt. Er schaute noch einmal aus dem Fenster und versuchte, die tote Ente zu ignorieren. «Wo ist der Mercedes, Marion?»

«Irgendetwas mit dem Vergaser», sagte sie, immer noch kniend. «Sogar meine Maschinen funktionieren nicht mehr. Ein deutscher Ingenieur hat ihn sich angesehen und neue Teile eingebaut, aber das Auto fährt nicht.» Sie tippte gegen den Saum seiner scharfen Bügelfalte. «Auch Mietwagen geben, sobald ich mich reinsetze, ihren Geist auf, also gehe ich jetzt zu Fuß.» Sie hob ihre Tasse. «Das Zeug schmeckt scheußlich, aber meine Kaffeemaschine zerknüllt den Filter, der Herd lässt sich nicht mehr einschalten, und ich kann kein Wasser kochen. Das stinkt wie Abwaschwasser.» Sie versuchte zu lachen. «Ich habe ein Dutzend Aggregate gekauft, die die Stromzufuhr halbwegs regeln. Ist das nicht alles furchtbar?» Sie lehnte ihren Kopf an seine Knie. Er strich ihr über das Haar. In gewisser Weise war es befriedigend, mit anzusehen, wie sich diese exotische Person demütigte. Bestürzt über seine eigene Sinneswandlung seufzte der Commissaris. Ein Dämon erzeugt den nächsten?

«Bitte», schluchzte Marion.

Er half ihr auf. «Ich muss jetzt gehen, Liebes.»

★

Bevor das Weihnachtsfest nahte, trafen sie sich ein paar Mal. Marions Zustand verschlechterte sich. Sie verfiel zusehends. Allergien entstellten ihre Haut und verursachten Juckreiz. Muskelkrämpfe hielten sie wach. Ihr rechter Fuß wurde taub, und sie begann zu hinken. Ihr Haar verlor seinen Glanz und seine Fülle. Ärzte überwiesen sie an Psychiater. Psychiater scheuten vor einer Behandlung zurück.

Der Commissaris sprach mit seinen Assistenten. Sergeant de Gier, der die Frauen liebte, sagte, das Objekt erinnere ihn an den Geist in einer Höhle. «Wunderbar», sagte der Commissaris, «laut Plato kann man den Zustand eines Menschen allgemein so bezeichnen. Aber sind wir nicht alle Geister in einer Höhle, Sergeant?» Adjudant Grijpstra gab zu bedenken, dass Geister sich schwerlich fangen ließen. «Was passiert, wenn wir sie tatsächlich unter Mordanklage stellen?», sagte der Commissaris. «Wir suchen ihr einen Scheinanwalt, der das Gericht hoffentlich genügend reizt, um sie schuldig zu sprechen, was bedeutet, dass aufgrund der verstrichenen Zeit plus der erwiesenen Reue eine minimale Strafe zur Bewährung ausgesetzt wird.»

Sergeant und Adjudant erinnerten den Commissaris, dass sie diese Möglichkeit bereits früher durchgesprochen hätten und sie deshalb verworfen hätten, weil sie befürchteten, die Verdächtige würde ihr Geständnis widerrufen.

«Sie wird nicht widerrufen», sagte der Commissaris mit fester Stimme. «Wenn ihr beiden Oberschnüffler euch ein wenig anstrengt, könntet ihr einen überzeugenden Fall aufbauen.»

«Na ja», sagte Grijpstra. Sergeant de Gier stimmte ihm zu.

★

«Kinderleicht», sagte Katrien. «jetzt hör mir mal genau zu, und dann tu exakt das, was ich dir gesagt habe.» Der Commissaris hörte ihr zu und schüttelte von Zeit zu Zeit den Kopf. Sie küsste ihn auf die Wange. «Ich weiß, dass du es kannst. Ich verspreche dir, es wird funktionieren. Ich werde dir helfen, damit ich endlich diese gottverdammte Frau loswerde.»

Obwohl das Wetter am Weihnachtstag umschlagen sollte – in seiner Jugend hatte es immer Eis und Schnee gegeben –, begann der Tag in diesem Jahr sehr mild. Die beiden Militärpolizisten in Paradeuniform, komplett mit Bärenfellmütze, weißen gekreuzten Lederkoppeln und Pistolenhalftern über den schwarzen Flanelluniformen mit polierten silbernen Knöpfen und viel weißen Tressen, hatten keine Schwierigkeit, ihre zweizylindrigen BMW-Motorräder zu steuern. Die beiden schweren Maschinen eskortierten einen schwarzen Cadillac, die offizielle Staatskarosse mit dem Wappen von Amsterdam auf den Türen. Der Commissaris war ebenfalls in voller Montur: schwarze Hose und dunkelblauer Uniformrock mit Goldtressen auf beiden Schultern, die halbe Brust behängt mit Ordensbändern, eine flache Mütze mit goldenem Schirm und Bronzekronen auf beiden Revers, dazu auf Hochglanz polierte halbhohe schwarze Schuhe. An der Seite trug er ein kurzes Schwert in einer goldenen Scheide. Er hielt sich sehr gerade.

«Oh, mein Schatz», Katrien hatte gelacht, als sie ihm beim Anziehen geholfen hatte, «wen haben wir hier vor uns: den Weihnachtsmann, einen Gesandten des Himmels oder nur meinen kleinen Jan, der seine neue Freundin beeindrucken will?» Sanft zwickte sie ihn in die Nase: «Du bist wirklich *süß*!»

Die Militärpolizisten standen einander in Habachtstellung auf den Steintreppen vor dem Haus an der Herengracht gegenüber. Der Fahrer des Cadillac, ein Cheflakai mit einem dreieckigen Lackhut über einer rotweißen Samtuniform, öffnete den Schlag. Den Commissaris kostete es viel Kraft, ohne zu hinken auf die Haustür zuzumarschieren. Marion öffnete. Still geleitete sie ihn in den großen Salon. Der Commissaris stellte sich exakt in die Mitte des riesigen Orientteppichs auf ein Medaillon von geknüpften Rosen; er deutete auf ein zweites Medaillon, eineinhalb Meter entfernt und sagte: «Sie stehen dort.»

«Marion Janssen», sagte der Commissaris mit tiefernster Stimme, nachdem sie ihren Platz eingenommen hatte. «Ihrem eigenen Geständnis zufolge haben Sie gegen ein Mitglied Ihrer Art eine schwere Sünde begangen, gegen einen Menschen, der sich bereitwillig und vertrauensvoll in Ihre Obhut begeben hatte. Seither haben Sie sich systematisch selber bestraft. Ihre Tat kann nicht ungeschehen gemacht werden, weder durch Sie noch durch die Macht, an die Sie glauben. Diese Macht wird Ihnen jetzt, im Hinblick auf Ihr aufrichtiges Geständnis und Ihre schmerzvolle Buße, Ihre schändliche Tat vergeben.» Trotz der schrecklichen Schmerzen in seinen Beinen richtete sich der Commissaris hoch auf. Er räusperte sich und sagte: «Doktor Marion Janssen, knien Sie nieder.»

Marion kniete sich hin.

«Schließen Sie Ihre Augen, Marion Janssen.»

Er nahm das Schwert aus der Scheide und rückte seine Brille zurecht. Mit der scharfen Spitze des Schwertes berührte er Marions linke Wange. Blut quoll aus der Wunde und tropfte zu Boden. Die von Katrien am Morgen eigens geschärfte Waffe kam wieder an ihren Platz. Der Commissaris erhob seine Stimme und sang: «Rejoice and do better!»

★

«Hast du die Wunde behandelt?», fragte Katrien, nachdem sie ihm aus der Uniform und in die Badewanne geholfen hatte. «Um Himmels willen, die Frau ist Ärztin», knurrte der Commissaris. «Ich wollte das arme Ding doch nur mit der Waffe berühren, und dann habe ich sie bös geschnitten. Ich fürchte, sie wird eine Narbe zurückbehalten.»

Katrien massierte ihm die Schultern. «Sie wird sich die Narbe gewünscht haben als Erinnerung für deine Absolution. Glaubst du, dass sie sich jetzt besser fühlt?»

«Ja.» Der Commissaris ließ sich genüsslich tiefer sinken und atmete den Geruch der aufsteigenden Badesalzperlen ein.

«Und danach hat sie dich natürlich leidenschaftlich geküsst?» Katrien rührte in dem Badewasser, und noch mehr Perlen stiegen auf.

«Ich bitte dich», sagte der Commissaris, «sie war in Kontakt mit dem Staat, der Königin, Engeln, Gott selbst. Das elende kleine Ding zitterte vor Ehrfurcht und weinte.»

Der Commissaris sang *Jingle Bells* in einer Clifford-Brown-ähnlichen Version. Über dem dunklen Himmel blitzte eine Sternschnuppe auf. Der Commissaris wünschte sich, dass er Marion nie nicht wieder sehen musste.

«Da sie nun wieder im Stand der Gnade ist», sagte der Commissaris, «wird Doktor Marion Janssen in einem bedürftigen Land ihrer Wahl eine medizinische Einrichtung gründen und möglicherweise finanzieren.»

«Und du», fragte Katrien, «willst du ihr folgen, um zu sehen, wie deine gerettete Seele Gutes tut?»

Eine gerettete Seele? Glaubte er etwa an Seelen? Sicherlich nicht als an etwas dauernd Vorhandenes, und wenn es den Stand der Gnade gab – vage erinnerte er sich daran, im Besitz derselben gewesen zu sein, als er als Vierjähriger auf den Gartenstufen gesessen hatte und den pickenden Spatzen zusah –, würde er etwas damit zu tun haben, mit der flüchtigen Abwesenheit der Seele, in Gestalt eines Kindes in dem Land, in dem alles gut war.

Ein alter Mann, in der Wanne liegend, schnupperte nach den Wohlgerüchen, die aus der Küche kamen. «Katrien», sagte der Commissaris glücklich, «gibt es wirklich heute Abend eine Gans zum Essen?»

Deutsch von Julia Bachstein

Martha Grimes

Inspektor Jury schläft außer Haus

Mrs. Jubal Creed traf kurz nach vier auf der Polizeiwache in Weatherington ein und wurde sofort in die Leichenhalle des Kreiskrankenhauses gebracht, um die sterbliche Hülle ihres Gatten zu identifizieren. Als sie zurückkam, war ihre Gesichtsfarbe nicht unbedingt fahler als vorher; Mrs. Creed hatte nämlich einen so fahlen Teint, dass man den Eindruck gewann, die Natur habe bei ihr an allen Farben außer an einem schmutzigen Beigegrau gespart. Ihre Figur war genauso unglücklich: eine Vogelscheuche in altmodischen, schlecht sitzenden Kleidern.

Nur als sie den vollen Namen ihres Mannes angab, erwähnte sie auch seinen Vornamen Jubal (der sich bei ihr auf «Gebabbel» reimte), danach war er für sie ausschließlich Mr. Creed.

Das Taschentuch gegen den Mund gepresst – der schmal und breit war und wie ausgeschnitten wirkte –, blickte sie Chefinspektor Jury aus trüben Augen an, während sie seine Frage nach Creeds Stellung beantwortete: «Mr. Creed war seit fünf Jahren pensioniert; vorher war er bei der Polizei von Cambridgeshire. Ein Posten, dem er nicht nachgetrauert hat.»

«Fühlte er sich denn schlecht behandelt?»

«Das kann man wohl sagen. Er wurde nie befördert und endete als Sergeant in Wigglesworth. Kein Wunder, dass er verbittert war.» Ihr missbilligendes Schnauben galt der Polizei im Allgemeinen und Jury und Wiggins, die ihr in dem kahlen Raum des Polizeireviers von Weatherington gegenübersaßen, im Besonderen.

«Mrs. Creed, haben Sie eine Ahnung, ob es jemanden gab, der, äh, der ihm übel wollte?»

Sie schüttelte heftig den gesenkten, zwischen den Händen vergrabenen Kopf. Jury hatte nicht den Eindruck, als sei sie von ihren Gefühlen überwältigt; die Ehe der Creeds hatte wohl bestenfalls auf dem Papier bestanden. Obwohl über jeden Tadel erhaben, schien ihm Mrs. Creed nicht gerade eine Frau von tiefen Gefühlen zu sein.

«Sie wissen nicht, ob er irgendwelche Feinde hatte?»

«Nein. Wir haben sehr zurückgezogen gelebt, Mr. Creed und ich.»

«Hat er sich während seiner Arbeit die Feindschaft bestimmter Leute zugezogen?»

«Nicht dass ich wüsste.»

Für Jury waren diese Fragen nur Routine, denn instinktiv wusste er schon, dass nichts dabei herauskommen würde. Er glaubte nicht, dass Creeds Tod sich durch irgendwelche dunklen Punkte in seiner Vergangenheit erklären ließe. Jury entnahm einem braunen Umschlag ein Foto von William Small, für das man ihn etwas hergerichtet hatte, trotzdem bot er keinen erfreulichen Anblick. «Mrs. Creed, kennen Sie diesen Mann?»

Sie schaute es sich an, wandte sich dann aber schnell wieder ab und schüttelte den Kopf.

«Sagt Ihnen der Name William Small etwas?»

Ungeweinte Tränen verschleierten ihre Augen, aber trotz der längeren Pause bezweifelte Jury, dass sie ernsthaft nachdachte. «Nein, dieser Name sagt mir überhaupt nichts.» Auf das Foto von Ainsley, das auch in den Zeitungen erschienen war, reagierte sie genauso. Aber dann schaute sie es noch einmal genauer an. «Moment mal, ist das nicht ein Foto von diesem Mann, der kürzlich ermordet wurde – warten Sie – wurden sie nicht *beide* hier in der Gegend ermordet – wie hieß der Ort schon wieder?»

«Long Piddleton. Ungefähr vierzig Kilometer von hier.»

Fassungslos starrte sie ihn an: «Wollen Sie mir erzählen, dass Mr. Creed da auch ermordet wurde? Ein Massenmörder läuft frei herum, und Sie haben nichts Besseres zu tun, als mir dumme Fragen zu stellen?»

★

Inzwischen hatte die Polizei von Cambridgeshire einen genauen Bericht über Creeds Laufbahn geschickt – eine Karriere, die ziemlich schnell im Sand verlief, wie Superintendent Pratt erklärte. «Es gibt eine Art von Absahnen, die noch toleriert wird. Und dann gibt es das, was Creed praktiziert hat: Er kassierte von bestimmten Werkstätten eine Kommission dafür, dass er ihnen Unfallautos zum Reparieren besorgte. Hätte es sich nur um billige Reparaturen für sein eigenes Auto gehandelt, dann hätten seine Vorgesetzten vielleicht noch ein Auge zugedrückt. Hier und da ein freies Essen wäre auch noch durchgegangen. Tun wir doch alle. Ich hätte heute gern ein Pfund für jede kostenlose Mahlzeit, die ich mir von den Restaurants anbieten ließ, wenn ich auf Streife war. In Creeds Fall war es zwar auch keine echte Bestechung, aber doch schon sehr nahe daran. Er machte ein nettes kleines Geschäft nebenbei, auf den Kopf gefallen war er nicht. Trotzdem ließen sie ihn ‹in den Ruhestand› treten. Wir haben jedenfalls mal seine früheren Kollegen nach seiner jetzigen Tätigkeit gefragt, sie hatten aber keine Ahnung. Creed war eine Null, ein Nichts. Und kein besonders guter Polizist, auch nicht unter den besten Voraussetzungen. Höchst unwahrscheinlich, dass er es bis zum Inspektor gebracht hätte. Nichts weist darauf hin, dass er die beiden andern – Small und Ainsley – gekannt hat. Seine Kollegen haben sowieso keinen Kontakt mehr mit ihm.» Pratts lange Beine lagen auf dem Schreibtisch des Polizeibüros. Er trug immer noch seinen schweren Mantel und versuchte, eine uralte Pfeife anzuzünden. «Die Sache ist …» Er zog daran und probierte es mit einem neuen Streichholz. «Die Presse macht uns die Hölle heiß; die Reporter sind hinter mir her wie ein Rudel hungriger Wölfe. Deshalb verbringe ich auch so viel Zeit hier in Northampton. Das hält sie fest, und Sie haben sie nicht auf der Pelle.» Er zog mehrere Male an seiner Pfeife und brachte schließlich ein schwaches Glimmen zustande. «Ich habe alles gelesen, was mir auf den Schreibtisch flatterte, und ich kann nur sagen, dass ich die Geschichte absolut rätselhaft finde. Ich frage mich, ob die Morde willkürlich geschehen sind oder ob ihnen ein bestimmtes Schema zugrunde liegt.» Pratt kratzte sich mit dem Stiel der Pfeife an dem Vierundzwanzigstundenbart, der sein Kinn zierte. Ein leichtes Schaben ließ sich vernehmen. «Oder wurden zwei nur begangen, um von einem anderen abzulenken? Dem eigentlichen Opfer?»

«Es ist mir auch schon durch den Kopf gegangen, dass das eigentliche Opfer vielleicht noch gar nicht ermordet wurde.»

Pratt blinzelte mit seinen rot umränderten Augen. «Großer Gott, das sind ja schöne Aussichten.» Seine Pfeife war wieder ausgegangen. «Und Sie glauben, dass das einer aus dem Dorf sein wird?»

«Ich weiß nicht. Aber durchaus möglich.»

«Wer auch immer Small ermordet hat, er ist nicht durch diese Kellertür gekommen, das steht fest. Infrage kommen also nur diejenigen, die an jenem Abend in der Pandorabüchse waren.»

«Einer scheidet aus: Melrose Plant, wie ich mit gutem Gewissen behaupten kann. Er hat zwar kein Alibi im Fall von Small und Ainsley, aber es ist kaum anzunehmen, dass es mehr als einen Mörder gibt.»

Pratt kratzte sich wieder am Kinn. «Dann sind wir unserm Ziel ja um einiges näher. Bei seinem nächsten Anruf werde ich Superintendent Racer sagen, dass Sie beträchtliche Fortschritte gemacht haben. Entschuldigen Sie, wenn ich Sie frage – hat er eigentlich was gegen Sie? Wenn er auf Sie zu sprechen kommt, dann klingt das immer so bissig.»

«Oh, er klingt immer so», sagte Jury.

Donnerstag, 24. Dezember

Am nächsten Morgen saß Jury an Plucks schäbigem Holzschreibtisch, und Wiggins blickte ihm über die Schulter. Sie studierten Darringtons Buch *Scharf auf Mord* und die Fortsetzung, die gleich daneben lag. Jury fuhr mit dem Finger eine Zeile entlang und wechselte dann von dem einen Buch auf das andere über. «Der Qualitätsunterschied zwischen den beiden ist einfach enorm. Auch der Stil ist völlig anders. Mit anderen Worten, das eine wirkt wie eine plumpe Imitation des andern.»

Wiggins schüttelte den Kopf. «Das kann ich nicht beurteilen, Sir. Aber ich bin auch kein großer Leser.»

Jury klappte die Bücher zu und legte sie zu den andern beiden Bänden. «Ich glaube nicht, dass Darrington *Scharf auf Mord* geschrieben hat. Er hat nur versucht, den Stil zu imitieren, und das zweite Buch zusammengepfuscht. Ich glaube, der Verfasser des ersten Buchs hat auch den dritten Band geschrieben –» Jury zog aus dem Stapel von vier Büchern eines hervor. «*Scharf macht Ferien.* Ja. Diese beiden stammen aus derselben Feder. Aber nicht die andern beiden. Darrington muss sich zwei Manuskripte unter den Nagel gerissen und daraus seine eigenen gestrickt haben.»

«Aber wer hat die andern beiden – die guten – geschrieben?»

«Keine Ahnung. Das Interessante an der Sache ist – jemand hat vielleicht gewusst, dass es sich um ein Plagiat handelt, und hat versucht, Darrington zu erpressen.»

«Meinen Sie Small zum Beispiel? Aber was machen Sie dann mit Ainsley und Creed?»

«Sie können es ja zu dritt geplant haben … Rufen Sie doch mal London an – sie sollen über den Verlag, für den Darrington gearbeitet hat, mehr in Erfahrung bringen. Bei seiner Tätigkeit kam er wahrscheinlich ganz einfach an Manuskripte ran.» Jury stand auf und steckte seine Zigaretten weg. «Ich werd's ihm direkt auf den Kopf zusagen. Mal sehen, was passiert.»

★

Jury war gerade dabei, in den blauen Morris zu steigen, als Melrose Plant in seinem Bentley neben ihm hielt und die Scheibe herunterkurbelte. «Was haben Sie vor, Inspektor?»

«Oliver Darrington einen Besuch abzustatten.»

«Morgen ist nämlich Weihnachten, wie Sie wohl wissen, und ich würde Sie gerne zum Abendessen einladen.»

«Es wird mir ein Vergnügen sein – falls die Umstände es erlauben.»

«Wunderbar. Ich wollte gerade nach Sidbury fahren, um Agathas Geschenk abzuholen.»

«Was schenken Sie ihr denn?»

«Ich dachte an ein Paar Pistolen. Mit Perlmuttgriffen, für besondere Anlässe.»

Jury lachte, während Plant wieder davonfuhr, und bog dann mit seinem Morris in die Sidbury Road ein.

★

Diesmal kam Darrington an die Tür, und er sprudelte auch gleich los. «Was zum Teufel soll das? Kommen Sie, weil die Leiche, die im Schwanen gefunden wurde, eines meiner Bücher in der Hand hatte?» Seine Augen funkelten. Offensichtlich interessierte ihn die Lektüre der Leiche sehr viel mehr als die Leiche selbst.

«Kann ich reinkommen, Mr. Darrington?»

Darrington riss die Tür weit auf, und Jury sah Sheila Hogg im Salon sitzen, sehr hübsch, aber auch etwas nervös und gequält. Er ging hinein und setzte sich auf den Platz, auf dem er auch schon am Tag zuvor gesessen hatte. Oliver Darrington warf ihm finstere Blicke zu, während Sheila unruhig hinter der Couch gegenüber stand und einen unsichtbaren Faden von der Rückenlehne zupfte. Sie war an diesem Nachmittag vollständig angezogen; sie trug einen geblümten Seidenanzug, schaffte es aber trotzdem, unangekleidet auszusehen. Die Konturen ihres Körpers sprangen einem einfach ins Auge, und der Teil von Jurys Gehirn, der nicht damit beschäftigt war, Darrington ein Geständnis abzuringen, registrierte sie beifällig.

«Ich hab noch ein paar Fragen, Mr. Darrington.» Da sie immer noch keine Anstalten machten, sich zu setzen, legte Jury eine kleine Pause ein und zündete sich eine Zigarette an. «Wie Sie wissen, wurde wieder jemand ermordet. Ich würde nun gern von Ihnen erfahren, wo Sie sich gestern zwischen zehn und kurz nach zwölf aufgehalten haben.»

«Hier im Haus. Sheila war bei mir.» Nichts in ihrem Gesichtsausdruck schien dem zu widersprechen, aber Jury wusste, dass keiner einem so offen in die Augen blickt wie die Schuldigen, wenn sie ihre Lügen erzählen. Er lächelte und sagte: «Außerdem wollte ich Ihnen Ihre Bücher zurückbringen.» Jury hielt sie hoch. «Sehr interessant, vor allem die Unterschiede zwischen ihnen.» Er bemerkte bei Sheila dieselben Zuckungen und fahrigen Handbewegungen wie beim letzten Mal. «Um die Wahrheit zu sagen, ich vermute, jemand hat Ihnen da ein bisschen geholfen.» Jury hatte sich so vorsichtig ausgedrückt, dass er höchst erstaunt war, als Darrington Sheila anfuhr.

«Luder!»

«Ich hab ihm nichts gesagt, Oliver! Ich schwör's!»

Sein Ärger verflog so schnell, wie er gekommen war, und er seufzte: «Ach zum Teufel, diese Komödie ist auch ausgespielt. Du kannst ihm die Geschichte ruhig erzählen.»

Anscheinend war es Sheilas Rolle, für ihn die Kohlen aus dem Feuer zu holen.

«Es war mein Bruder», sagte Sheila. «Er kam bei einem Motorradunfall ums Leben. Ganz zufällig, als ich nach seinem Tod seine Sachen durchging, stieß ich auf diesen Brief von Oliver. Ich hatte überhaupt nicht gewusst, dass Michael – mein Bruder – überhaupt ein Buch geschrieben hatte, und erst recht nicht, dass er versuchte, einen Verleger zu finden. Ich glaube, niemand hat das gewusst. Er war ein ziemlicher Geheimniskrämer. Auf jeden Fall ging ich zu dem Verlag, für den Oliver arbeitete; irgendwie schwebte mir wohl vor, ich könnte veranlassen, dass das Buch veröffentlicht würde, sozusagen als Andenken an meinen Bruder. Oliver war der Lektor, auf dessen Schreibtisch das Manuskript gelandet war. Er war sehr nett und verständnisvoll; wir gingen zusammen Mittag essen und sprachen über Michaels Buch – wie gut es war. Später gingen wir dann zusammen zu Abend essen. Zuerst Lunch, dann Dinner, dann …» Sheila seufzte. «Na ja, ich hab mich in ihn verliebt, und genau das –», sie funkelte Darrington an – «war auch seine Absicht, stimmt's, Liebling?»

Darrington hatte den Blick auf sein Glas geheftet.

«Es gab da noch ein zweites Manuskript, *Scharf macht Ferien,* das ich auch unter Michaels Sachen fand. Oliver las es und meinte, es sei genauso gut wie das erste. Die Versuchung war zu groß für ihn: Er konnte das erste unter seinem eigenen Namen veröffentlichen und sich das zweite für schlechte Zeiten aufheben.» Sheila lächelte gezwungen. «Und wenn Oliver schreibt, dann sind die Zeiten immer schlecht.»

«Vielen Dank», sagte Darrington.

«Oh, bitte, Liebling», sagte sie hart. Und zu Jury gewandt: «Das ist alles. Schäbig, armselig – was kann ich schon sagen?»

Ein nettes Andenken, dachte Jury. Die Liebe, dachte er traurig. Liebe hatte sie da hineingezogen, und was kam dabei heraus? Nicht einmal ein Trauschein. Sie tat ihm Leid. «Das zweite Manuskript war für Sie also eine Art Reserve, falls Ihr eigenes Buch ein Reinfall werden sollte?»

Oliver hob das Gesicht. Zumindest schien er so etwas wie Schamgefühl zu besitzen. «Ja, richtig. Ich wollte es einfach mal versuchen. Ich dachte, es würde schon klappen. Es klappte aber nicht. Ich bin ein miserabler Schreiber. Als das zweite Buch sich nicht verkaufte und nur schlechte Kritiken bekam, hab ich Hoggs zweites Manuskript herausgeholt – danach war mein Stern wieder im Steigen. Ich war felsenfest überzeugt, dass ich beim zweiten Mal mehr Glück haben würde. Aber jetzt ...» Er breitete hilflos die Hände aus. Dann schien er sich daran zu erinnern, dass eigentlich etwas ganz anderes zur Debatte stand. «Moment mal, Inspektor, was hat das alles mit der Leiche von heute Morgen zu tun?»

«Sie haben den Mann nicht gekannt?»

Darrington blickte ihn wütend an. «Verdammt nochmal, natürlich nicht!»

Jury genoss es, ihn für sein schäbiges Verhalten Sheila gegenüber büßen zu lassen. «Komisch. Er war ein Bewunderer von Ihnen. Dieses Buch, Sie wissen schon.» Jury tat so, als hätte er gerade einen glänzenden Einfall gehabt, und schnalzte mit den Fingern. «Oder vielleicht doch kein Bewunderer. Erpressung war schon immer ein guter Grund, jemanden um die Ecke zu bringen.»

Darrington fuhr von seinem Stuhl hoch. «Mein Gott! *Ich hab ihn nicht umgebracht,* ich hab den Mann noch nie in meinem Leben gesehen –»

«Wie wollen Sie das wissen, Mr. Darrington?»

«Was meinen Sie?»

«Ich nehme an, Sie haben den Toten nicht gesehen, *seit* er ermordet wurde. Wie wollen Sie also wissen, ob Sie ihm nicht schon einmal begegnet sind?»

«Soll das eine Falle sein? Dass er mein Buch in der Hand hatte, beweist wohl alles?»

Sheila, etwas scharfsinniger als Darrington, sagte: «Mein Gott, Oliver, der Inspektor wird doch wohl nicht annehmen, dass drei verschiedene Männer hier aufgekreuzt sind, um dich zu erpressen!»

Wie ein Kind, das seine Eltern verdächtigt, gemeinsame Sache gegen es zu machen, blickte Oliver von einem zum anderen. Was zum Teufel, fragte sich Jury, fand Sheila nur an diesem Mann.

«Das Buch beweist eigentlich eher, dass Sie es *nicht* waren.» Jury stand auf und steckte seine Zigaretten in die Tasche. «Es wäre doch ziemlich seltsam, wenn Sie bei dem Ermordeten etwas hinterlassen hätten, was den Verdacht auf Sie lenkt. Nur jemand ganz Tolldreistes, jemand mit eisernen Nerven und einem ausgesprochenen Sinn für Makabres würde das wagen. Bei Ihnen, Mr. Darrington, habe ich noch keine dieser Eigenschaften festgestellt.»

Sheila brach in schallendes Gelächter aus.

★

Melrose Plant zockelte die Sidbury Road entlang und lächelte bei der Vorstellung, wie außer sich Agatha sein würde, wenn sie begriff, dass *sie* immer noch zu den Verdächtigen zählte, während *er* ein einwandfreies Alibi hatte. Nicht gerade fair von Melrose, sich auf diese Weise aus den Fängen von Scotland Yard zu befreien, während sie (trotz ihrer aufopfernden Mitarbeit) zusehen konnte, wie sie allein zurechtkam. So würde Agatha die Sache betrachten. Und sie würde glauben, dass

Melrose an allem schuld war; dass Jury und Melrose sich gegen sie verbündet hatten.

Während weite, in der Sonne schimmernde Wiesen an ihm vorbeirollten, ließ Melrose sich in die Polster seines Bentley sinken und fragte sich, ob er sich insgeheim nicht etwa wünschte, Detektiv zu sein – eine dunkle Seite seines Wesens, die ihm noch nicht bewusst geworden war. Er betrachtete es als Zeitvertreib, sich alle möglichen Erklärungen für diese Serie von Morden durch den Kopf gehen zu lassen. Hatte es der Mörder nur auf einen abgesehen und die andern beiden umgebracht, um von seinem Motiv abzulenken? Ein alter Trick, um Verfolger in die Irre zu führen. Durchaus denkbar natürlich, aber die Tatsache, dass alle drei ortsfremd gewesen waren, sprach eigentlich dagegen. Warum sollte jemand irgendwelche Fremde hierher bestellen, um sie dann um die Ecke zu bringen? Hätten es nicht auch zwei überflüssige Einheimische getan?

Ein wenig schuldbewusst blickte Melrose aus dem Fenster. Eine ziemlich kaltblütige Art, die Dorfbewohner zu betrachten. Die einzigen Lebewesen, die seinen Blick erwiderten, waren ein Mutterschaf und ihr Junges; sie standen mitten auf einer Wiese und kauten langsam vor sich hin. Was konnten sie bei dieser Kälte wohl noch zu fressen finden?

Es war natürlich auch möglich, dass die bisher begangenen Morde zu einem andern führen würden, wie Jury es angedeutet hatte; ein fürchterlicher Gedanke. Er ließ das Blut in seinen Adern erstarren, weil er sofort an Vivian Rivington dachte, die eine wirkliche Zielscheibe darstellte: so viel Geld und so viele, die darauf scharf waren. Die dunklen Gedanken, die ihm durch den Kopf gingen, schienen sich in dem Schild mit dem schwarzen Punkt konkretisiert zu haben, das zu seiner Linken auf der Höhe des Gasthofs Zum Hahn mit der Flasche auftauchte.

Plant nahm den Fuß vom Gaspedal und fuhr nur noch im

Schritttempo, damit sein Auspuff nicht beschädigt würde, wenn er über die Bodenschwelle fuhr, die die Autos vor der nächsten Kurve zum Verlangsamen zwingen sollte und die im Volksmund sinnigerweise «Toter Mann» genannt wurde. Als er näher kam, blinkte etwas in dem grellen Sonnenlicht. Er fuhr vorsichtig über den «Toten Mann» und spähte dabei aus dem Fenster; er entdeckte, dass das Glitzern von einem Gegenstand in der Erde herrührte, wahrscheinlich von einem Stückchen Glas. Dann erstarrte seine Wahrnehmung zu einem Bild, und er bremste so abrupt, dass er beinahe gegen die Windschutzscheibe geprallt wäre. Einen Augenblick lang saß er völlig regungslos da und sagte sich, dass diese Sache, die da in der Erde steckte, unmöglich das sein konnte, was er zu sehen geglaubt hatte.

Ein Ring. Aber hatte er wirklich an einem *Finger* gesteckt?

★

Während Sheila immer noch lachte, schlüpfte Jury in seinen Mantel und streifte sich die Handschuhe über. «Ich hab noch mehr Fragen, Mr. Darrington. An Sie und Miss Hogg. Im Augenblick fehlt es mir aber an der Zeit. Ich würde gerne Ihr Telefon benutzen, um mit meinem Sergeant zu sprechen.»

«Dort bitte», sagte Darrington und zeigte auf die Tür zum Flur. Etwas von seiner alten Überheblichkeit war zurückgekehrt, als er sich Jury zuwandte: «Wenn ich Sie recht verstanden habe, Inspektor, dann ist die Tatsache, dass *Scharf auf Mord* bei der Leiche gefunden wurde, mehr oder weniger der Beweis, dass ich nichts mit der Sache zu tun habe?»

Durch und durch ein Schuft, dachte Jury. Nicht das geringste Mitgefühl für Sheila, die wahrscheinlich ihre ganze Selbstachtung geopfert hat, um Darrington zu einer glanzvollen Karriere zu verhelfen. Der verdammte Kerl benötigte einen Dämpfer. «Ich meinte damit nur, dass es Sie entlasten könnte, nicht mehr. Es gibt da ein Motiv, das eigentlich nur Sie haben können, Mr. Darrington: öffentliches Aufsehen. Bei Ihrem angeschlagenen Ruf hätte Ihnen doch gar nichts Besseres passieren können, oder? *Scharf auf Mord* auf allen Titelseiten. Ihre Bücher würden plötzlich einen enormen Absatz finden. Sie hätten sich den Erpresser vom Hals geschafft und obendrein noch die Werbetrommel für sich gerührt.»

Darrington erblasste wieder.

«Das Telefon, Mr. Darrington?»

Wie auf ein Stichwort hin fing das Telefon an zu klingeln. Sheila, die sehr viel gefasster war als Darrington, ging hinaus, um den Hörer abzunehmen. «Es ist für Sie, Inspektor», rief sie vom Flur aus.

Er bedankte sich, und als er den Hörer von ihr entgegennahm und ihr dann nachblickte, wie sie in den Salon zurückging, hoffte er nur, dass sie eines Tages einen besseren Mann finden würde als Oliver Darrington. Trotzdem schied Sheila keineswegs aus dem Kreis der Verdächtigen aus. Fest stand nur, dass sie sehr viel couragierter war als ihr Freund.

«Jury am Apparat», sagte er und hörte mit wachsendem Erstaunen, was Melrose zu berichten hatte. «Hören Sie, Mr. Plant, bleiben Sie, wo Sie sind. In zehn Minuten bin ich bei Ihnen.» Er knallte den Hörer auf die Gabel und wählte dann das Revier von Long Piddleton. Er hörte das Brr-Brr des Telefons und fing schon an, Wiggins und Pluck zu verfluchen. Endlich antwortete Pluck, und Jury sagte ihm, er solle sich sofort mit Weatherington in Verbindung setzen, den Tatortsachverständigen und Appleby benachrichtigen, die ganze Mannschaft zusammentrommeln und sie auf dem schnellsten Weg zum Hahn mit der Flasche schicken. Eine weitere Leiche sei gefunden worden. Der arme Pluck stammelte ein paar unzusammenhängende Worte und brachte schließlich hervor: «Ja, Sir, sofort, Sir. Aber hier wimmelt es nur so von Reportern, die alle mit Ihnen sprechen wollen. Sie sind vor knapp einer halben Stunde aus London hier eingefallen.»

«Vergessen Sie die Reporter, Sergeant. Und erzählen Sie ihnen um Himmels willen nicht, was passiert ist, sonst blockieren sie mit ihren Autos die ganze Straße nach Sidbury, und wir kommen nicht mehr durch.»

«In Ordnung, Sir. Ich wollte Ihnen nur noch sagen», er senkte die Stimme, «dass Lady Ardry diesen Londoner Zeitungsfritzen Interviews gibt und dabei gleich sechs auf einmal ranlässt. Außerdem soll ich Ihnen ausrichten, dass Superintendent Racer eine Stunde lang versucht hat, Sie zu erreichen. Er kocht vor Wut.»

«Danke, Sergeant, wenn er wieder anruft, verbinden Sie ihn mit Lady Ardry.»

★

Mit dem blauen Morris schaffte Jury die zwanzig Kilometer von dem Haus bis zum Hahn mit der Flasche in knapp zwanzig Minuten, rief jedoch empörte Reaktionen bei gelasseneren Verkehrsteilnehmern hervor, die am Heiligen Abend eine gemütliche Spazierfahrt machen wollten.

Ungefähr einen halben Kilometer vor dem Gasthof Zum Hahn mit der Flasche fuhr Jury auf die rechte Straßenseite und bremste kurz vor dem Erdhügel. Er sprang aus dem Wagen, und ohne die Tür hinter sich zuzuschlagen, rannte er zu der Stelle, an der Melrose Plant auf dem Boden kniete. Auf dem Hügel lag eine Plastikplane.

«Ich hab gar nicht erst versucht, die Erde wegzuscharren; sie ist auch steinhart. Ich dachte, alles soll möglichst so bleiben, wie es ist. Nur die lose Erde auf ihrem Arm habe ich entfernt.»

«Gut so, Mr. Plant.» Aus der schneeverkrusteten Erde ragte bis ungefähr zum Ellbogen ein Arm und eine Hand hervor. Die Fingernägel waren unpassenderweise grellrot lackiert, und an einem Finger steckte ein großer, billiger Ring. Jury betastete den Arm. Er war so hart wie ein Eiszapfen.

«Es war ziemlich offensichtlich», sagte Plant, «dass diejenige, der dieser Arm gehörte, unter dem Erdhaufen nicht mehr nach Luft gerungen hat. Ich habe also nichts unternommen. Die Plane warf ich wegen der vorbeifahrenden Autos darüber. Ich dachte nur, dass Sie keinen Wert auf Neugierige legen. Ich habe mich nur davor gestellt und sie vorbeigewinkt. Wahrscheinlich hielten sie mich für einen Straßenarbeiter.»

Trotz der schrecklichen Umstände musste Jury lächeln. Der Anzug, den Plant trug, war nicht gerade das, was Straßenarbeiter zu tragen pflegen. Es sickerte auch gleich in Jurys Bewusstsein, dass der «Tote Mann» sich direkt vor der Abfahrt zu dem Hahn mit der Flasche befand; der Gasthof selbst lag ein ziemliches Stück abseits der Straße. Wieder ein Gasthof. Die Zeitungen würden sich freuen.

Er sagte zu Plant: «Gut gemacht, Mr. Plant. Vor allem, dass Sie nicht versucht haben, sie auszubuddeln. Der Tatortsachverständige würde uns den Kopf abreißen, wenn wir irgendetwas durcheinander gebracht hätten.»

Sie standen noch ungefähr zehn Minuten herum, bis Jury die Sirene aufheulen hörte. Pluck hatte sich zum Glück beeilt. Weatherington kam nach Sidbury – es war ungefähr zwanzig Kilometer von der Kreisstadt entfernt. «Mr. Plant, warum gehen Sie nicht zu dem Gasthof und reden schon einmal mit dem Wirt – kennen Sie ihn?»

«Nicht gut. Nur vom Sehen. Ich bin einmal an der Bar eingeschlafen, als er mir seine Lebensgeschichte erzählen wollte. Was soll ich ihm sagen?»

Jury blickte gerade auf die erstarrte Hand, als der Polizeiwagen um die Kurve kam. «Sagen Sie ihm, dass ich gleich vorbeikomme, um ihm ein paar Fragen zu stellen.»

Dr. Appleby wartete, geduldig eine Zigarette rauchend, während der Tatortsachverständige, ein Mann mit einem wie aus Stein gemeißelten Gesicht, jedes Detail festhielt. Am Hals des Opfers waren deutlich Strangulierungsmale zu erkennen. Und das Opfer war, wie Jury schon vermutet hatte, eine gewisse Ruby Judd, das Hausmädchen des Pfarrers.

Als der Polizeifotograf die Leiche fotografiert hatte, blickte Dr. Appleby dem Chefinspektor so strafend in die Augen wie Väter ihren Kindern, wenn sie einmal zu oft von dem schmalen Pfad der Tugend abgekommen waren. Jury, der selten den Blicken seiner Mitmenschen auswich, wandte die Augen ab. «Inspektor Jury, am besten, Sie nehmen mich bei Ihren Exkursionen gleich mit. Ich lande doch immer wieder am Schauplatz Ihrer Verbrechen.» Mit nikotinverfärbten Fingern zündete sich Appleby am Stummel seiner letzten eine neue Zigarette an.

«Sehr komisch, Dr. Appleby. Es sind aber eigentlich nicht meine Verbrechen, wie Sie es auszudrücken belieben. Sie gehen vielmehr auf das Konto eines anderen.» Jury wünschte, er hätte nicht auch noch einen witzereißenden Mediziner am Hals. Er hatte Appleby im Verdacht, sich bestens zu amüsieren, wenn auch auf etwas perverse Weise: Wie oft hatte er es wohl schon mit etwas anderem als mit Masern, Frauenleiden oder Magenbeschwerden zu tun?

Dr. Appleby blies den Rauch in die Luft und parierte rasch: «Ja, auf das Konto eines anderen. Es fragt sich nur, auf wessen? Die Bevölkerung hier in der Gegend nimmt von Tag zu Tag ab.» Der Arzt ließ die Asche in die neu ausgehobene Kuhle fallen. Die Leiche, die in einen Plastiksack gesteckt worden war, damit auch nichts verloren ging, war bereits in den Krankenwagen geschoben worden. Der Spezialist für Fingerabdrücke, der Mann mit dem Bürstenhaarschnitt, dem Kaugummi und der Trillerpfeife, hatte hier kaum etwas zu tun gefunden und war auf dem Weg zum Pfarrhaus, um Ruby Judds Zimmer zu inspizieren.

«Dr. Appleby, die Fakten, bitte.»

«Die habe ich Ihnen schon dreimal genannt, warum nehmen Sie nicht einfach die der anderen Fälle?»

Jury wurde ungeduldig. «Dr. Appleby –»

Appleby seufzte. «Na schön. Nach dem Zustand der Leiche zu urteilen, liegt die Tat ungefähr drei Tage bis eine Woche zurück. Ist schwer zu sagen – die Leiche ist ziemlich gut erhalten, als hätte sie in einer Gefriertruhe gelegen.» Appleby zündete sich wieder eine Zigarette an, und Wiggins, der sich die Auskünfte des Arztes notiert hatte, nutzte die Gelegenheit, um sich zu schnäuzen und eine neue Packung Hustenbonbons anzubrechen. Dr. Appleby setzte seinen Bericht in leierndem Tonfall fort. «Tötung durch Erdrosseln, diesmal mit Hilfe eines geknoteten, strickartigen Werkzeugs. Es könnte ein dünnes Kopftuch oder ein Strumpf gewesen sein: Blutungen im Gesicht und unter den Augenlidern. Sonst kann ich nichts feststellen. Hier versteckt sich nicht hinter jedem Busch ein Pathologe wie bei euch in London. Deshalb muss ich die Obduktion auch selbst durchführen. Was übrigens diesen Creed betrifft, kann ich Ihnen leider nicht viel weiterhelfen. Dass er zwischen zehn und zwölf Uhr ermordet wurde, wissen Sie ja bereits. Genauer konnte ich die Todeszeit auch nicht bestimmen.»

Appleby überwachte noch den Abtransport der Leiche, dann schloss er seine Tasche und entfernte sich. Kriminalbeamte suchten links und rechts von der Straße die vereisten Wiesen nach Beweisstücken ab. Jury hoffte, irgendeine Tasche – ein Koffer vielleicht – würde im Wald oder auf den Wiesen in der Nähe des Hahns mit der Flasche gefunden werden. Er stellte sich vor, dass der Mörder sie vielleicht veranlasst hatte, eine Tasche zu packen – wahrscheinlich hatte er ihr ein Liebeswochenende in Aussicht gestellt (was bedeuten würde, dass es sich um einen Mann handelte) –, weil dann zumindest ein paar Tage lang niemand nach ihrem Verbleib fragen würde. Appleby sagte, nichts deute darauf hin, dass eine «sexuelle Handlung» stattgefunden habe; ob sie schwanger gewesen sei, ließe sich jedoch erst nach der Obduktion sagen. Eine heiße Spur war nirgendwo in Sicht. Aber in einem Punkt hatte Jury Recht behalten: Ruby Judd war keine Ortsfremde.

★

Als Jury endlich den Hügel zum Hahn mit der Flasche hochgestiegen war und in die Gaststube trat, sah er Melrose Plant an der Bar sitzen, ein Glas Guinness vor sich. Der deftig aussehende Wirt lehnte über dem Tresen und unterhielt sich mit ihm. Sein Name war Keeble. Auf seinem Gesicht standen Schweißperlen, die er sich mit einer Serviette abwischte. Während er einen ziemlich aufgelösten Eindruck machte, zeigte seine Frau, die gerade durch eine Tür rechts neben dem Tresen hereingekommen war, keinerlei Emotionen.

Plant bot Jury eine Zigarette aus seinem goldenen Etui an, und Jury bediente sich dankbar. «Was wissen Sie über diese junge Frau, Mr. Keeble?»

«Wie ich dem Herrn Sergeant schon gesagt habe –» Er deutete auf Wiggins, der wie immer pflichtbewusst sein Notizbuch aufgeschlagen und zusammen mit dem Taschentuch auf den Tresen gelegt hatte. «Diese Ruby ist mir kaum über den Weg gelaufen, vielleicht ein- oder zweimal beim Einkaufen. Ich kann Ihnen also nicht viel weiterhelfen. Es dauerte ewig, bis sie ihren ‹Toten Mann› da draußen fertig hatten.» Mrs. Keeble fügte noch hinzu, wie schlecht das fürs Geschäft sei, wenn ständig die Straße aufgebuddelt würde.

«Und wann hatten die Straßenarbeiter wieder alles aufgefüllt?»

Keeble dachte angestrengt nach. «Moment, ich kann Ihnen das ganz genau sagen – ja, ja, am fünfzehnten, nachmittags. Dienstag vor einer Woche. Ich erinnere mich, weil wir am Tag darauf einen Schwung von Leuten zum Abendessen hatten. Gott sei Dank war da die Straße nicht mehr aufgerissen.» Er feierte die Rolle, die er bei dem schrecklichen Geschehen spielte, indem er sich ein Bier zapfte; seine Frau schnaubte missbilligend. «Am Abend kam dann noch einer von ihnen zurück und brachte die Sache vollends in Ordnung. Das war am Dienstagabend, Dienstag, dem fünfzehnten.»

Am Dienstag war auch Ruby losgezogen, angeblich um ihre Familie in Weatherington zu besuchen.

Als Keeble das Abendessen erwähnte, verspürte Jury plötzlich einen Riesenhunger. Er sagte: «Wir könnten eigentlich auch was vertragen. Wär's denn möglich, dass Sie uns was zu essen richten? Sie sind doch bestimmt auch hungrig, Mr. Plant? Und Sie, Sergeant, wie steht's mit Ihnen?» Beide nickten.

«Wir haben aber nur Scholle», sagte Mrs. Keeble.

Plant gab einen gutturalen Laut von sich, aber Wiggins nickte. «Mit Pommes frites und Erbsen, bitte.»

Sie blickte die Männer an, als hätten sie die Leiche des Mädchens in ihre Wirtschaft geschleppt, nur um ihr Unannehmlichkeiten zu bereiten. Sie schien sich auch zu fragen, ob Scotland Yard dafür aufkommen würde oder ob es zu ihren Bürgerpflichten gehörte, ihnen etwas aufzutischen. Als sie sich auf den Weg zur Küche machte, sagte Plant: «Wenn wir dazu eine Flasche Bâtard-Montrachet haben könnten, damit der Fisch auch schwimmt?»

Sie starrte ihn an, und er fügte noch hinzu: «Jahrgang 1971?»

Ihr Kinn schob sich etwas vor. «Wir haben keinen Weinkeller. Sie sind hier nicht im Savoy.»

Plant blickte sich in dem einfach eingerichteten Raum um. «Seltsam, ich hätte schwören können …»

Mr. Keeble schien das Wohlergehen seiner Gäste eher am Herzen zu liegen. «Wie wär's mit einem Glas Bitterbier, Sir? Vom Feinsten, auf Kosten des Hauses.» Er senkte die Stimme und blickte zur Küche.

«Sehr nett von Ihnen, Mr. Keeble», sagte Jury. Er nahm das Glas dankbar entgegen und leerte es bis zur Hälfte. Plant war aufgestanden und zu dem vorderen Giebelfenster des Gasthofs getreten. Er blickte hinaus. «Von hier aus kann man den ‹Toten Mann› nicht sehen, Inspektor. Wahrscheinlich kann man ihn von keinem der Fenster aus sehen, da ist diese Baumgruppe davor –»

«Das heißt?»

«Dass der Straßenarbeiter davon ausgehen konnte, dass ihn von hier aus keiner beobachten würde. Genauso wenig wie von der Straße aus. Das Gelände ist ziemlich eben, und man sieht gut einen halben Kilometer weit in beide Richtungen. Es gibt natürlich diese Vertiefung in der Straße, dort, wo der schwarze Punkt ist, aber trotzdem …»

«Mit anderen Worten, der Straßenarbeiter war gar kein Straßenarbeiter? Ja, der Boden hätte sich am fünfzehnten nachts ziemlich einfach wieder ausheben lassen. Und wenn ihn jemand gesehen hätte, jemand, der zufällig vorbeifuhr, hätte er ihn für einen Arbeiter gehalten, der zurückgekommen war, um noch etwas zu erledigen. Er hätte sich sogar eine Laterne anzünden können.»

«Ein fix und fertiges Grab, besser konnte er sich's gar nicht aussuchen», sagte Plant. «Er brauchte sich nur ein bisschen umzuziehen, eine Mütze und so weiter, und niemand wäre etwas aufgefallen.»

«Er hätte zwar gesehen werden können, als er die Leiche von – von wo wohl? Sagen wir, von der Baumgruppe – zu dem ‹Toten Mann› schleppte, was wirklich nicht sehr weit ist. Aber von wem? Von hier aus kann man vielleicht sehen, dass jemand auf der Straße arbeitet, wenn die Leiche aber in eine Plane oder etwas Ähnliches eingewickelt war, hätte man das aus dieser Entfernung nicht erkennen können.»

«Und einer, der so kaltblütig zu Werke geht, würde auch ein Auto vorbeiwinken, falls eines auftauchte.»

«Oder *eine,* Mr. Plant!»

«Ich kann mir nicht vorstellen, dass eine Frau so was gemacht hat.»

«Es wäre aber möglich. Eine Frau kann sich genauso gut als Straßenarbeiter verkleiden.»

«Ja, natürlich. Denkbar wäre es.»

Mrs. Keeble kam mit einem Tablett aus der Küche hereingepoltert und stellte das Essen vor sie hin. Die drei saßen an einem Tisch an der Wand neben dem kalten Kamin, einen mit Besteck, Servietten und drei weißen Steinguttellern gedeckten Holztisch; auf ihren Tellern lagen gleich große Portionen von Fisch, Kartoffeln und breiigen grünen Erbsen.

Melrose warf einen Blick darauf und schob seinen Teller beiseite; stattdessen verlangte er das Bier, das Keeble aufgefüllt hatte. Auch Jury betrachtete entmutigt den Fisch, der bestimmt in einer dieser Fertigteigmischungen gebraten worden war. Nur Wiggins, der gegen den Boden der Malzessig-Flasche schlug, um etwas Essig aus den winzigen Löchern zu schütteln, schien es zu schmecken.

«Der Wein», sagte Plant, «wird gleich kommen. Ich hoffe nur, sie lässt ihn auch etwas atmen.»

Wiggins gab einen Laut von sich, der zwischen einem Kichern und einem Wiehern lag. Jury, der nicht daran gewöhnt war, Wiggins lachen zu hören, gelang es nicht, das Geräusch eindeutig zu identifizieren. «Bevor ich's vergesse, Sir», sagte Wiggins, den Mund voller Pommes frites, «Superintendent Racer möchte, dass Sie ihn sofort zurückrufen. Ich hab ihm gesagt, Sie hätten kaum eine ruhige Minute gehabt, seit Sie hier sind, Sir.» Wiggins hatte offensichtlich ein schlechtes Gewissen, weil er einen Vormittag im Bett verbracht hatte, aber er schien ihm bekommen zu sein, zumindest hatte es ihm die Zunge gelöst. Er verschlang den Fisch und die Pommes frites und zierte sich auch nicht, als Plant und Jury ihre Portionen auf seinen Teller kippten.

Die Gasthoftür wurde aufgestoßen, und drei Männer – darunter Superintendent Pratt – kamen herein. Jury, der auch gleich die Reporter hinter ihnen entdeckt hatte, stöhnte auf.

Sie hatten ebenfalls ein Talent, die Polizei zu entdecken, und stürmten die Bar; der Fotograf knipste die Bar von allen Seiten, als hätte er ein Fotomodell vor sich, das freche Posen für ihn einnahm.

«Sie müssen Chefinspektor Jury von der Kriminalpolizei sein. Ich komme vom *Weatherington Chronicle.*» (Kleine Fische, dachte Jury, die werden sich einfach abwimmeln lassen.) Der andere schien es nicht für nötig zu halten, sich vorzustellen, er stand einfach nur da, Füllfederhalter und Schreibblock in der Hand. Sie stellten die üblichen Fragen und bekamen die üblichen Antworten. Nein, die Polizei hatte den Täter noch nicht, aber die Ermittlungen waren im Gange … Jury dachte, dass er sich das einmal auf seinen Grabstein meißeln lassen könnte: *Ermittlungen im Gange.* Ja, in ein, zwei Tagen könnten sie der Presse Genaueres sagen. Einer der Reporter bemerkte missbilligend, dass Jury in einem Augenblick wie diesem vor einem Bier saß, und provozierte damit Pratts Ärger: «Wenn Sie nur halb so viel arbeiten würden wie der Chefinspektor, hätten Sie gar nicht die Zeit, blöde Kommentare loszulassen.» Daraufhin packten die Zeitungsleute zusammen und verließen den Raum mit wehenden Rockschößen.

Jury machte den Superintendent mit Melrose bekannt. «Mr. Plant ist der Mann, der die Leiche entdeckt hat.»

«Können Sie sich vorstellen, wie Tante Agatha darauf reagieren wird?», sagte Melrose. «Das Fest ist für sie verdorben.»

★

Kurz bevor sie sich auf den Weg machen wollten, tauchte Sergeant Pluck bei ihnen auf und stellte stolz ein kleines Köfferchen auf den Tisch.

Es war ein dunkelblauer, billiger kleiner Vinylkoffer, für ein paar Wäschestücke und Toilettenartikel gedacht. In einem herausnehmbaren Plastikbehälter befanden sich mehrere Flaschen und Döschen, auf dem Kofferboden lagen frische Slips, ein Nachthemd und eine Bluse. Auch ein paar auffällige Ohrringe kamen zum Vorschein. Jury nahm die Kleidungsstücke heraus, öffnete die Dosen und roch an den Flaschen. «Lag sonst noch was im Wald herum?»

Pluck schüttelte den Kopf. «Nein, Sir. Der Koffer war zu, so wie Sie ihn vor sich sehen. Er lag unter einem Haufen von nassem Laub und Zweigen.»

«Sehr gut, Pluck. Könnten Sie nicht versuchen, die Judds wach zu halten? Ich würde gern noch heute Abend mit ihnen sprechen, es kann aber ziemlich spät werden. Andererseits werden sie wohl heute Nacht sowieso nicht viel schlafen.»

★

«Ich begreife das nicht», sagte der Pfarrer. «Wer sollte diesem armen, harmlosen Mädchen etwas antun wollen? Sie kann nicht älter als neunzehn oder zwanzig gewesen sein.»

«Vierundzwanzig war sie, Mr. Smith. Und vielleicht nicht ganz so harmlos, wie wir es gern hätten. Wir müssen jedenfalls noch einmal verschiedene Dinge durchgehen, der Mord lässt alles in einem anderen Licht erscheinen.» Der Experte für Fingerabdrücke war in Rubys Zimmer, und die Fotografen waren auch schon ein und aus gegangen; aber Jury wusste, dass nichts dabei herauskommen würde. Er stellte sich vor, dass Mrs. Gaunt gründliche Arbeit leistete, wenn sie saubermachte, und sie hatte Rubys Zimmer vor zwei Tagen geputzt.

Der Experte kam die Treppe heruntergepoltert, seine Ausrüstung in der Hand. Er meinte, die Abdrücke seien keinen Pfifferling wert, er habe immer nur dieselben gefunden – die von Mrs. Gaunt höchstwahrscheinlich und die von einem Mann – Jurys vielleicht, er habe ja auch schon das Zimmer inspiziert. Ob seine Fingerabdrücke denn in einer Kartei seien? Der Beamte grinste.

«Wie ich Ihnen schon sagte, Inspektor», meinte der Pfarrer, «hat mir Daphne Murch das Mädchen vermittelt. Ich glaube, die beiden waren eng befreundet. Wenn jemand etwas weiß, dann Daphne.» Der Pfarrer schenkte sich ein Glas Port ein und bot auch Jury und Wiggins etwas an, sie lehnten jedoch ab. Dann machte er es sich in seinem Sessel bequem, und Jury nahm an, er wolle sich an den Gedanken gewöhnen, dass sein Hausmädchen nun tot war. Stattdessen sagte er: «Dieser Wirtshausname – Zum Hahn mit der Flasche … das hat nichts mit dem männlichen Huhn zu tun, sondern Hahn bedeutet hier vielmehr Zapfen. Ein Zapfen, wie man ihn für Fässer benutzte. Sie wissen, was ich meine? Mit dem Namen wurde also für gezapftes Bier Reklame gemacht; die Flasche bedeutete, dass man auch abgefülltes Bier zu trinken bekam.» Eine leichte Röte überzog sein Gesicht; anscheinend war ihm bewusst geworden, dass das nicht der richtige Augenblick für einen Exkurs über Wirtshausgebräuche war. «Wenn man sich vorstellt, dass all diese Morde praktisch nur den Mord an dem armen Mädchen vorbereiteten!»

«Vorbereiteten?», fragte Jury. «Nein, ich glaube, Sie sehen das falsch, Mr. Smith. Ruby wurde *vor* den anderen ermordet. Das bedeutet natürlich nicht, dass dieser Mord nichts mit den anderen zu tun hat.» Wiggins hatte nach längerem Wühlen zwischen Hustenpastillen, Husten- und Nasentropfen ein paar Player's aus seiner Manteltasche gefischt und reichte sie Jury. «Hatten Sie jemals den Verdacht, Ruby könnte über jemanden im Dorf etwas wissen, was der Betreffende lieber für sich behalten hätte?»

«Erpressung? Wollen Sie darauf hinaus?»

Jury antwortete nicht.

«Nein. Sie plapperte ziemlich viel, aber ich hörte nicht immer zu. Obwohl eine Zeit lang das Gerücht kursierte – ich gebe natürlich nichts auf diese Art von Gerüchten –, dass Ruby sich mit Marshall Trueblood eingelassen hatte.»

«Mit Marshall Trueblood?» Jury und Wiggins tauschten ungläubige Blicke aus, und Wiggins erstickte beinahe. Jury sagte: «Das kann ich mir kaum vorstellen, Herr Pfarrer, Sie etwa? Trueblood ist doch homosexuell.»

Der Pfarrer sah eine günstige Gelegenheit, sich auch in solchen Dingen beschlagen zu zeigen. «Er könnte auch das sein, was man bisexuell nennt, Inspektor.»

Das war nicht von der Hand zu weisen, zumal Trueblood sein affektiertes Benehmen bewusst zu übertreiben schien. «Aber Sie wissen das nicht genau?» Der Pfarrer schüttelte den Kopf. «War Ruby vielleicht vor ihrer Abreise besonders aufgeregt, oder benahm sie sich sonst irgendwie komisch?» Wieder schüttelte der Pfarrer den Kopf. Da Jury auch schon mit Mrs. Gaunt gesprochen hatte, der an Rubys Verhalten genausowenig aufgefallen war, nahm er an, dass von ihnen keine weiteren Aufschlüsse zu erwarten seien. Für den Augenblick zumindest musste er sich zufrieden geben. Jury erhob sich, und Wiggins klappte sein Notizbuch zu.

Draußen fragte Jury Wiggins, ob er nicht einstweilen nach Weatherington fahren und die Judds auf seinen Besuch vorbereiten könne: Auch wenn es schmerzlich für Rubys Eltern wäre, er müsse sie unbedingt noch heute Abend sprechen.

★

Als Jury die Bar der Pandorabüchse betrat, stand Twig in seiner Lederschürze herum und rieb die Gläser blank. Erschöpft hievte sich Jury auf einen der eichenen Barhocker und bestellte einen Whisky. Im Spiegel entdeckte er nur einen einzigen Gast – eine Frau mittleren Alters, die auf einem Wettschein offenbar die aussichtsreichsten Namen ankreuzte.

«Wo ist Mr. Matchett, Twig?»

«Er nimmt gerade im Speisesaal einen Aperitif zu sich, Sir.» Jury machte Anstalten, sich zu erheben. «Mit Miss Vivian, Sir.» Jury setzte sich wieder. Er starrte auf die bernsteinfarbene Flüssigkeit in seinem Glas. Aber Job war Job. Er sollte bereits dort drinnen sein und Fragen stellen.

Er zwang sich, sein Glas zu nehmen und in den Speiseraum hinüberzugehen.

Zuerst dachte er, der Raum sei leer. Zumindest war er kaum beleuchtet – nur die roten Kugeln warfen ihr flackerndes Licht auf die Tische und Wände. Jury stand im Schatten der Türnische. Schließlich entdeckte er sie, Simon Matchett und Vivian. Sie saßen halb verdeckt hinter einem Pfeiler. Vivian wandte ihm ihr Profil zu, von Matchett war nur eine Hand zu sehen, die auf ihrem Handgelenk lag.

Eigentlich war er ganz in ihrer Nähe, der Abstand zwischen ihnen konnte nicht mehr als sechs Meter betragen. Er versuchte, sich in Bewegung zu setzen, um diese kurze Strecke zurückzulegen, an ihren Tisch zu treten und seine Fragen zu stellen. Er rührte sich jedoch nicht vom Fleck. In diesem Augenblick erfuhr er am eigenen Leibe die Bedeutung des Ausdrucks «wie angewurzelt stehen zu bleiben».

Matchett beugte sich zu Vivian hinüber, und die Hand, die

ihr Handgelenk umschlossen gehalten hatte, legte sich hinter ihrem Rücken auf die Stuhllehne.

Jury zog sich etwas tiefer in den Schatten zurück; kurz vor der Tür blieb er stehen, da er in dieser Position immer noch den Anschein erwecken konnte, gerade eingetreten zu sein, falls einer von ihnen sich umdrehen und ihn entdecken sollte.

Während dieser kurzen Augenblicke verharrten alle drei wortlos auf ihrem Platz, ein lebendes Tableau. Dann schnappte er die letzten Worte eines Satzes auf, den Matchett von sich gab:

«… wo wir leben werden, Liebling.»

Jury stand unbeweglich im Schatten; sein Glas wog so schwer wie ein Stein in seiner Hand.

«… *hier* könnte ich nicht mehr, Simon. Nicht, nachdem all das passiert ist. Und jetzt auch noch die arme Ruby Judd. Mein Gott!» Sie zog ihren Pullover an sich; Matchett half ihr dabei, und seine Hand blieb auf ihrer Schulter liegen.

«Großer Gott, denkst du ich, mein Herz? Du solltest einfach alles hinter dir lassen. Oder vielmehr, wir beide sollten das tun. Zu viele unangenehme Erinnerungen für jeden von uns. Vivian, mein Liebes –» Seine Finger fuhren von ihrem Nacken zu den Haaren hoch und schienen sich in den goldbraunen Strähnen zu verfangen. «Irland. Wir gehen nach Irland, Viv. Das wäre genau das Richtige für dich. Bist du schon einmal in Sligo gewesen?» Sie hielt den Blick gesenkt und schüttelte den Kopf. «Wirklich, das sollten wir tun – es ist das Land für dich. Komisch, nichts kann die Ruhe und den Frieden Irlands stören, nicht einmal dieser endlose Krieg. Es gehört immer noch zu den friedlichsten Plätzen dieser Welt.»

Sie verschränkte die Arme auf dem Tisch und schaute ihm in die Augen. «Ich glaube, du bist ein bisschen zu unternehmungslustig, um dich nach Irland zurückzuziehen. Es sei denn, du hast vor, dich der IRA anzuschließen.»

Seine Hand wanderte tiefer, bis er mit einem Finger die

Rundung ihrer Wange nachfahren konnte. «Das ist Unsinn. Ich sehne mich genauso nach Ruhe wie du. Ich möchte mit ein paar Wolfshunden vor einem prasselnden Kaminfeuer sitzen, in einem großen, mit Rauchschwaden erfüllten Raum. Hör zu, für die Pandorabüchse kriege ich schon einiges, und mit dem Geld kann ich mir dort was Neues kaufen – eine Kneipe vielleicht. Oder ich werde Waffenschmuggler, ganz egal was, wenn wir nur davon leben können –»

Es folgte eine kurze Pause. «Ich glaube, um unseren Lebensunterhalt brauchen wir uns nicht zu viel Sorgen zu machen.»

Die Hand fiel von ihrer Wange auf ihre Schulter und zog sich dann wieder auf den Tisch zurück. «Gib's weg, Vivian!»

«Was soll ich weggeben?»

«Das Geld. Gib's für einen guten Zweck, egal was. Du brauchst es nicht, und ich will's nicht haben; bis jetzt hat es nur Unglück gebracht – mir zumindest. Mein Gott, du willst nicht einmal, dass die andern von uns erfahren. Und Weihnachten willst du auch nicht mit mir verbringen!»

Sie lachte. «Oh, Simon! Das ist doch kindisch.» Sie legte ihre Hand auf seine. «Ich hab das Melrose schon vor Monaten versprochen –»

«Er ist wahrscheinlich der einzige Mann, bei dem du dir sicher bist, dass er es nicht auf dein Geld abgesehen hat. Wenn ich nur die Hälfte hätte von dem, was er hat, würdest du mich auf der Stelle heiraten», sagte er bitter.

Während er versuchte, sich noch weiter in das Dunkel zurückzuziehen, hatte Jury das unwirkliche Gefühl, einer Theateraufführung beizuwohnen.

«Ich mache dir deswegen weiß Gott keine Vorwürfe», fuhr Simon fort, «nicht nach der schrecklichen Kindheit, die du gehabt hast. Offen gestanden, es würde dir auch nicht schaden, Isabel mal los zu sein.»

«Das ist das erste Mal, dass du etwas gegen Isabel sagst.»

«Es ist gar nicht *gegen* sie, ich denke nur, du solltest sie dir vom Hals schaffen. Sie erinnert dich an diese unglückselige Geschichte. Und ich bin mir nicht sicher, ob sie das nicht auch ausnützt. Du denkst, du schuldest ihr so verdammt viel. Mein Herz, du schuldest überhaupt niemandem was. Und wenn du mich nicht heiraten willst, dann geh einfach so mit mir weg. Und leb mit mir zusammen. Dann kann ich überhaupt nie an dein Geld rankommen –» Sie schien nicht zu wissen, ob sie lachen oder weinen sollte. «Hör zu, mein Herz. Wir kaufen uns irgendeine alte Burgruine. Kannst du dir vorstellen, wie gut Irland für dich als Schriftstellerin sein wird? Und ich würde dich auch nicht stören, sondern einfach nur mit meinen Wolfshunden losziehen, mich um die Kneipe kümmern oder was sonst gerade anfällt – wenn ich dich nur bei mir habe. Das Land von Yeats! Ich kauf dir einen Turm wie Yeats für seine Frau. Obwohl ich schon froh bin, dass du nicht George heißt.» Sie lachte nun wirklich. «Was schrieb er noch? Etwas über ein Gelände mit einer Mühlenschmiede – ‹Den Turm baut ich für meine Frau, George, / Und möge dieses Bild bestehn / Wenn alles das wird untergehn.›»

«Wunderschön», sagte Vivian. «Aber eigentlich liebte er sie gar nicht so sehr, oder? Seine große Liebe war doch Maud Gonne.»

«Verzeih, dann ist es Maud Gonne, an die du mich erinnerst. Nicht die gute alte George.»

Sie lachte. «Nett von dir.»

«Maud Gonne. Oder wie wär's mit Beatrice? Oder du erinnerst mich an Jane Seymour – war sie nicht die Einzige, die Heinrich der Achte wirklich geliebt hat?»

«Ich glaube. Zumindest war sie eine der wenigen, die er nicht hinrichten ließ.»

«Lassen wir das. Kleopatra! Du erinnerst mich an Kleopatra –»

«Ist das nicht etwas weit hergeholt?»

«Nicht in deinem Fall. Und Dido – ach! Dido, Königin von Karthago. Weißt du, was sie sagte, als sie Aeneas erblickte?»

«Es ist mir peinlich, aber ich weiß es nicht. Siehst du dich selbst in der Rolle des Aeneas?»

«Natürlich: *Agnosco veteris vestigia flammae.* Sie sagt –»

★

«‹Ich erkenne› –» Jury blickte Vivian in die Augen und stellte sein Glas auf den Tisch – «‹die Spuren einer alten Flamme.›»

Sie starrten mit offenen Mündern zu ihm auf. Dann riefen sie gleichzeitig: «Inspektor Jury!»

«Entschuldigen Sie, ich wollte mich nicht an Sie heranschleichen. Sie waren nur so … vertieft.»

Vivian stieß ein kurzes, atemloses Lachen aus. «Sie brauchen sich nicht zu entschuldigen! Ich bin nur ganz überwältigt, so gebildete Männer um mich zu haben. Setzen Sie sich doch.»

Jury zog einen Stuhl hervor und zündete sich eine Zigarette an. «So gebildet bin ich gar nicht. Es klingt nur großartig. Ein Mann, der für solche Dinge ein Ohr hat, kann dem nicht widerstehen.»

«Ebensowenig wie eine Frau, Inspektor.» Sie lächelte ihm zu, aber er wandte den Blick sofort ab. «Es klingt wirklich sehr gut.»

«Ja, aber leider bleibt uns nicht viel Zeit für schöne Dinge», sagte er etwas zu scharf und schob das Besteck zur Seite. «Wir haben es mit einem neuen Mordfall zu tun, wie Sie wohl schon gehört haben. So etwas spricht sich ja schnell rum.»

Er bemerkte, wie Vivian den Blick abwandte und auf das Tischtuch starrte – wie ein Kind, dem man die Leviten gelesen hatte. «Ruby Judd», sagte sie kaum hörbar.

«Ja, Ruby Judd.»

«Wir haben gerade darüber gesprochen», sagte Matchett.

Ach, tatsächlich, gerade eben, dachte Jury.

«Wir warten auf unser Abendessen, Inspektor. Wollen Sie nicht mitessen?»

«Ja. Danke.»

Twig kam an ihren Tisch, und Matchett bestellte den Salat.

«Isabel ist zu den Bicester-Strachans gegangen», sagte Vivian. «Und ich wollte nicht allein zu Hause bleiben.» Sie starrte auf den Stein hinter Matchetts Stuhl, als erwartete sie auf seiner uralten Oberfläche ein Menetekel geschrieben zu sehen. «Vielleicht haben wir irgendwie schon damit gerechnet.»

«Mit was?», fragte Jury überrascht. «Mit Ruby Judds Tod?»

«Nein, aber dass irgendwann mal einer aus Long Piddleton an der Reihe sein würde. Im Grunde glaubte doch keiner von uns, dass all diese Leute nur so zum Spaß umgebracht wurden.»

«Ich weiß nicht. Was glaubten Sie denn?»

Sein scharfer Ton schien sie etwas aus der Fassung zu bringen. Begreiflicherweise, dachte er. Ihr Verhältnis zu Matchett ging ihn ja schließlich nichts an. Oder doch? Matchett hatte Vivians bauchiges Weinglas sehr großzügig mit weißem Medoc gefüllt; Jury winkte ab.

Lächelnd meinte Matchett zu Vivian: «Das sagst du. Ich glaube eher, die meisten von uns dachten, dass … dass sie gewissermaßen planlos umgebracht wurden. Aber warum sollte jemand Ruby Judd etwas antun wollen? Sie ist die Letzte, auf die ich getippt hätte.»

Während Twig den Tisch mit den Salaten hereinrollte, zog Jury aus dieser Bemerkung den Schluss, dass Matchett anscheinend eine bestimmte Vorstellung von Schicklichkeit hatte: Wenn sich schon jemand darauf verlegte, Leute umzubringen, dann sollte er wenigstens die Reichen und nicht die Armen umbringen.

Twig stellte Salatschüssel, Salatteller und die Flasche mit dem Öl bereit. Als er die Zitrone über den Blättern ausdrücken wollte, stand Matchett auf und sagte: «Ich mach das schon, Twig.» Geschickt besprenkelte er die Schüssel mit Öl und mischte den Inhalt mit einem hölzernen Salatbesteck.

«Wo waren Sie beide am Dienstagabend vor einer Woche?»

Matchett zerbrach ungerührt ein Ei über dem Salat, Vivian hingegen machte einen ziemlich nervösen Eindruck, als sie sagte: «Zu Hause – ich kann mich nicht mehr erinnern ... Simon?»

War Simon auch schon ihr Gedächtnis?

Matchett schüttelte den Kopf. «Kann ich Ihnen auch nicht so ohne weiteres sagen. Oder Moment mal. Zwei Abende davor wurde doch dieser Small umgebracht –» Gabel und Löffel des Bestecks verharrten in der Luft. «Ich war hier, jetzt erinnere ich mich wieder, den ganzen Nachmittag und Abend.»

«Ich muss zu Hause gewesen sein», sagte Vivian unsicher. «Ich glaube, Oliver kam vorbei.»

Jury bemerkte, dass Matchett das Gesicht verzog.

«Machen Sie denn nie eine Pause, Inspektor?» Matchett rieb frischen Käse über den Salat und streute noch eine Hand voll geröstete Brotwürfel darüber.

«Würde ich, wenn unser Mörder das auch täte.»

Matchett reichte ihnen zwei Glasteller mit Salat. Als Jury ihn versuchte, fand er ihn köstlich. Es gab bestimmt nicht viele Männer, die sich über einen noch frischen Mord unterhalten, einen Caesar-Salat mischen und die Rolle des Erwählten bei einem so exquisiten Wesen wie Vivian Rivington spielen konnten. Was immer er auch war, ein einfacher, unkomplizierter Bursche war er nicht.

★

«Also, Daphne, sprechen wir über Ruby Judd.»

Es war eine Stunde später, und er saß mit ihr am selben Tisch im Speiseraum. Matchett war gegangen, um Vivian Rivington nach Hause zu bringen.

Daphne hatte einen Berg Kleenextücher vor sich aufgetürmt und aufgebraucht, so viele Tränen waren geflossen, seit sie von Rubys traurigem Schicksal gehört hatte.

«Sie waren doch mit ihr befreundet? Ich habe gehört, dass Sie sie auch bei dem Pfarrer untergebracht haben.» Jury hatte die Fotos aus seiner Brieftasche gezogen und auf den Tisch gelegt. Eines zeigte Ruby in einer der üblichen starren Posen. Sie hatte langes, schwarzes Haar und ein hübsches, ausdrucksloses Gesicht. Auf dem anderen Schnappschuss war mehr von ihrer üppigen Figur zu sehen: große Brüste, die sich unter einem zu engen Pullover abzeichneten, und wohlgeformte Beine. Ihr Mund war zu einer nicht gerade schmeichelhaften Grimasse verzogen, da sie direkt in die Sonne blinzelte. Ihr Gesicht war halb im Schatten.

«Ja, Sir, das hab ich», sagte Daphne und strich sich die Locken aus der schweißbedeckten, glänzenden Stirn. Ihr Gesicht war vom Weinen schon ganz rot und verquollen.

«Wie lange haben Sie sie gekannt, Daphne?»

«Oh, schon seit Jahren. Seit der Schulzeit. Wir waren in derselben Klasse. Ich komme auch aus Weatherington, wissen Sie. Als die letzte Hausangestellte des Pfarrers gekündigt hat, weil sie heiraten wollte und nur noch diese Mrs. Gaunt bei ihm war – ein richtiger Hausdrachen ist das –, hab ich ihn gefragt, ob er nicht wieder ein Mädchen haben will, ich würde eine kennen, die sehr tüchtig ist und Arbeit sucht. Er hat gesagt, ich soll sie vorbeischicken.» Daphne blickte auf ihre Schuhe und sagte mit matter Stimme: «Ich hätte mir das vielleicht doch überlegen sollen, Sir. Ich meine, sie war nicht gerade die Zuverlässigste.» Sie hielt sich die Hand vor den Mund, weil sie einer Toten etwas Schlechtes nachgesagt hatte.

«Was meinen Sie mit nicht zuverlässig?» Jury bemerkte, dass Twig die Kristallgläser besonders hingebungsvoll polierte, seit fünf Minuten hielt er dasselbe Glas in der Hand.

Daphne senkte ihre Stimme. «Ruby saß ein- oder zweimal ganz schön in der Patsche, verstehen Sie?»

«In was für einer Patsche?» Jury war überzeugt, dass die Schwierigkeiten mit Rubys Liebesleben zu tun gehabt hatten, denn das Gesicht der Kellnerin war auf einmal puterrot geworden. Und da ihr anscheinend auch die Worte im Hals stecken blieben, kam er ihr zu Hilfe: «War Ruby schwanger?»

«O nein, Sir, nicht dass ich wüsste. Sie hat nie was davon gesagt. Aber … einmal ist sie auch schwanger gewesen. Einmal. Vielleicht aber auch mehr als einmal.» Daphne sah fast aus, als wäre sie selbst vom Pfad der Tugend abgekommen.

«Sie hatte eine Abtreibung, meinen Sie das? Oder vielleicht auch mehrere?»

Daphne nickte stumm und warf einen verstohlenen Blick in Twigs Richtung. Aber der alte Diener hatte sich nach hinten verzogen, als er Jurys Augen auf sich spürte.

«Manchmal tat sie mir beinahe Leid. Was soll ein Mädchen wie sie auch machen, wenn ihre Familie sie immer nur abschieben will. Ihre Alten sind schreckliche Spießer. Sie hat sich aber nie getraut, ihnen das zu sagen. Als Kind hatte sie eine Tante und einen Onkel, zu denen sie geschickt wurde. Zu ihrer Tante Rosie und ihrem Onkel Will, hat sie gesagt. An ihnen hing sie viel mehr als an ihren Alten. Die wollten sie bloß loswerden, bestimmt.»

«Sie und Ruby sind also gute Freundinnen gewesen?»

Daphne presste ein Kleenex gegen ihre Nase. «Ja, schon. Aber wenn sie mir was erzählte, wollte sie mich eigentlich nur neugierig machen. Anvertraut hat sie mir nie was.»

Jury fand es bemerkenswert, dass das Mädchen in der Lage war, solche Nuancen zu erkennen. Die meisten Mädchen hätten gekicherte Anspielungen schon für einen Austausch von Vertraulichkeiten gehalten.

Sie fuhr fort. «Soviel ich weiß, hat Ruby mit keinem aus dem Dorf was gehabt. Aber sie machte immer solche Andeutungen, dass sie mit mehr als einem …» Daphne errötete und strich den Rock ihrer schwarzen Uniform glatt.

«… schläft, meinen Sie das?»

Sie nickte; anscheinend fand sie das Wort weniger anstößig, wenn ein Polizeibeamter es aussprach. «Die Sache ist, Ruby war schon immer eine Geheimniskrämerin. Ganz egal, ob nun was dahinter steckte oder nicht. Sie versuchte aus allem was zu machen. Zum Beispiel fragte sie mich, ob ich denn nicht wissen wolle, woher ihr neues Kleid, ihre neue Handtasche, ihr Schmuck oder was weiß ich noch alles stammen würde – als ob einer in Long Pidd sie, hmmm, sie *aushalten* würde. Sie hatte dieses Goldarmband, das sie immer trug – ich hab sie nie ohne gesehen –, du lieber Himmel, was hat sie damit für ein Theater gemacht! Zuerst sagte sie, sie hätte es geschenkt bekommen, und dann behauptete sie, sie hätte es gefunden. Bei Ruby wusste man nie, ob sie die Wahrheit sagte. Und dann diese ganzen Geschichten mit Mrs. Gaunt. Ruby machte gerade die Hälfte von dem, wofür sie bezahlt wurde. Wenn sie abstauben oder aufräumen sollte, fing sie mit dem Pfarrer an zu quatschen; er erzählte ihr dann meistens auch was, und sie tat so, als würde sie das brennend interessieren. Er merkte überhaupt nicht, dass sie sich nur um ihre Arbeit drücken wollte und gerade einmal mit dem Staubwedel über seinen Schreibtisch fuhr. Wenn sie die Kirche ausfegen sollte, setzte sie sich einfach wo hin und las ihre Filmzeitschriften oder schrieb in ihr Tagebuch. Manchmal hat sie sich auch die Fingernägel lackiert.» Daphne kicherte.

«Ruby hat ein *Tagebuch* gehabt? Haben Sie es gesehen?»

«O nein, Sir. Sie hätte es mir auch nie gezeigt, wo sie doch immer so geheimnisvoll tat.»

Jury nahm sich vor, Wiggins zu Mrs. Gaunt zu schicken, um mehr darüber in Erfahrung zu bringen.

«Stutzig wurde ich erst, als Ruby behauptete, sie wüsste was über jemanden in Long Pidd.»

«Hat sie das so gesagt?»

Daphne nickte. «Haben Sie eine Ahnung, was sie damit gemeint hat?» Daphne schüttelte den Kopf so entschieden, dass ihre hellbraunen Löckchen wie kleine Korken am Rand ihres gestärkten weißen Häubchens auf und ab hüpften.

«Nein, Sir. Ich war wirklich neugierig und hab immer wieder versucht, es aus ihr rauszukriegen, aber je mehr ich mich anstrengte, desto komischer schien sie das zu finden. Es wäre doch wirklich eine Überraschung, meinte sie, wenn herauskäme, dass sie jemanden am Bändel hätte. Eine richtige Überraschung würde das werden.»

Jury seufzte. Bei jemanden wie Ruby Judd würde es praktisch unmöglich sein, die Spreu vom Weizen zu trennen. Ihr Geheimnis konnte alles sein – von der Frau aus dem Dorf, die für den Milchmann die Beine breit gemacht hatte, bis … zu Mord.

★

Weatherington war eine mittelgroße Stadt, die ungefähr doppelt so viele Einwohner hatte wie Sidbury. Und Sidbury war ungefähr doppelt so groß wie Long Piddleton. Die drei Orte waren auch gleich weit voneinander entfernt; Sidbury lag etwa achtzehn Kilometer westlich von Long Piddleton und Weatherington achtzehn Kilometer südwestlich von Sidbury. Zur Unterstützung der örtlichen Polizei hatte die Londoner Zentrale eines ihrer Labors in Weatherington aufgebaut. Und es gab ein kleines Krankenhaus, in dem Appleby seine Obduktionen durchführte.

Auf dem Revier mit den glänzenden, beigefarbenen Wänden sprang einem vor allem die abblätternde Farbe ins Auge. Aber auf Schönheit kam es hier nicht an. Jury ging an der Telefonzentrale vorbei, in der eine großmütterlich aussehende Frau an einem roten Wollschal strickte. Im Büro beugte sich der Dienst habende Beamte über sein Buch unter einem gelben Schild: «Herumlungern verboten». Jury hatte sich schon oft gefragt, wer wohl an Orten wie diesen herumlungern wollte. Er ging an Tischen und Schränken vorbei, die vor Akten überquollen, während die Angestellten vor allem ihre Schreibmaschinen hin und her zu tragen schienen. Er ließ sich mit Dr. Appleby verbinden.

«Nein, das war sie nicht», antwortete der Arzt auf Jurys Frage, ob Ruby Judd schwanger gewesen sei, als sie starb. «Wahrscheinlich hätte sie gar keine Kinder bekommen. An ihr ist schon zu viel rumgepfuscht worden. Sie hatte mit Sicherheit schon mehr als eine Abtreibung hinter sich. Vor ein paar Jahren.»

Irgendwie war Jury erleichtert. Wäre sie nämlich schwanger gewesen, hätte er nach dem Liebhaber suchen müssen, der sie nicht heiraten wollte und dessen Ruf ruiniert gewesen wäre, wenn Ruby geplaudert hätte. Eine solche Erklärung hätte ihn gezwungen, den Mord an Ruby getrennt von den anderen Morden zu behandeln. Genau das Gegenteil von dem, was der Pfarrer gesagt hatte, war der Fall: Die anderen Morde führten nicht zu dem Mord an Ruby, sondern von ihm weg.

«Vielen Dank, Dr. Appleby. Es tut mir Leid, dass ich Sie so spät noch belästigen musste.»

«Spät? Es ist doch erst halb elf, Mann. Wir in der Provinz arbeiten doch rund um die Uhr.» Appleby kicherte und legte auf.

Jury ging zu dem Kriminalbeamten an dem Schreibtisch. Selbst um diese Zeit waren noch über ein Dutzend Leute auf dem Revier. Sie warteten nur darauf, auch endlich eine Rolle spielen zu dürfen, und es schien ihnen sehr zu gefallen, dass Jury endlich gekommen war. «Der Superintendent ist nicht da?»

«Nein, Sir.»

«Haben Sie die Akten über den Fall Celia Matchett? Der Mord in diesem Gasthof in Dartmouth. Liegt schon einige Jahre zurück.»

«Ja, Sir, wenn Sie einen Augenblick warten, bring ich –»

«Ist nicht nötig, ich muss zu den Judds und kann sie mir auf dem Rückweg abholen.» Jury wandte sich Wiggins zu, der sein Notizbuch und seine Schreibutensilien zusammenpackte. «Haben Sie bei den Judds angerufen?» Wiggins nickte. «Nun, dann mal los.»

★

Mr. und Mrs. Judd lebten in dem neueren Teil von Weatherington, einer Siedlung aus langen Reihen niedriger Backsteinhäuser, die nachts kaum voneinander zu unterscheiden waren und sich wohl auch tagsüber zum Verwechseln ähnlich sahen. Vielleicht bedeuteten sie einen Fortschritt gegenüber den grauen Sozialwohnungen auf der anderen Seite der Stadt, aber sehr groß konnte er nicht sein. Weatherington hatte nicht viel zu bieten. Es war als Siedlung, als eine dieser sozialen Gartenstädte angelegt worden, und irgendwann musste dann das Geld ausgegangen sein, oder es war von anderen, weniger auf Ästhetik bedachten Bauherren kassiert worden. Das Ergebnis war eine amorphe Masse von Häusern ohne erkennbaren Stil.

Auf dem Rasen vor dem Reihenhaus der Judds konnte Jury die Umrisse schmückender Elemente erkennen, Gipsenten und Gipsgänse und kleine Grotten wahrscheinlich, die unter dem Schnee fast völlig verschwanden.

Eine junge Frau öffnete ihnen die Tür. Sie war eine etwas eckigere Ausgabe von Ruby, falls Ruby ungefähr so ausgesehen hatte wie auf den Fotos. Ihre Schwester, dachte Jury. «Ja?» Ihre näselnde Stimme und ihre vorgetäuschte Ahnungslosigkeit erinnerten ihn an Lorraine Bicester-Strachan. Miss Judd fehlte nur deren angeborene Arroganz.

«Miss Judd?» Sie nickte und schaffte es, ihre kecke, kleine Nase, die sie sowieso schon ziemlich hoch trug, auch oben zu behalten.

«Inspektor Richard Jury, Miss, Kriminalpolizei. Und Sergeant Wiggins.» Wiggins tippte an seinen Hutrand. «Ich glaube, Sergeant Wiggins hat bei Ihnen angerufen und unseren Besuch angekündigt.»

Sie trat zur Seite. Als er mit Wiggins an ihr vorbeiging und in die dunkle Diele trat, bemerkte Jury, dass sie keineswegs sehr niedergeschlagen wirkte. Da sie keine Anstalten machte, ihnen ihre Mäntel abzunehmen, warf Jury seinen Mantel einfach über das Treppengeländer.

«Dort», sagte sie nur und zeigte auf einen Raum am Ende des engen, dunklen Flurs, der in den hinteren Teil des Hauses führte. Wahrscheinlich war es das hintere Wohnzimmer, da in dem Zimmer vorn kein Licht brannte. Es wurde bestimmt nur sonntags benutzt. In einer Ecke stand ein kümmerlicher, mit Lametta behängter Baum, auf dessen Sockel künstlicher Schnee gesprüht war. In dem hinteren Wohnzimmer, das mit elektrischen Speicheröfen und einem elektrischen Kaminfeuer geheizt wurde, saßen – erstaunlich ungerührt – die Judds.

Mrs. Judd, eine stämmige, untersetzte Frau, die kaum von ihrem Strickzeug aufblickte, wenn sie sprach, und auch dann noch so klang, als wäre sie überhaupt nicht Rubys Mutter, meinte: «Es ist schrecklich, da arbeitet man sich die Finger für sie wund, und das ist dann der Dank dafür.»

Jury konnte nur mit Mühe seine Empörung über ihre Gefühllosigkeit unterdrücken. «Ich glaube nicht, dass Ihre Tochter sich das ausgesucht hat, Mrs. Judd. Ich nehme nicht an, dass sie ihr Leben in einem Graben beenden wollte.» Seine Worte klangen so kalt und unbeteiligt, wie Mrs. Judd sich bei der Nachricht vom Tod ihrer Tochter gezeigt hatte.

Mr. Judd sagte überhaupt nichts, er begnügte sich mit ein paar kehligen Lauten. Er gehörte zu der Sorte von Männern, die ihren Frauen das Reden überlassen.

«Schon als Kind ließ sich Ruby nie was sagen. Die Einzige, von der sie sich was sagen ließ, war ihre Tante Rosie – das ist Jacks Schwester. Deshalb schickten wir sie auch immer nach Devon, wenn wir nicht mit ihr fertig wurden. Später, als sie mit der Schule fertig war, ging sie hier aus und ein, als wäre sie überhaupt nicht mit uns verwandt und schon gar nicht unsere Tochter. Sie schickte uns nie Geld, und wenn sie keine Arbeit hatte und monatelang hier rumhockte, zahlte sie auch nichts für ihren Unterhalt. Wir waren für sie ein billiges Quartier, nichts weiter. Unsere Merriweather ist da ganz anders –» Und die Mutter lächelte dem spröden Wesen zu, das bei dem elektrischen Kaminfeuer saß und eine Filmzeitschrift las. Merriweather lächelte gezwungen zurück und versuchte den Anschein zu erwecken, als wäre sie bei dem Gedanken an den Tod ihrer Schwester zutiefst erschüttert. Sie hatte sogar ein Taschentuch parat, um die Tränen zu trocknen, die nicht kommen wollten.

«Wegen unserer Merriweather haben wir noch keine schlaflose Nacht gehabt.» Mrs. Judd setzte ihren Schaukelstuhl in Bewegung, schaute selbstzufrieden auf das junge Mädchen und klapperte dabei eifrig mit ihren Stricknadeln. Judd, der im Unterhemd und in Hosenträgern dabeisaß, warf schließlich ein: «Sprich nicht schlecht von der Toten, Mutter. Das gehört sich nicht für einen Christen.»

Eine solche Gleichgültigkeit dem Tod eines Kindes gegenüber hatte Jury noch nie erlebt. Und dabei war es nicht einmal ein natürlicher Tod, sondern ein *Mord.* Dass ihre Tochter Schreckliches erlebt haben musste, schien die Judds nicht im Geringsten zu interessieren. Zum Teufel mit ihnen. Ihm wurde dadurch die Arbeit nur leichter gemacht – kein Beileid, keine vorsichtigen, geflüsterten Fragen, um ihre Gefühle zu schonen.

«Mrs. Judd, wann haben Sie Ihre Tochter zum letzten Mal gesehen?» Wiggins hatte sein Notizbuch und eine Schachtel Lakritzpastillen hervorgeholt. Er fing an, Pastillen zu lutschen und mitzuschreiben, während Mrs. Judd ihr Strickzeug beiseite legte, zur Decke blickte und sich ihre Antwort zurechtlegte.

«Das muss – warten Sie mal, heute ist Donnerstag, ja, das muss Freitag vor einer Woche gewesen sein. Ich weiß noch, ich kam gerade vom Fischhändler. Ich hatte frische Scholle eingekauft und mit Ruby noch darüber gesprochen.»

«Aber Sie sagten doch, sie sei selten zu Besuch gekommen. Das wäre ja vor zwei Wochen gewesen. Wenige Tage, bevor sie starb. Wir glauben, dass sie am fünfzehnten ermordet wurde.»

«Ja, ja, es muss vor zwei Wochen gewesen sein. Aber sie blieb nur die Nacht über. Behauptete, sie müsste am Samstag wieder zurück sein, weil der Pfarrer sie brauchen würde.»

«Warum ist sie gekommen?»

Mrs. Judd zuckte mit den Schultern. «Bei Ruby wusste man nie. Wahrscheinlich wollte sie irgendeinen Kerl treffen. Sie hatte mehr von der Sorte, als ihr gut tat, das kann ich Ihnen sagen. Der Polizeibeamte von heute Nachmittag hat uns erzählt, dass Ruby letztes Wochenende, bevor sie abhaute, gesagt hat, sie geht uns besuchen. Dass ich nicht lache. Sie war mit irgendeinem Kerl unterwegs – so war das.»

«Offensichtlich nicht, Mrs. Judd», sagte Jury betont gleichmütig. Aber er traf ins Schwarze damit. Sie wurde puterrot. «Sie hatte anscheinend viel Erfolg bei Männern, stimmt das?»

«Dazu gehört nicht viel, Inspektor.» Sie musterte ihn, als müsste er das aus eigener Erfahrung wissen. «In der Zeit, in der sie hier war, trieb Ruby sich immer nur herum, während Merriweather –»

Jury zeigte jedoch kein Interesse für die tugendhafte Merriweather Judd mit ihrem spitzen Gesicht und ihren gekräuselten Haaren. Als sie bemerkte, dass Jury sie anschaute, betupfte sie sich mit ihrem Taschentuch die Augen.

«Wo war Ruby, bevor sie hierher zurückkam? Ich meine, wo hat sie zuletzt gearbeitet?»

«In London. Aber fragen Sie mich nicht, was. Sie behauptete, bei einem Friseur, aber wo soll sie das gelernt haben?»

«Sie wissen nicht, wo sie in London gewohnt hat oder mit wem sie befreundet war? Oder warum sie wieder zurückgekommen ist?»

Mrs. Judd blickte ihn an, als wäre er keine sehr frische Scholle. «Ich sagte Ihnen doch, weil sie kein Geld mehr hatte, kein Geld, um es zum Fenster rauszuwerfen, wie sie das gewohnt war.»

«Wahrscheinlich arbeitete sie gar nicht in einem Friseurladen», unterbrach sie Merriweather. «Wahrscheinlich kam das Geld von ganz woanders her.»

«Wollen Sie damit sagen, dass Ruby eine Prostituierte war?»

Das schlug ein wie eine Bombe. Mrs. Judd bekam einen hochroten Kopf und ließ ihr Strickzeug fallen. Merriweather schnappte nach Luft. Sogar Judd rührte sich in seinem Sessel.

«Schrecklich, so was von der armen Kleinen zu sagen – jetzt wo sie tot ist!» Mrs. Judd suchte in ihrer Schürzentasche nach einem Taschentuch. Judd tätschelte ihren Arm.

«Tut mir Leid, Mrs. Judd.» Er wandte sich Merriweather zu.

«Es war Ihre Bemerkung über das Geld, Miss; ich nahm an, Sie hätten das damit gemeint.»

«Sie hat nur gesagt, sie würde sich bald ein schönes Leben machen. Und jede Menge Geld haben.»

Jury konzentrierte sich auf Merriweather. «Wann hat sie das gesagt?»

Das Mädchen befeuchtete ihren Finger und blätterte eine Seite in ihrem Magazin um. «Als sie hier war, Freitag vor einer Woche, wie Mama gesagt hat. Sie machte immer irgendwelche Andeutungen. Ich hörte schon gar nicht mehr zu.»

«Was für Andeutungen?», fragte Jury.

«Oh, zum Beispiel: ‹Ich kauf dann nur noch bei Liberty ein und nicht mehr bei Marks und Sparks.› Blödsinn von der Art.»

«Nichts darüber, von wem sie das Geld erwartete oder wofür?»

Merriweather schüttelte den Kopf, den Blick immer noch auf ihre Zeitschrift geheftet.

«Ruby soll ein Tagebuch geführt haben. Hat einer von Ihnen es schon einmal gesehen?»

Alle drei schüttelten verneinend die Köpfe.

«Ich schicke dann morgen mal einen Beamten vorbei, damit er in ihrem Zimmer danach sucht.»

«Es ist schon einmal durchsucht worden», sagte Mrs. Judd. «Sie könnten etwas mehr Rücksicht nehmen auf die armen Angehörigen.»

Von ihrer Scheinheiligkeit angewidert, erhob Jury sich rasch. Auch Wiggins stand auf und steckte den Füllfederhalter in seine Hemdentasche. «Sobald wir die Genehmigung der Zentrale haben, wird die Leiche Ihrer Tochter zur Beerdigung freigegeben.»

Mrs. Judd schaffte noch einen ehrenwerten Schlussauftritt: «O Jack», heulte sie, «unsere arme Ruby.» Und Judd sagte: «Ist ja schon gut, Mutter, beruhige dich.»

Nur Merriweather fiel aus der Rolle. Als sie sie zur Tür begleitete, lächelte sie auf ein Foto von Robert Redford hinunter.

Auf dem Weg zurück nach Long Piddleton verlangsamte Jury seine Geschwindigkeit auf der Höhe des Hahns mit der Flasche bei dem «Toten Mann», der nun durch ein paar Laternen beleuchtet worden war. Er sah wieder Ruby Judds Arm aus der gefrorenen Erde ragen. Er erschauerte und fuhr sich mit der Hand übers Gesicht. Irgendein Gedanke schien aus der Tiefe seines Bewusstseins an die Oberfläche kommen zu wollen. Was war es nur? Als er mit dem Morris in den Hof der Pandorabüchse einfuhr, grübelte er noch immer darüber nach.

In dieser Nacht schlief Jury mit Matchetts Akte auf der Brust ein.

Deutsch von Uta Goridis

Susan Moody

Wo Liebe im Spiel ist, ist alles erlaubt

The Grand Hotel
Chorlington Spa

19. Dezember

Betr.: Reginald Barnes, Versicherungs-Nr. 526/34-BN

Lieber Mr. Williams,

Sie baten mich, Sie über die Entwicklung der Dinge hier auf dem Laufenden zu halten. Reginald Barnes, Vers.-Nr. 526/34-BN – nachfolgend: VN (Versicherungsnehmer) –, verließ also Blackheath mit dem Taxi, allerdings, wie es den Anschein hatte, unter mehr oder weniger großen Schwierigkeiten, da ihm seine Verletzung offensichtlich recht zu schaffen machte und er arge Rückenschmerzen zu haben schien. Ich nahm mir einen Wagen und folgte ihm bis Paddington Station; ab da hielt ich es für unnötig, ihm weiterhin aufzulauern, da wir ja sowieso im selben Zug nach Chorlington Spa fahren würden.

Selbstverständlich nahm ich in einem Damenabteil Platz, während er sich in ein Abteil für Raucher setzte, doch nutzte ich jede Gelegenheit, um auf dem Gang auf und ab zu gehen und ihn zu beobachten. Immer wenn ich ihn zu Gesicht bekam, wirkte er, als habe er starke Schmerzen.

Am Bahnhof in Chorlington wurden wir von einer Art Kleinbus, den das Hotel geschickt hatte, abgeholt, und wie sich herausstellte, waren wir nicht die einzigen Gäste, die mit diesem Zug angekommen waren. Einer davon war mir bereits während der Fahrt aufgefallen, ein unangenehmer kleiner Herr mit Gamaschen und Schnauzbart, der ungeheuer geziert tat und eine fürchterliche Art hatte, einen anzustarren. Da ich ihn für einen ausländischen Kaufmann gehalten hatte, war ich etwas erstaunt, als er sich daran machte, gemeinsam mit mir und dem VN den Hotelbus zu besteigen – beziehungsweise ich stieg ein, und Mr. Barnes versuchte sich hochzuziehen, wobei er sehr stöhnte und sein linkes Bein heftig hin und her schwang, und angesichts der hohen Bustreppen zweifle ich sehr, dass er es ohne die Hilfe des kleinen Kaufmanns überhaupt geschafft hätte.

(An dieser Stelle kann ich nicht umhin, darauf hinzuweisen, dass ich für meine Person die Forderung des VN für berechtigt halte. Man müsste schon außergewöhnlich misstrauisch sein, um das Gegenteil anzunehmen. Die Tatsache, dass er drei Wochen bevor er von seinem Pferd stürzte, eine Personenschadenversicherung über siebentausend Pfund abgeschlossen hat, ist sicherlich purer Zufall. Mein lieber Vater wäre jedenfalls mit Sicherheit davon überzeugt gewesen. Aber, höre ich Sie sagen, genau deshalb liegt ja auch er jetzt schon unter der Erde, während Sie das Geschäft, das er mit solch großer Mühe aufgebaut hat, weiterführen.)

Doch ich will nicht abschweifen …

Der andere Fahrgast, der mit uns in den Bus stieg, war ein hübscher junger Mann mit einem – mir fällt keine andere Bezeichnung dafür ein – männlich-offenen Gesicht. Aus der Tatsache, dass er sonnengebräunt war und dass sich außerdem auf seinem Gepäck eine Vielzahl von Aufklebern befand, denen zufolge er in verschiedenen Hotels in Luxor, Kairo und Alexandria abgestiegen sein musste, schloss ich, dass er wohl erst vor kurzem aus fernen Ländern zurückgekehrt war.

Vielleicht ist er Archäologe. Oder er hat mit dem Auswärtigen Amt zu tun. Es wird sich ja zeigen.

Das Hotel macht einen angenehmen Eindruck und wirkt gut geführt. Hier und da hat man bereits entzückende Weihnachtsdekorationen angebracht. Ich bin sehr froh, dass Sie von Ihrer ursprünglichen Idee Abstand genommen haben, mich den VN als Zimmermädchen verkleidet beobachten zu lassen. Es ist schon schlimm genug, sich ab und zu als Versicherungsdetektiv verdingen zu müssen (obgleich ich es Ihnen früher bereits auseinander setzte, kann ich mich nicht enthalten, noch einmal von neuem zu wiederholen, wie schwer mir das fällt, noch dazu wenn ich mir vorstelle, dass ich nun, hätte mein armer Vater nur eine seiner Versicherungen für sich selbst abgeschlossen, nicht in meiner momentanen finanziellen Misere steckte und nicht gezwungen wäre, jede Art von Arbeit, die man mir anbietet, anzunehmen); aber dazu auch noch gezwungen zu sein, im ganzen Land herumzufahren und Leute auszuspionieren – besonders so kurz vor den Festtagen –, liegt meinem Wesen völlig fern. Es ist dies das dritte Mal, dass Sie mich baten, in die Rolle einer Person zu schlüpfen, die ganz anders ist, als ich es bin – oder zumindest als ich es gewesen wäre, wenn mein armer Vater sich nicht so saumselig verhalten hätte –, und ich gebe offen zu, dass ich hoffe, so etwas nie mehr nötig zu haben.

Dank Ihrer Findigkeit, mit der Sie im Voraus den Aufenthaltsort des VN für diese Woche in Erfahrung brachten, hat man mir tatsächlich das Zimmer neben dem seinen reserviert. Allerdings muss ich betonen, dass Ihre telefonische Nachfrage, ob dies auch wirklich getan wurde, mich als allein stehende Frau in arge Verlegenheit gebracht hat. Der Portier grinste mich fürchterlich anzüglich an, als er mir die Schlüssel aushändigte, und das Zimmermädchen, das mich zum Zimmer hinaufbrachte, lächelte auf eine Art vor sich hin, die ich nur als ‹wissend› bezeichnen kann. Ganz offensichtlich denken sie, ich sei irgendwie in den VN verliebt. Ich brauche wohl nicht zu sagen, dass ich allein den Gedanken daran schon abstoßend finde.

Morgen hören Sie mehr von mir.

Mit freundlichen Grüßen
Ihre
Sarah Pierce (Miss)

P. S. Vergessen Sie nicht, dass Sie morgen Miss Lamberton ins Chu Chin Chow führen sollen. Ich bin mir sicher, dass Sie diesen Abend genießen werden, obwohl es sich in meinen Augen dabei um ein etwas zweifelhaftes Vergnügen handelt – aber ich habe Ihnen ja bereits auseinander gesetzt, was ich von Frauen halte, die ihr Haar blond färben. Ich möchte Sie damit nicht noch einmal langweilen.

★

The Grand Hotel
Chorlington Spa

Betr.: Reginald Barnes, Vers.-Nr. 526/34-BN

Lieber Mr. Williams,

da Sie mich baten, nichts auszusparen, will ich im Vertrauen darauf, dass meine Ausführungen nicht zu weitschweifig werden, so detailliert wie möglich berichten.

Nachdem ich gestern meine erste Situationsbeschreibung für Sie fertig gestellt hatte, habe ich mich etwas frisch gemacht und meine Taschen ausgepackt und mich dann hinunter in die Palm Court Lounge begeben. Das ist ein hübsch verglaster Raum, in dem – außer mehreren Palmen und gemütlichen Korbmöbeln – ein Christbaum in vollem Schmuck steht. Außerdem ist da auch eine Bar, und in einer Ecke steht ein Damentrio, das, als ich kam, Straußwalzer spielte. Da Sie mich wiederholt darauf hingewiesen haben, wie wichtig es ist, genau hinzusehen und sich auch Einzelheiten einzuprägen, zögerte ich nicht, mir beim Barkeeper einen Cocktail zu bestellen (selbstverständlich werde ich Ihnen, sobald ich wieder in London bin, eine genau spezifizierte Abrechnung über meine Ausgaben vorlegen), bevor ich die anderen Gäste näher in Augenschein nahm. Was mir dabei aufgefallen ist, liste ich nachfolgend auf, wie es mir gerade in den Kopf kommt:,

1. FRANK ELLIOT, ledig, 31. Nach mehreren Jahren in Ägypten soeben nach Hause zurückgekehrt. War, wie ich bereits vermutete, im Ausländischen Dienst tätig. Ein ganz reizender Mensch.

2. MRS. MARY SAUNDERS, verwitwet, Anfang 50, hier zusammen mit ihrer Nichte –

3. JANE GARDINER, ledig, 28.

4. und 5. CELIA und CHARLES PLAYFAIR, Schwester und Bruder, die zur Badekur hierher gekommen sind, weil sie eine Zeit lang in einem feuchten Haus im schottischen Hochland bei ihrem Onkel verbracht haben und jetzt körperliche Folgeschäden lindern wollen. Beide Ende 20, machen sehr angenehmen Eindruck, auch wenn ich persönlich nicht viel für Leute übrig habe, die sich ganz offensichtlich damit zufrieden geben, den Reichtum ihrer Familie durchzubringen – was nicht heißen soll, dass es nicht, wie Sie ja auch des Öfteren bemerken, ganz schön wäre, wenn man selbst auch zu diesen Glücklichen gehören würde.

6. Reverend LAWRENCE HILL, Vorstand einer kleinen Gemeinde in Gloucestershire, als Begleitung seiner Mutter –

7. Mrs. EMILY HILL, eine Dame in den Sechzigern. Ich zögere nicht zu bemerken, dass Mrs. Hill mir die unange-

nehmste Frau zu sein scheint, der ich jemals über den Weg laufen musste. Ihre Art, die Bediensteten herumzukommandieren, ist das eine – bei bestimmten Leuten gilt solches Benehmen ja als Kennzeichen für eine höhere soziale Stellung. Aber das andere, nämlich wie sie ihren Sohn tyrannisiert, ist absolut verabscheuungswürdig. Jedenfalls gehört sie zu den Frauen, bei deren Anblick man sich insgeheim wundert, dass noch niemand sie erwürgt hat. Warum ihr Sohn sich diese Behandlung so widerspruchslos gefallen lässt, ist mir schleierhaft – ich an seiner Stelle würde es nicht einen einzigen Moment ertragen.

8. Der Herr, den ich für einen Kaufmann hielt, ist, wie sich herausstellte, Belgier und heißt Pierrot oder so ähnlich. Sehr passend übrigens: ein Strandkonzert wäre für ihn nämlich ein viel besserer Rahmen als ein Hotel wie das unsere. Was mich angeht, habe ich Männer mit gefärbtem Haar noch nie ausstehen können. Dasselbe gilt für pomadisierte Schnurrbärte …

9. Schließlich ist da noch Major ARTHUR COTTERILL, ehemals bei der englischen Armee in Kairo. Schätzungsweise Anfang 40. Hat einen puterroten Teint, wie ihn blonde Menschen, die längere Zeit in tropischem Klima leben müssen, häufig bekommen.

Was ich besonders interessant finde, ist, dass diese Leute alle irgendwie auf die eine oder andere Weise miteinander zusammenhängen. Beispielsweise war Mrs. Hill offenbar zur selben Zeit in Kairo wie Major Cotterill und kann sich sogar vage daran erinnern, ihm dort auch begegnet zu sein. Der Vater der beiden Playfairs war auch in Ägypten, als Bankier, wenn ich mich nicht irre, und Mrs. Hill kannte ihn sehr gut. Mrs. Saunders wiederum ging anscheinend vor vielen Jahren zur selben Schule wie Mrs. Hill etc.

Übrigens scheint Reverend Lawrence Hill heftig in Miss Gardiner, die er wohl durch gemeinsame Freunde in Exeter kennen gelernt hat, verliebt zu sein. Es ist wirklich eine Freude, die beiden zu beobachten. Mrs. Saunders macht auch ganz den Eindruck, als wolle sie die Entwicklung dieser Beziehung nach Kräften fördern. Und eine Frau in Miss Gardiners Alter (sie ist genauso alt wie ich) braucht ja auch Liebe. Mehr noch, man muss ihr jede Gelegenheit zur Selbstverwirklichung bieten, indem man sie die für sie schönsten und ehrenvollsten Rollen, nämlich als Ehefrau und Mutter, spielen lässt. Wird ihr dies versagt, weiß sie nicht, wozu sie eigentlich auf der Welt ist.

VN vermittelt weiterhin den Eindruck, als habe ihm seine Rückenverletzung eine chronische Schädigung eingebracht, wie es ja auch in seinem Antrag auf Schadenersatz steht. Ganz nebenbei: ich habe ihn zwar gestern Abend, bevor ich selbst zu Bett ging, einige Zeit lang mittels des gegen die Wand gepressten Zahnputzglases belauscht, konnte jedoch nicht den geringsten Laut vernehmen, der darauf hingedeutet hätte, dass Mr. Barnes nicht ist, wer er zu sein vorgibt. Er entkleidete sich unter schrecklichem Seufzen und Stöhnen und kletterte endlich mit allen Anzeichen von Schmerz in sein Bett. Und auch ohne das Zahnputzglas zu Hilfe nehmen zu müssen, konnte ich ihn durch die Wand hindurch nachts des Öfteren aufstöhnen hören, was mich immer wieder aus dem Schlaf riss.

Vermutlich wäre es ein Verstoß gegen meine Pflichten, würde ich in diesem Zusammenhang verschweigen, dass Frank Elliot sich mir gegenüber bisher äußerst aufmerksam zeigte, und zwar sowohl heute Morgen während unserer medizinischen Anwendungen, als wir uns in diesem übel riechenden Schlamm suhlten, als auch beim nachmittäglichen Weihnachtstee (mit Pastetchen, Kognakbutter und exzellentem glasiertem Kuchen), den die Hotelverwaltung für die Gäste veranstaltet. Es freut Sie sicher zu hören, dass er mich für heute Abend an die Bar eingeladen hat: immerhin senkt dies die Agenturkosten, und ich weiß doch, dass Sie darauf großen Wert legen. (Dabei möchte ich allerdings, schon bevor ich meine Auslagenberechnung vorlege, betonen, dass ein oder zwei Cocktails am Abend durchaus als Entschädigung für die Unannehmlichkeiten, die ich in Erfüllung meiner Pflichten auf mich nehme, angesetzt werden sollten. Sulphonamid-Schlamm ist wirklich etwas absolut Ekelhaftes, und ich bin mir sicher, dass ich noch immer am ganzen Körper danach rieche, obwohl ich lange und ausführlichst geduscht habe, nachdem ich endlich aus den Schlammpfützen wieder auftauchen durfte.)

Ich schreibe morgen wieder.
Mit Grüßen
Sarah Pierce (Miss)

P. S. Ich hoffe, Ihr Abend mit Miss Lamberton war erfolgreich. War sie dieses Mal etwas passender angezogen als an jenem Sonntag, als Vater und ich bei Ihrer Mutter zum Mittagessen eingeladen waren und sie so unverhofft auf der Bildfläche erschien?

★

The Grand Hotel
Chorlington Spa

21. Dezember

Lieber Mr. Williams,

stellen Sie sich diese Sensation vor: heute Morgen – ich mag es selbst kaum glauben – wurde Mrs. Hill, von der ich Ihnen erst gestern berichtete, tot in ihrem Bett aufgefunden. Erwürgt!

Selbstverständlich waren wir alle unsagbar schockiert, aber was mich angeht, kann ich nur sagen, dass ich fürchterlich dankbar war, Mr. Elliots starken Arm zum Anlehnen zu haben – denn weil sich dieses Ereignis ja mit dem, was ich in meinem gestrigen Brief geschrieben hatte, deckte, fühlte ich mich natürlich persönlich noch umso stärker betroffen. Fast kam es mir vor, als hätte ich selbst diesen Tod herbeigeredet, aber dann nahm der liebe Mr. Elliot meine Hände in die seinen und erklärte mir, dass so etwas gar nicht möglich sein kann. Er hat wirklich eine äußerst tröstliche Stimme.

(Nebenbei bemerkt: Mr. Barnes hat diese Nacht dermaßen laut und viel gestöhnt, dass ich unfähig war, auch nur eine Minute lang Schlaf zu finden. Ich bin fest davon überzeugt, dass Sie fehlgehen in der Annahme, er habe alles nur inszeniert.)

Nach dem Frühstück wurden wir einzeln nacheinander in ein kleines Wartezimmer gebeten, wo man uns alle möglichen Fragen zu dem Mord stellte. Offensichtlich ist dieser Pierrot irgendeine Art Detektiv, denn er erklärte sich bereit, in der Zeit bis zum Eintreffen der Polizei schon einmal die Untersuchung vorbereiten zu wollen.

«Eine so nette junge Dame kann ja wohl kaum eine so hässliche Tat begangen haben», sagte er zu mir, während er sich auf eine ganz widerliche Art und Weise verbeugte. (Diese väterliche Haltung gegenüber dem schwächeren Geschlecht hasse ich am meisten – eine Haltung, deren Sie, Mr. Williams, sich niemals schuldig machen würden.)

«Ich wüsste nicht, warum nicht», antwortete ich kühl. «Unter den berühmtesten Mördern gibt es durchaus auch junge Frauen.»

«Oh», sagte er, «studieren Sie etwa Kriminologie?»

«Keineswegs. Allerdings habe ich viele Kriminalgeschichten gelesen und auch bereits mit dem Gedanken gespielt, selbst eine zu schreiben», erwiderte ich. «Aber ich will eigentlich nur sagen, dass es hoffentlich wichtigere Gründe gibt, mich von der Liste der Verdächtigten zu streichen, als die Tatsache, dass ich vielleicht nett bin.»

«Machen Sie sich keine Sorgen, Mademoiselle Pierce», sagte er, «Sie haben ja schließlich ein Alibi.»

«Tatsächlich?» Ich hob meinen Zwicker, richtete ihn auf Pierrot und starrte ihn an wie – wie nennen Sie es? –, wie ein entrüsteter Schwan.

«Ihr Zimmernachbar, Mr. Reginald Barnes», fuhr er fort, «hat nämlich bereits ausgesagt, Sie hätten den Großteil der Nacht so laut geschnarcht, dass er kein Auge zutun konnte.» Ich verzichte darauf, hier wiederzugeben, was ich ihm darauf geantwortet habe. Mit an Sicherheit grenzender Wahrscheinlichkeit pflege ich nämlich kaum jemals zu schnarchen, aber ich hatte keinen Grund, diesem geschniegelten Affen das auf die Nase zu binden. Mir ist, was Kleidung angeht, eine gewisse Schlampigkeit lieber, und Frank Elliot hält es ebenso – und Sie selbst ja auch (außerdem würde zum Glück bei Ihnen nie jemand auf die Idee kommen, Ihr Haar könnte gefärbt sein, weil einfach kein normaler Mensch sich freiwillig ein solches Karottenrot aussuchen würde).

Pierrot schien sich bei seinen Befragungen viel mehr für die Vergangenheit zu interessieren als für die Gegenwart. Mir erklärte er zwischen den Gesprächen mit den beiden Playfairs, das *Warum* sei viel wichtiger als das *Wie*. In diesem Fall gibt es offensichtlich einige recht eindrucksvolle *Warums*.

Auch er wies auf den von mir in meinem letzten Brief bereits erwähnten Umstand hin, dass alle Personen irgendwie miteinander, jedenfalls aber mit Mrs. Hill verbunden zu sein scheinen – außer mir und dem VN. Und Mr. Elliot natürlich. Untadelig wie diese Leute allesamt sind, ist es einigermaßen erstaunlich, dass Pierrot für jeden Einzelnen – selbstverständlich rein hypothetisch – ein durchaus ernst zu nehmendes Mordmotiv herausfinden konnte.

Bei den Playfairs stellte er zum Beispiel fest, dass ihr Onkel sie seit ihrer Kinderzeit nicht mehr gesehen hatte, bis sie vor drei Jahren aus dem Ausland zurückgekommen waren. Man brauche sich – so Pierrot – nur vorzustellen, dass die beiden hier in Wirklichkeit gar nicht die Playfairs sind, sondern ein Betrügerpärchen, und dass Mrs. Hill das gewusst und ihnen gedroht hätte, sie hochgehen zu lassen – schon ergäbe dies ein Motiv, sie ausschalten zu wollen, nicht wahr?

Reverend Hill behandelte er ähnlich anmaßend und ließ ihn nur widerwillig den Raum wieder verlassen.

«Er ist sehr verliebt in die schöne Miss Gardiner», sagte er. «Und seine Mutter stand ihm im Weg. Außerdem war er derjenige, der am leichtesten zu der alten Dame ins Zimmer kommen konnte.»

«Sie werden doch wohl nicht ihren eigenen Sohn verdächtigen, der noch dazu Geistlicher ist», rief ich.

«Meine liebe Miss Pierce», entgegnete er, – «wenn es um Liebe geht, ist alles erlaubt. Außer Mord. Mord kann ich nicht billigen.» (Als wenn wir anderen dies täten!)

Oder nehmen wir Major Cotterill. Wie man hört, hat er gerade eine Stelle als Mathematiklehrer an einer größeren Public School für Jungen angenommen. Da er über die

Gründe, die ihn veranlassten, aus der Armee auszuscheiden, nur höchst ungern zu reden scheint, kam bei mir der Verdacht hoch, er könnte sich möglicherweise etwas zuschulden kommen haben lassen, über das zu sprechen tabuisiert ist. Pierrot stimmte mir hierin zu und meinte, es sei nicht auszuschließen, dass Mrs. Hill darüber informiert gewesen wäre. Wenn sie vorgehabt hätte, es auch seine neuen Arbeitgeber wissen zu lassen, wäre Cotterill mittellos dagestanden. «Und es ist doch unverkennbar, dass es dem guten Major in finanzieller Beziehung nicht besonders gut geht», sagte er. «Seine Schuhe müssten besohlt werden, und die Manschetten an seinen Hemden sind auch ausgefranst. Es wäre eine Katastrophe für ihn, wenn er diese Stelle als Lehrer nicht bekommen würde.»

Auch Jane Gardiner könnte seiner Theorie zufolge die Täterin sein, und zwar aus denselben Gründen wie ihr Verehrer. (Falls sie es getan haben sollte, kann ich mir vorstellen, wie sie sich fühlen muss. Mit 28 entwickelt man nämlich allmählich das Gefühl, dass man ein Mauerblümchen ist und endgültig sitzen bleibt. Das ist, kann ich Ihnen sagen, nicht besonders schön – vor allem dann nicht, wenn mittlerweile alle Freundinnen verheiratet sind.)

Mrs. Saunders wiederum erklärte, Mrs. Hill sei in ihrer Schulzeit fürchterlich tyrannisch gewesen und sei es auch, soweit sie dies beurteilen könne, in ihrem weiteren Leben geblieben. Mr. Hill habe sie, wie sie sagte, als junge Frau sehr wohl gekannt. Aus der Art, wie sie dabei errötete, schloss ich, dass zwischen ihr und ihm möglicherweise eine gewisse *tendresse* bestanden hatte, bevor Mrs. Hill auf der Bildfläche erschien und ihn zu ihrem Gatten machte. Ich teilte Pierrot meine Vermutung mit, und er stimmte mir zu und ergänzte, es gäbe eben schwache Männer – zu denen er natürlich nicht gehöre. (Mir liegt zwar nichts an schwachen Männern, aber ich sehe sehr wohl, dass es sie gibt. Dass Sie eine so starke Persönlichkeit sind, weiß ich durchaus zu schätzen.)

Als Letzter kam Frank Elliot an die Reihe. Ich schäme mich nicht einzugestehen, dass mein Herz schneller zu schlagen begann, als er zur Tür hereinkam, ein hübscher, aufrechter Mann mit glänzend blondem Haar. Es ist doch erstaunlich, dass zwei Menschen schon nach so kurzer Bekanntschaft sich einander so nah fühlen können. Sie können das sicher gut nachvollziehen, weil Sie ja offenbar für Miss Lamberton (falls sie wirklich so heißt) einen ähnlichen Gefühlsausbruch erlebt haben, kaum dass Sie sie ein einziges Mal in der Bar des Duke of Wellington gesehen hatten – wobei ich sagen muss, es könnte nicht schaden, wenn Sie sich einmal Gedanken darüber machten, welche Art Frauen derartige Etablissements ohne Begleitung aufsucht.

Nun gut.

«Spielen Sie Bridge, Mr. Elliot?», fragte Pierrot ihn als Erstes, wie er es bei den anderen auch getan hatte.

«Mäßig», erwiderte der. «Ich habe mehr für Poker übrig.»

«Ach wirklich?», sagte Pierrot. «Und wie kommt es, dass Sie so braun gebrannt sind?»

«Ich war einige Jahre in Afrika», sagte Frank (er wollte, dass ich ihn so nenne), «und habe mich entschieden, nicht den direkten Weg nach England zurück zu nehmen, weil ich die Pyramiden zum Beispiel noch nie gesehen hatte. Und da ich nun plane, sesshaft zu werden –» (wobei er mir einen so viel sagenden Blick zuwarf, dass ich fast rot wurde), «dachte ich, ich sollte die Gelegenheit am Schopf ergreifen und es nachholen.»

Pierrot wiegte seinen Eierkopf von einer Seite auf die andere. «Sie haben weder Mrs. Hill noch den Reverend jemals zuvor gesehen?»

Frank verneinte dies nachdrücklich. Als er den Raum verlassen hatte, sagte ich: «Mr. Pierrot –»

«Poirot», verbesserte er mich. Es klang etwas ärgerlich.

«Her-cule Poi-rot», sagte er laut und übertrieben deutlich, als habe er ein dummes kleines Kind vor sich.

«Mr. Poirot, warum wollen Sie von jedem wissen, ob er Bridge spielt?»

«Weil wer auch immer den Mord begangen hat, jemand ist mit starken Nerven, einer ruhigen Hand und der Fähigkeit, blitzschnell eine Situation zu erfassen», antwortete er. «Merkmale, die allesamt auf die Person, die Mrs. Hill erwürgt hat, zutreffen. Ich bin nämlich fest davon überzeugt, dass es sich nicht um einen vorsätzlichen Mord handelt, denn warum sollte der ausgerechnet hier geschehen? Nein. Dass es hier dazu kam, kann nur mit einem von zwei möglichen Gründen zusammenhängen: Entweder hat Mrs. Hill ihren Mörder wieder erkannt und gedroht, ihn oder sie – wie nennen Sie es? – hochgehen zu lassen. Oder aber der Mörder hat, als er sie hier unverhofft antraf, sie als eine Bedrohung empfunden und beschlossen, diese so schnell wie möglich aus dem Weg zu räumen.»

«Haben Sie denn eine Idee, wer der Mörder sein könnte?», wollte ich wissen.

«Bewahre», erwiderte er, «auch Hercule Poirot kann keine Wunder wirken. Es bedarf noch einiger Informationen, bevor ich mir sicher sein kann. Was ich Ihnen aber sagen kann, ist, *dass jeder Einzelne hier heute Morgen gelogen hat.*»

«Wieso sind Sie sich da so sicher?»

«Ich bin der beste Detektiv der Welt», sagte er. (Typisch Ausländer, finden Sie nicht? Engländer könnten niemals so eingebildet sein.) «Ich urteile anhand von Kleinigkeiten: wie sich bei jemand die Augen weiten, wie sein Atem schneller wird, oder wie er die Hände bewegt. Hände kann man nur schwer unter Kontrolle halten. Aber –», dabei hob er den Zeigefinger gebieterisch in die Höhe, «Hercule Poirot hat nichts dagegen, wenn jemand lügt, *denn aus Lügen erwächst Wahrheit.*»

«Ich hoffe wirklich, Sie haben Recht», sagte ich. «Ich finde nämlich den Gedanken, mit einem mordlustigen Verrückten in einem Hotel zusammengesperrt zu sein, nicht besonders attraktiv.»

«Wer diesen Mord begangen hat, ist nicht verrückt», sagte er. «Keineswegs. Er – oder sie – ist nicht nur unbarmherzig, sondern mit Sicherheit auch im Vollbesitz seiner geistigen Kräfte.»

Abends zog ich mein pflaumenfarbenes Crêpe-de-Chine-Kleid an (Sie wissen schon, das, von dem Sie, als wir in *Aida* gingen, fanden, dass es mir so gut steht). Frank Elliot gefiel es anscheinend auch. Selbstverständlich war die Stimmung in unserer Gruppe etwas gedämpft. Reverend Hill saß neben Miss Gardiner auf einem Sofa und hatte ganz rote Augen, vermutlich weil er geweint hatte. Mrs. Saunders, die beiden Playfairs und Major Cotterill spielten an einem niedrigen Tischchen eine sehr schweigsam verlaufende Partie Bridge. Der VN las Zeitung, und jedes Mal, wenn er dabei seine Haltung änderte, hörte man, dass er einen Aufschrei zu unterdrücken versuchte. Frank und ich schlürften unsere Cocktails und redeten über die Zukunft, aber es wäre falsch zu behaupten, dass wir dabei genauso fröhlich waren, als wir es womöglich unter weniger belasteten Umständen gewesen wären. Ich denke, alle waren froh, als endlich Zeit war, ins Bett zu gehen. Insgeheim fragte ich mich, wem ich das Verbrechen am ehesten zutrauen würde, und kam zu dem Schluss, dass in meinen Augen Major Cotterill der Verdächtigste war.

Ich grüße Sie
Ihre Sarah Pierce (Miss)

P. S. Ich bin zwar sicher, dass es mit Miss Lamberton gut geht, wäre jedoch äußerst überrascht, wenn sie auch stenographieren könnte.

★

The Grand Hotel
Chorlington Spa

22. Dezember
kurz nach dem Frühstück

Lieber Robert,

dieses Telegramm, das Sie heute Morgen an Mr. Poirot geschickt haben, war etwas merkwürdig. *Selbstverständlich* hat Frank Elliot Mrs. Hill nicht umgebracht. Ich habe einen unwiderlegbaren Beweis dafür, dass er es gar nicht getan haben kann, in der Hand, aber mein Schamgefühl verbietet mir, darüber zu sprechen. Wie konnten Sie mich nur dermaßen in Verlegenheit bringen? Das Telegramm wurde, sofort als es hier eintraf, Mr. Poirot an den Frühstückstisch gebracht, und er zeigte es herum und zwinkerte dabei mit den Augen.

«Sehr beruhigend, nicht wahr», sagte er und schaute mich an.

«Wie meinen Sie?» Ich nahm das Blatt, und als ich Ihren Namen sah, wäre ich am liebsten im Erdboden versunken.

«Genau wie ich gesagt habe, Miss Pierce: In der Liebe und im Krieg ist alles erlaubt. Ich habe das Gefühl, die Angelegenheit verdichtet sich jetzt.»

»Ich fürchte, ich verstehe nicht, worauf Sie hinauswollen», sagte ich kalt. Natürlich musste ich so tun, als hätte ich keine Ahnung, von wem das Telegramm sein könnte. Ich muss ehrlich sagen, dass ich mich selten so geniert habe.

Sobald ich mich etwas erholt habe, schreibe ich ausführlicher.

Ihre Sarah.

P. S. Was würde Miss Lamberton wohl sagen, wenn sie von Ihrer hitzköpfigen Reaktion erführe?

★

The Grand Hotel
Chorlington Spa

23. Dezember

Betr.: Reginald Barnes, Vers.-Nr. 526 / 34-BN

Lieber Mr. Williams,

verzeihen sie bitte meine zittrige Schrift, aber ich habe eine Nacht hinter mir, wie ich sie mein Leben lang nicht mehr erleben will. Sie können sich bestimmt vorstellen, dass gestern Abend im Hotel, auch wenn Weihnachten vor der Tür steht, die Atmosphäre recht nüchtern war. Der Gedanke, einen kaltblütigen Mörder unter uns zu haben, hat selbst die muntersten Geister gedämpft. Ich für meine Person war zu nichts anderem fähig, als, in der Hoffnung, später möglichst schnell einschlafen zu können, den Getränken unseres Barkeepers mehr zuzusprechen, als vernünftig gewesen wäre.

Mit Sicherheit wäre das kräftigste Herz in Aufruhr geraten bei der Vorstellung, wie riskant es ist, die Nacht allein verbringen zu wollen, wo doch jeder von uns das nächste Opfer sein könnte. Von daher schäme ich mich nicht zuzugeben, dass ich, als Frank Elliot mir anbot, die Nacht über in meinem Zimmer zu wachen, sofort zustimmte, auch wenn sein Vorschlag ja eigentlich etwas ungehörig war.

Nachdem ich mich im Badezimmer ausgezogen hatte und in meinen Morgenrock geschlüpft war, setzte ich das Zahnputzglas wie gewohnt an die Wand, um Mr. Barnes zu kontrollieren. Wie die Tage zuvor seufzte und fluchte er, bis er im Badezimmer fertig war und er sich offensichtlich unter großen Schwierigkeiten ins Bett gehievt hatte. Ich kann nur immer wieder betonen, dass ich von der Rechtmäßigkeit seiner Forderung überzeugt bin.

Nachdem Frank in mein Zimmer gekommen war, installierte ich mich mit bis ans Kinn hochgezogener Daunendecke auf dem Bett. Wenn er mir schon in dieser Nacht Gesellschaft leisten sollte, dann sollte es jedenfalls mit äußerstem Anstand geschehen.

Ich muss wohl trotz meiner Angst eingedöst sein – wahrscheinlich weil die Gegenwart eines starken und, wenn ich das sagen darf, mich liebenden Partners ein Gefühl von Sicherheit in mir aufkommen ließ. Es mag gegen zwei Uhr morgens gewesen sein, als die Stille des Hotels plötzlich von einem schrecklichen Schrei durchbrochen wurde und ich auffuhr. Ich merkte, wie mir die Haare zu Berge standen, die ich für die Nacht ganz schicklich frisiert und nicht aufgesteckt hatte wie üblich, weil ich nicht wollte, dass Frank mich mit Lockenwicklern sah. Dieses Privileg bleibt meinem Ehemann vorbehalten, und das ist er ja schließlich nicht (noch nicht jedenfalls). Auch Frank sprang von seinem Stuhl hoch, auf dem er gesessen und auf mich aufgepasst hatte, und dann stürzten wir beide auf den Flur hinaus, wo wir einen menschlichen Körper, den wir sofort als Major Cotterill identifizierten, am Boden liegen sahen. Sein Hinterkopf war eindeutig von einem entsetzlichen Schlag zerschmettert worden, und das Blut strömte nur so hervor. Wenn Franks starke Arme mich nicht gehalten hätten, wäre ich bei diesem entsetzlichen Anblick mit Sicherheit ohnmächtig zusammengesackt, aber glücklicherweise war er ja da und stützte mich (wie es hoffentlich künftig immer der Fall sein wird).

Ich schicke Ihnen diesen Brief mit der Frühpost. Poirot, der in einem recht gewöhnlichen Morgenmantel aus Seide aus seinem Zimmer herauskam, hat uns mitgeteilt, dass die Polizei keinem von uns gestatten wird, das Hotel zu verlassen, und dass wir hier bleiben müssen, ob wir wollen oder nicht. Es ärgert mich natürlich, dass ich gezwungen werde, mich noch länger in diesem Haus des Todes aufzuhalten, doch zumindest habe ich auf diese Weise noch länger Gelegenheit, Ihrem Auftrag nachzukommen und die Beobachtung des VN fortzusetzen.

In Angst und Schrecken –
Viele Grüße
Ihre Sarah Pierce (Miss – noch).

★

Es war am Heiligen Abend kurz nach dem hervorragenden Lunch im Grand Hotel von Chorlington Spa, als Hercule Poirot, der soeben von einem kleinen Spaziergang an der Strandpromenade zurückkehrte, unverhofft Zeuge einer – so schien es jedenfalls auf den ersten Blick – Entführung wurde. Fasziniert beobachtete er, wie die eigenwillige, neugierige junge Frau, die sich ihm als Miss Sarah Pierce vorgestellt hatte – im Übrigen eine ausgezeichnete Bridgespielerin –, von einem vor sich hin schimpfenden jungen Mann mit roter Haarmähne in einen schnittigen Sportwagen verfrachtet wurde.

Als er ihr zu Hilfe eilen wollte und näher gekommen war, erkannte der belgische Detektiv jedoch sogleich mit geübtem Blick, dass Miss Pierce weit davon entfernt war, unter dieser Tortur zusammenzubrechen, sondern die Angelegenheit ganz im Gegenteil zu genießen schien. Und wirklich, während der rothaarige junge Mann weiter lauthals aufgeregt vor sich hin schimpfte und fluchte, trafen sich ihre und Poirots Augen, und dabei zwinkerte sie ihm zu. Auf der anderen Straßenseite entdeckte Poirot Mr. Barnes, den Herrn mit den schlimmen Rückenschmerzen, wie er in einem Torweg stand und recht erstaunt jenen *contretemps* verfolgte.

«Dieser verdammte Frank Elliot», hörte er den Rothaarigen brüllen, «glaub bloß nicht, dass ich dich auch nur einen Moment länger mit dem unter einem Dach lasse. Und wenn die Polizisten von dir verlangen, dass du hier bleibst, dann kriegen sie es mit mir zu tun.»

«Lass doch bitte meinen Arm los, Robert», erwiderte Miss Pierce. «Du führst dich ja wirklich unmöglich auf. Außerdem hast du mir auch schon einen Knopf von meinem Regenmantel abgerissen.»

«Das ist mir egal», rief Robert. «Ich lasse dich jedenfalls erst los, wenn du mir hoch und heilig versprochen hast, dass du jeden Gedanken an diesen Elliot aufgibst. Ihn kennst du schließlich erst ein paar Tage, aber mit mir bist du seit Jahren befreundet.»

«Nur dass du mir nie gezeigt hast, dass dir daran irgendetwas liegt», hörte Poirot die junge Frau leise antworten. «Ich hatte ja sogar den Eindruck, Miss Lamberton bedeutet dir mehr als ich.»

«Zum Teufel mit Miss Lamberton», schnauzte der Rothaarige zurück, «du musst doch einfach gemerkt haben, dass ich bloß nicht genug Zeit hatte, um dich zu fragen, ob du mich heiraten willst. Und falls du glaubst, die künftige Mrs. Williams würde noch eine weitere Nacht mit einem Mörder unter demselben Dach zubringen, dann täuschst du dich gewaltig.»

Im selben Moment fiel sein Blick auf Poirot. Sofort machte er einen Schritt auf ihn zu und fragte streitlustig: «Und Sie sind wohl der berühmte belgische Detektiv?»

«Habe die Ehre», murmelte Poirot und strich sich seinen pomadisierten Schnurrbart.

«Haben Sie den Mörder gefasst?», wollte der junge Mann wissen.

«Den Mörder?», fragte Poirot verwundert. «Von welchem Mörder sprechen Sie bitte?»

«Na ja, ist ja egal. Aber trotzdem können Sie Mr. Frank Elliot etwas von mir ausrichten.»

«Mr. Elliot?» Poirots Augenbrauen wanderten langsam seine Eierkopfstirn hinauf «Wer um alles in der Welt ist denn Mister –?»

«Diese verdammten Herren vom Auswärtigen Amt. Sagen Sie ihm bitte, er möchte in Zukunft seine blöden Hände von Frauen, die mit anderen Männern verlobt sind, lassen, okay?»

«War das etwa ein Heiratsantrag, Robert?», fragte Miss Pierce vom Beifahrersitz her.

«Ja, verdammt nochmal.»

Das Gesicht, das Miss Pierce machte, stand Poirot noch vor Augen, als das Sportcoupé bereits hinter einer Wolke von Auspuffgasen verschwunden war. Langsam ging er die Stufen zum Hotel empor, wo er höflich wartend vor dem Eingang stehen blieb, bis Mr. Barnes vor ihm durch die Drehtür gegangen war. Dabei schien er sich köstlich über etwas zu amüsieren, von dem Poirot keine Ahnung hatte, außer dass es vielleicht damit zu tun hatte, dass in den vergangenen zehn Minuten seine Rückenschmerzen offensichtlich um einiges besser geworden waren. Und tatsächlich, als Poirot nun sah, wie Barnes schnellen Schrittes auf die Bar zuging, dachte er, dass man nicht unbedingt auf die Idee kommen musste, Barnes habe irgendwelche Beschwerden.

Poirot selbst ging in die Palm Court Lounge, wo Reverend Lawrence Hill und seine reizende Mutter bereits darauf warteten, dass er sich auf eine Partie Bridge zu ihnen setzen würde. Kurz nach ihm kam auch noch der nette Major Cotterill als vierter Mann dazu. Der berühmte belgische Detektiv konnte sich nur selbst beglückwünschen: Seine Idee, Weihnachten dieses Jahr in einem Hotel zu verbringen, war ganz offensichtlich nicht weniger gut gewesen als die meisten seiner sonstigen Einfälle.

Aber, obgleich er genauso geschickt spielte wie sonst auch, war er nicht vollkommen zufrieden. Etwas nagte in seinem Inneren. «Frank Elliot», sagte er zu sich selbst, während Mrs. Hill die Karten verteilte, «Frank Elliot – kenne ich den Namen, oder kenne ich ihn nicht?»

Er entschuldigte sich kurz bei seinen Mitspielern, erhob sich und ging hinüber zur Rezeption, wo die Empfangsdame damit beschäftigt war, Rechnungen zu tippen. Das Anmeldebuch lag aufgeschlagen vor ihr. Poirot blätterte durch die Seiten und suchte nach einem auf Frank Elliot lautenden Eintrag, aber er wurde nicht fündig. Verwirrt starrte er vor sich hin und in die Lobby des Hotels hinein, bis endlich seine Züge sich zu glätten begannen.

Wirklich, eine sehr zielstrebige junge Dame, diese Miss Pierce. Und auch äußerst effektiv. Bei den wenigen Gelegenheiten, da sie miteinander gesprochen hatten, war er immer wieder erstaunt gewesen, wie genau sie zu wissen schien, worauf sie hinauswollte. Wenn er, Hercule Poirot, der berühmteste Detektiv auf der ganzen Welt – wie er häufig selbst feststellen musste –, hier nach seinem Urteil gefragt werden würde, bliebe ihm nur festzustellen, dass sie ihr Ziel soeben erreicht hatte.

Deutsch von Elfi Hartenstein

Michael Koglin

Ihr Kinderlein kommet

Das Stück Wurzelholz, das da vor mir lag, war gar kein Wurzelholz. Und auch kein Ast. Gleich neben meinem Pappteller und der Konservendose zeigte eine mumifizierte menschliche Hand direkt auf meinen leicht gebrauchten Omen-Mantel. Handteller, Daumen, Zeigefinger, Ringfinger und kleiner Finger. Nur der Mittelfinger fehlte. Die Knochen waren übereinander geschoben. Wie ein schiefes Kreuz.

Schön, wir hatten Nikolaus, aber wer wollte mich mit einer mumifizierten Hand überraschen? Ich saß in meinem Heizungskeller und betrachtete dieses seltsame Geschenk. Gott sei Dank denk ich nicht so viel, sondern seh mir die Dinge lieber an.

Hinter mir zischte es in meinem Heizungskessel. Ich musste mich wieder um die Anlage kümmern. Schon etwas betagt, die gute Lieselotte. So heißt die Heizung, und sie benimmt sich auch so. Braucht eine Menge Liebe und Zuneigung, damit sie etwas von ihrer Wärme abgibt. Bei Lieselotte ist das fast wie bei den Menschen. Ich kümmere mich also um die Heizung. Nicht, dass ich hier im Hotel angestellt wäre. Nein, das ist eine Art Gentleman-Agreement. Freier Mitarbeiter, du verstehst? Ich sorge dafür, dass es mit der Wärme da oben und auch hier unten klappt. Und solange es da oben in all den Zimmerchen schön kuschelig bleibt, solange Herr Kruse aus Wanne-Eickel sich wohlig die Hände vor der Heizung reibt und Frau Elsbeth aus Idar-Oberstein ihren Rücken am Heizkörper schubbern kann, so lange kommt auch niemand auf die Idee, in den Heizungskeller hinabzusteigen und womöglich den Heizer zu vertreiben. Hier auf der Insel Sylt greift das alles ineinander. Wie bei einem Uhrwerk.

Manchmal stört mich der Heizölgeruch. Dann zünde ich eine kleine Räuchermännchen-Kerze an. Schließlich wird bald das Christkind geboren. Und da soll es gut riechen. Auch in meinem Keller.

Der Einzige, außer natürlich Liselotte, der von meiner Bleibe weiß, ist mein Freund Sam. Arbeitet ein paar Etagen über mir. Als Oberkellner. Sam ist schwarz wie eine mond- und sternlose Nordsee-Nacht, trägt aber immer ein weißes Jackett. Zunächst hatte ich ihn wegen der Hand in Verdacht. Doch dann erinnerte ich mich daran, dass Sam auf dem Festland Geschenke für seine Leute in Burkina Faso einkaufte.

Ich nahm einen Schraubenzieher und drehte das Ding vor mir um. Irgendwie war ich mir plötzlich nicht mehr sicher, ob ich nicht vielleicht in einem Horrorfilm gelandet war und die Hand sich gleich selbständig machen würde und nach meiner Kehle greifen und … Hatte ich mal gesehen. «Das Blutmassaker von Scarfield.» Im Schaufenster von Radio- und Fernseh-Tönnissen.

Keine Würmer dran. Auch kein Ring. Die Fingerkuppen waren noch gut zu erkennen. Wie das Leder eines viele Jahre lang benutzen Portemonnaies. An einigen Stellen war die Hand angenagt. Es sah aus wie ein Hähnchenschenkel, bei dem man nicht mehr zum Knochenpulen gekommen ist.

Aber wer nagt …? Und dann fiel es mir ein. Bei einem meiner nächtlichen Spaziergänge hatte ich einen Marder beobachtet, der unter einem Mercedes verschwunden war, dort lautstark randalierte und nach einer halben Stunde mit leuchtenden Knopfaugen und einem Zündverteiler als Beute wieder auftauchte. Ja, eines dieser possierlichen Kerlchen musste die Hand in meinen Keller geschleppt haben. Neuerdings trieben die sich hier auf der Insel herum. Müssen sich durch den Hindenburgdamm gearbeitet haben.

Wie auch immer, in meinem Keller lag eine Menschenhand, und die musste selbst ein Marder irgendwo gefunden haben. Manche Geschenke kann man auch zurückgeben, dachte ich. Aber wem?

Ich wickelte die Hand in Papier und legte sie auf eine Bank. Direkt neben Fischfeinkost-Gosch. Und wartete. Schließlich wollte ich keine Kinder erschrecken. Obwohl, bei dem, was die heute so aus dem Fernsehen gewohnt sind, schenken die solch eine mumifizierte Hand aus pädagogischen Gründen glatt der Oma. Trotzdem, einem Kind hätte ich das Päckchen wieder weggenommen.

Gefunden werden musste die Hand, da half nichts. Gut, ich hätte sie auch bei der Polizei abgeben können, aber das war gefährlich. Schließlich hätte vor den braven Beamten, mitten in ihrer gemütlichen Wache, ein Penner gestanden, der seinen Wohnsitz auf Sylt genommen hatte, wegen eines alten Luxusmantels Omen genannt wurde und nichts zur Kurtaxe beitrug. Ja, ich hätte die Beamten in schwere Konflikte gestürzt, denn jeden zweiten Tag stand in der Zeitung, dass Sylt ein Problem mit Obdachlosen hätte. Nein, ich wollte die Herren nicht reizen. Dabei verstehe ich gar nicht, was die hier gegen die Penner haben! All die gut betuchten Menschen fühlen sich doch erst so richtig reich, wenn sie mal was ganz Armes und Abgerissenes vor sich haben. So gesehen sind wir eine Art Sozialhilfe für all die Pelzträgerinnen und Oberabteilungsleiter, die durch Westerland flanieren.

In der Friedrichstraße hatte der Advent zur Schlussrunde im diesjährigen Kaufrausch geläutet. Das wohlige Kerzenlicht aus dem Stall Bethlehem war hier zu nervös zuckenden Lichterketten mutiert. Überall dröhnten die Melodien «Morgen kommt der Weihnachtsmann» oder «White Christmas» durch die Nobelpassage, drehten sich zweimal um den Brunnen mit der nackten Anna, und wenn das «O du fröhliche» dann wieder in die Ohren zurückkehrte, dann trieb es die Menschen geradezu in die Geschäfte.

Dabei ist das viele Kaufen schwere Arbeit. Nein, die Passanten sahen alle gar nicht gut aus. Aschfarben um die Nase. Nicht mal der Glühwein färbte ihre Wangen rot. Die Fischbrötchen wurden regelrecht hinuntergewürgt. Kein Respekt vor so einem Stück Fisch. Dabei ist das schon ein Schicksalsschlag, wenn man als frank und frei lebender Hering plötzlich bei Gosch auf dem Brötchen landet. Zwischen all den Zwiebeln. Gott sei Dank denk ich ja nicht so viel.

Erschöpft setzte sich eine Frau im Nerzmantel auf die Bank. Na ja, überlegte ich, wenn die ein totes Tier um den Körper trägt, dann wird sie sich sicher nicht gleich in die Hose machen, wenn sie die Hand auspackt. Sie putzte sich die Nase und beäugte dabei neugierig das kleine Paket. Blickte nach links, dann nach rechts. Nein, niemand da, der sich für das Paket interessierte. «Hat einer vergessen», dachte sie. Konnte man ihr direkt ansehen.

Sie stupste es an, fingerte daran herum, wie Frauen eben an weißen Päckchen herumfingern, und griff dann zu. Noch wusste sie gar nicht, dass sie da gerade eine Hand schüttelte. Sie packte aus, und die Spannung wuchs, und dann erschien der erste Finger, den sie sich ganz genau ansah: So wie ein Archäologe eine ganz wertvolle Skulptur betrachtet, die er gerade ausgebuddelt hat. Konnte gar nicht genug davon bekommen, jedenfalls ging sie mit der Nase noch dichter ran und überlegte wohl, was das für ein Kunsthandwerk sein mochte und dann kreischte sie auch schon los und ließ die Hand fallen. Ein paar Leute stürzten auf sie zu, und ich machte mich auf den Weg nach Hause.

Ein verrückter Marder hatte mir die Hand gebracht, ich hatte sie weitergegeben. Jetzt sollte die Polizei etwas damit anfangen. Doch die Hand wollte mich nicht loslassen.

Am nächsten Tag bewiesen uns die Redakteure der *Sylter Inselschau*, dass ihr Journalistenblut durchaus noch zum Kochen zu bringen war:

Seite eins: Leichenteil gefunden, ein Mord wird nicht ausgeschlossen, ein heimtückischer Mörder auf Sylt?

Seite zwei: Weil so eine Hand nicht nach Sylt gehört, wo ja, wie alle ganz genau wissen, nur ehrbare Leute wohnen, muss sie angeschwemmt worden sein.

Seite drei: Und so schützen Sie sich und Ihr Eigentum.

«Warum hast du sie nicht einfach abgegeben?», fragte Sam, der inzwischen seine Radiowecker, eine Kettensäge und eine Armee blonder Barbiepuppen auf die Reise nach Burkina Faso geschickt hatte.

Er schob mir einen Teller mit Hummerfleisch auf meine Esskiste. Reste eines vorweihnachtlichen Hotel-Festessens. Bei der guten Fürsorge von Sam muss ich auf meinen Cholesterinspiegel achten. Manchmal habe ich direkt Appetit auf eine ehrlich mit Semmelbröseln gestreckte Frikadelle. Ja, die reichen Leute haben es nicht leicht.

«Wenn ich da mit einer Hand auftauche, sperrt mich die Polizei doch glatt wegen Kannibalismus ein. Oder wegen Störung der Weihnachtsruhe.»

«Störung der Weihnachtsruhe?»

«Stell dir die Schlagzeilen vor: ‹Perverser Penner und sein Weihnachtsbraten›.»

Sam sah mich fragend an.

«Was weiß denn ich, welche Paragraphen in dieser Jahreszeit gelten? Außerdem *haben* sie ja jetzt die Hand.»

«Du mit deiner Hand. Die wird irgendein Köter auf dem Friedhof ausgegraben haben.»

«So eine Hand wird in normaler Friedhofserde nicht mumifiziert. Außerdem kommt ein Hund da gar nicht ran.»

«Und woher stammt sie sonst, he?»

Womöglich hatte der Marder sie aus einem Museum geklaut oder aus einer angeschwemmten Mumie gewickelt. Vielleicht hatte sich ausgerechnet die Hand einer Prinzessin in meinen Heizungskeller verirrt, sagen wir der Schwester von Kleopatra?

Sam war mit meiner Theorie nicht einverstanden. Bevor er wütend die Tür zuknallte, machte er mich auf die Heizöldämpfe aufmerksam. «Nicht gut für deinen Kopf.»

Sam kann sich wirklich gewählt ausdrücken. «Nicht gut für deinen Kopf.» Der redet so, wie er isst. Immer mit Messer und Gabel, die er wie ein Techniker sein Präzisionswerkzeug benutzt. Und ganz kleine Happen.

★

Schon am nächsten Tage stürmte Sam in meinen Keller und wedelte mit der Tageszeitung vor meinem Gesicht herum. «Sie haben sie identifiziert.»

«Wen?»

«Die Hand gehörte zu einem Mädchen. Sie hieß Insa. Muss schon vor vielen Jahren gestorben sein. Sagen die Gerichtsmediziner. Sauber mit einem Beil abgetrennt.»

Die Polizei war schnell, das musste man ihr lassen. Atemlos fasste Sam den Zeitungsartikel zusammen.

«Das Mädchen ist vor fünfzehn Jahren hier weggezogen. War damals dreizehn. Die hatten ihren Daumenabdruck nur durch Zufall. Eigentlich verstößt das gegen die Datengesetze, steht in der Zeitung …»

«Was hatte sie verbrochen?»

«Ladendiebstahl.»

«Hmmh.»

«Warte mal», sagte Sam und fuhr mit dem Zeigefinger über die Seite. «Ja, hier steht's. Einen Topf mit einer Kunstblume. Eine Orchidee.»

«Eine Plastikblume? Und da nimmt man ihr die Fingerabdrücke ab? Nicht zu fassen.»

«Darüber regen die sich in der Zeitung auch auf. Außerdem war sie noch gar nicht strafmündig.»

«Bestraft wird man in jedem Alter.»

Sam fasste den Rest der rätselhaften Story zusammen. Nach Aussagen der Mutter, Heikedine Paulsen, war ihre Tochter Insa in einem Heim auf dem Festland untergebracht gewesen. Es sei jedoch vor einiger Zeit abgebrannt, und Insa sei in den Flammen umgekommen.

«Keiner weiß was Genaues», sagte Sam.

«Auf so einer Insel weiß jeder alles. Und zwar ganz genau.»

Schließlich hatte die Hand zu einem Menschen gehört. Sie hatte Haare gekämmt, Puppen ins Bett gebracht und eine Gabel gehalten. Sie war zum Gebet gefaltet worden und hatte gekratzt, wenn es juckte. Die Hand hatte eine Geschichte, wie Menschen eine Geschichte haben. Menschen werden geboren und sterben, und genau dazwischen ist ihre Geschichte.

Aber das hier klang sehr seltsam. Ein junges Mädchen klaut eine Plastikblume, und einige Zeit später verschwindet sie von der Insel. Keiner fragt nach, niemand weiß etwas. Dann taucht sie wieder auf. Das heißt, ein Teil von ihr. Nachdem sie schon lange tot ist. Und in meinem Heizungskeller.

Ich mische mich ja nur ungern in die Angelegenheiten anderer Leute ein, aber diese Hand hatte auf mich gezeigt. Und wenn so eine Knochenhand auf dich zeigt, dann gibt es kein Verstecken. Nicht einmal im tiefsten Heizungskeller.

★

Im Telefonbuch fand ich den Namen Paulsen gleich im Dutzend. Schon bei der vierten Adresse hatte ich Glück.

Die Seitengasse, die parallel zur Friedrichstraße verlief, war menschenleer, die Rollläden des Hauses hatte man heruntergezogen. Kein Zweifel, hier war ich richtig. Doch was tun? Schließlich konnte ich mich nicht als Journalist oder Polizist ausgeben. Und auch der Weihnachtsmann läuft normalerweise nicht so abgerissen herum.

Das sichere Gefühl, dass dieses Mädchen mich nicht mehr loslassen wollte, kroch durch meine Mantellöcher und lief mir eisig den Rücken herunter. Ja, sie rief mich.

Was macht ein Penner, wenn er nicht weiß, was er tun soll? Das, was er am besten kann: warten.

Ich setzte mich also in meinen Heizungskeller und wartete. Irgendwann nickte ich ein und hatte einen Alptraum: Aus der Klappe am Heizungskessel winkt ein Arm. Als ich die Tür mit einem Stöckchen zuschieben will, merke ich, das Stöckchen ist kein Stöckchen, sondern ein Mittelfinger. Noch ganz blutig.

Ich bin nicht so gut im Warten wie andere Penner. Besonders nicht, wenn es so lange dauert. In der Zeitung breitete man immer noch die Geschichte des Heims auf dem Festland aus. Bei dem Brand waren alle Papiere vernichtet worden, die über Insa hätten Aufschluss geben können. Der ehemalige Heimleiter lebte nicht mehr. Es war, als wäre die Lebensspur von Insa einfach verweht. Ja, es war, als hätte sie niemals existiert. Wenn da nicht ihre Hand gewesen wäre.

Aber warum hatte man das Mädchen in ein Heim geschickt? Wegen einer gestohlenen Plastikblume? Das hatte auch der Reporter gefragt. Nein, das Kind sei leicht schwachsinnig gewesen. «Debil» stand da vornehm. Hätte alles verwechselt, in seiner eigenen Welt gelebt. Dabei leben wir doch alle in unserem eigenen Universum. Man hätte sie in einem anonymen Grab in Husum begraben, berichtete die Zeitung.

Sam nagte auf ein paar Kürbiskernen herum. «Wieso schickt man ein debiles Mädchen in ein Heim?»

«Warum schickt man einen jungen Afrikaner aus Burkina Dingsda nach Sylt?»

«Ich bin ganz von allein gekommen.»

«Weil du keine Arbeit hattest.»

«Weil ich Priester war und gegen die Landbesitzer gepredigt habe, und dann … Ist ja auch egal.»

«Wir haben ein junges Mädchen, das wegen angeblichen Schwachsinns in ein Heim gesperrt wird und deren Spur sich dort einfach verliert. Plötzlich taucht hier auf der Insel ihre mumifizierte Hand auf.»

«Sie muss also vor ihrem Tod zurückgekehrt sein», sagte Sam.

«Vielleicht auch nicht.»

Entsetzt riss Sam die Augen auf. Man konnte direkt sehen, wie in ihm all die afrikanischen Geistergeschichten lebendig wurden, die er als Kind gehört und bis heute nicht verdaut hatte.

★

Der nächste Tag brachte eine überraschende Wendung. Die *Sylter Inselrundschau* meldete es in riesigen Lettern: «Vater von Insa tot aufgefunden».

Mein Wühlen in der Vergangenheit wurde gefährlich. Warum nur hatte die kleine Insa den Marder beauftragt, ihre Hand gerade bei mir abzulegen? Warum schickte sie ausgerechnet mir diese Botschaft aus dem Jenseits? Ich bin ein Penner und kein Held.

Insas Vater war mit einem Spaten erschlagen worden. Spaziergänger hatten seine Leiche am Strand entdeckt. Direkt vor dem Miramar. Die Tatwaffe hatte der Mörder achtlos in den Sand fallen lassen. Die Polizei mutmaßte, dass es sich bei dem

Täter um einen Touristen handeln musste. Untermauert wurde diese These mit der Lage des Tatortes vor dem Hotel. Bei diesen wilden Vermutungen fragte ich mich, warum sie nicht alle Gäste auf der Insel ins Watt schickten und den Hindenburgdamm in die Luft sprengten.

★

Gleich nachdem die Polizei das Haus von Insas Familie verlassen hatte, klingelte ich an der Tür. Eine groß gewachsene Frau öffnete. Sie hielt den Kopf so, als erwartete sie gleich einen Schlag.

«Was wollen …?» Erstaunt registrierte sie, dass da kein Polizist vor der Tür stand, der noch eine Frage zu klären hatte. Ihre grauen Haare waren durcheinander. Sie sah mich mit Augen an, die wie ängstliche Pferde durchgehen wollten, aber links und rechts immer nur an einem Gatter entlangstreifen. Ihren Körper versuchte sie in einem schwarzen Umhang zu verbergen.

«Ja?», sagte sie.

«Ja», sagte ich, «es ist ja nun mal bald Weihnachten, und da wollte ich fragen …»

«Da muss noch eine alte Decke im Keller sein», sagte sie mit ausdrucksloser Stimme. Sie drückte mir einen Schlüssel in die Hand. «Da unten liegt eine Menge Plunder, nehmen Sie sich, was Sie gebrauchen können. Stehen auch noch ein paar Weckgläser mit Obst und Gemüse im Regal.»

Ich war überrascht. Da drückte sie einem völlig Fremden und dazu noch abgerissenen Penner einen Schlüssel in die Hand und schickte ihn hinunter in ihren Keller! Einen Augenblick hatte ich den Verdacht, dass sie mich mit einer Aufgabe betraut hatte.

Neugierig blickte ich mich um und versuchte mir vorzustellen, wie Insa in der Küche herumgehüpft war, um von einem frisch angerührten Kuchenteig zu naschen. Wie hatte sie ausgesehen? Rote Friesenhaare? Oder eher dunkel wie die Braut von Klaus Störtebeker?

Ich stieg die Treppe in den Keller hinab. Im ersten Raum befand sich das übliche Gerümpel. Eine alte Stehlampe wartete hier wohl schon jahrelang darauf, ob sie nicht vielleicht nochmal gebraucht würde, und dann hatte sie ihre Zeit endgültig überschritten, und jetzt war es ihr peinlich, sich zum Sperrmüll zu stellen.

Daneben standen zwei Stühle, die vergeblich darauf hofften, dass es einen Korbflechter auf die Insel verschlug. Die gerissenen Schnüre der Sitzflächen standen in die Höhe wie die Haare bei einer dieser neuen Gel-Frisuren, die bei den Kids mit den übergroßen Hosen so beliebt waren.

In Plastiksäcken muffelten alte Kleidung und Bettwäsche vor sich hin. Ich zerrte die versprochene Decke aus einem der Säcke. An der Wand lehnte ein Fahrradwrack, dessen wichtigste Teile längst an anderen Rädern vor sich hin rosteten. Auf dem Boden waren zwei Säcke mit Torf in Vergessenheit geraten, die nach dem Ausbau der Torfheizung nun auch nicht mehr wussten, wo sie hinsollten.

In der Feuchtigkeit des Kellers verwandelte sich der Inhalt wieder in den moorigen Grund, aus dem er einst entstanden war.

Durch ein geöffnetes, rechteckiges Kellerfenster wehte eine frische Brise Nordseeluft in den Keller. Das Drahtgeflecht des Fensters war längst durchgerostet. Hatte Insa hier gespielt? Sich verkleidet und hinter den alten Wäschekisten versteckt? Vielleicht hatte sie hier ihren Puppen Anstand beigebracht und sie gefüttert. Neben den Regalen führte eine Holztür in den zweiten Raum.

Dieser war völlig leer. Eine von der Decke herabbaumelnde Glühbirne spendete ein funzeliges Licht.

Und dann berührte mich ihr Geist. Gott sei Dank denk ich ja nicht so viel. Na ja, zumindest wusste ich jetzt, dass sie hier unten viele Stunden zugebracht haben musste. Und sie hatte dabei die Taschen voller Kreide und Buntstifte gehabt.

Von den Wänden leuchteten grüne Bäume, in deren Ästen lilafarbene Vögel saßen, daneben brandete das Meer an einen Wald. Neben dem Abflussrohr sprühte die Gischt über einen grün schimmernden Strand. Seltsame Muscheln bewegten sich dort entlang und blickten aus tief liegenden Augen auf die Schildkröten, die stolz ihre Hälse aus dem Nordseewasser erhoben. Auf den Bäumen versteckten sich kleine Kinder. Über allem leuchtete eine mächtige Sonne, und der Himmel bestand aus Kruzifixen. Der gekreuzigte Christus schwebte über der Erde. Hatte Insa unter einem religiösen Wahn gelitten? Auch die Heiligen Drei Könige hatte sie gemalt. Sie trugen dunkle Anzüge, ihre Haare waren kurz geschnitten. Einer von ihnen hielt ein Kreuz über seinem Kopf. Daneben ein Foto, das Insa aus der Zeitung ausgeschnitten haben musste.

Insa hatte ihr Universum auf die Wände gemalt und geklebt. Eine Welt der Kreuze und Heiligen. Auf Betonwänden.

Die nächste Kellertür war verschlossen. Wenn man nicht so viel nachdenkt, dann hat man irgendwie auch hinten Augen. Ich wusste, dass da jemand stand. Und ich wusste, dass ich keine Chance mehr gehabt hätte, mich zu schützen. Ich ließ die Decke zu Boden gleiten und drehte mich langsam um.

Wie ein aufragender Fels fiel der Schatten von Heikedine Paulsen über mein Gesicht. Irgendwie wirkte sie hier unten viel größer. Und mächtiger. «Wissen Sie, hier gibt es auch sehr persönliche Dinge …»

«Äh … also, ich habe die Malereien bewundert. Waren Sie das? Als Kind?»

«Meine Tochter», sagte sie.

Und wieder hatte ich das Gefühl, dass sie mir auf ihre Art

einen Auftrag erteilte. Wie sie die «persönlichen Dinge» betont hatte, war das wie eine Aufforderung, dass ich mich dieser Dinge annahm.

Ich folgte ihr die Treppe hinauf und spielte den Ahnungslosen. «Ist ihre Tochter aufs Festland?»

«Ja», sagte sie mit ihrer monotonen Stimme.

Insulaner sind so. Sie sagen «ja» oder «nein», und das war's dann. Aber was meinte sie mit diesem «Ja»?

★

Sam rieb sich nachdenklich über die krausen Haare.

«Was erwartest du? Die Frau hat ihre Tochter verloren und ihren Mann …»

«Aber ihre Tochter muss doch wieder auf die Insel gekommen sein. Da muss es eine Anmeldung geben und Papiere und ärztliche Gutachten. Ein Mensch kann doch nicht einfach sterben, und Jahre später taucht hier seine mumifizierte Hand auf.»

Sam stippte eine Scheibe Ciabatta in meine Hummersuppe. Ausnahmsweise ohne Gabel.

Nein, das machte alles keinen Sinn. All das Gegrübel half wie immer nichts. Ich hatte zu warten. Der Himmel würde mir ein Signal senden. Eine Botschaft. Eine Art Feuerzeichen. Wie bei einem Leuchtturm. Irgendwie, irgendwann. Man musste das nur richtig deuten. Das macht er nämlich immer.

Seltsam, irgendwie kam es mir vor, als hätte ich das Mädchen gekannt. Ja, wir waren auf eine geheimnisvolle Weise miteinander verbunden. Wie sie wohl heute aussehen würde? Ich versuchte mir eine 28-jährige Frau vorzustellen, doch ihr Gesicht wurde in meinem Kopf immer jünger. Und schließlich blieb das kleine Mädchen übrig, das durch den Keller hüpfte und dann von jemandem an die Hand genommen wurde …

Wo wartet man auf eine himmlische Eingebung? Um die Angelegenheit zu beschleunigen, spazierte ich zu einer Empfangsstation für kosmische Botschaften. Und dort setzte ich mich in die vierte Bank.

Über dem Altar der Kirche hing ein schwerer, saftig grüner Adventskranz. Er war mit einem roten Band umwickelt. Erinnerte mich irgendwie an meine Kindheit. Bratapfelgeruch und der Duft nach Wachs und Nelken. Wie hatte Insa ihre Weihnachten verbracht? Mit einem Weihnachtsmann, der durch das Heim ging und die abgelegten Sachen anderer Kinder verschenkte?

Die Bilder an den Wänden hatten Ähnlichkeit mit den Malereien im Keller. Ich betrachtete den gekreuzigten Christus auf dem Altar, doch ich wartete vergeblich auf die himmlische Eingebung.

Beim Ausgang stand ein Tischchen mit der Bitte um Spenden für den Erhalt der Kirche. Daneben lagen ein paar Blätter der Kirchennachrichten. «Der Seniorenkreis trifft sich wieder», wurde da gemeldet, und gleich daneben standen die Termine für den Konfirmandenunterricht. Einige vergilbte Ausgaben waren vier oder fünf Jahre alt. Auf einem Foto posierten die drei Mitglieder des Kirchenvorstandes mit dem Pfarrer. Alle in dunklen Anzügen. Stattliche Herren. Einer der Männer schien mit seinem wallenden weißen Bart der Bibel entstiegen zu sein. Woher kannte ich nur sein Gesicht? Der Name Sören Laurentzen sagte mir nichts.

Vor dem Schlafengehen sicherte ich die Lüftungsschächte in meinem Heizungskeller mit dem am Strand gefundenen Rest eines Fischernetzes. Nicht, dass ich am nächsten Tag ein Bein auf meiner Decke fand.

Irgendwann in der Nacht erwachte ich aus unruhigen Träumen. Laut gurgelte der Kessel. Ich schälte mich aus meiner Decke. Mit einem Maulschlüssel lockerte ich ein Entlüftungsventil und zog es dann wieder fest. Heißes Wasser tropfte auf den Boden.

Das Mädchen hatte also ihre Welt an die Kellerwände gemalt. Waren es biblische Geschichten, die sie dort festgehalten hatte? Oder stammten die Szenen aus ihrem tatsächlichen Leben? Schließlich trugen die Heiligen Drei Könige Anzüge und Krawatten. Wo war die Verbindung zwischen Insas Leben und den biblischen Geschichten?

Das Zischen des Heizungskessels wurde lauter. Das zweite Ventil ließ sich nicht lösen. Ich griff zu einem großen Kreuzschlüssel, setzte ihn an und drückte meinen Körper dagegen. Knirschend gab das Ventil nach und die Luft zischte in den Raum. Plötzlich wusste ich, woher ich diesen Mann mit dem Wallebart aus dem kirchlichen Mitteilungsblättchen kannte. Gott sei Dank denk ich ja nicht so viel, sonst wäre ich da nie drauf gekommen.

★

Nur widerwillig erklärte sich Sam einverstanden, Schmiere zu stehen.

Manchmal bin ich wirklich froh, dass ich auf meine Figur achte. Nur mein Hemd riss der Länge nach auf, als ich mich durch das Fenster in den Keller gleiten ließ. Ich entzündete eine Kerze und betrachtete Insas Bilder. Der Lichtschein zuckte über die Wand, und die Figuren bewegten sich. Ein Trickfilm. Insas Welt leuchtete in kräftigen Farben. Und auch die Heiligen Drei Könige wurden irgendwie lebendig. Kein Zweifel, eine der Majestäten aus dem Morgenland musste Sören Laurentzen sein. Die Ähnlichkeit mit seinem Foto in der Kirchenzeitung war erstaunlich.

Aber wieso war dieser Laurentzen so gütig und voller Liebe gemalt? Und warum mit dem Kreuz in der Hand?

Die Tür, die in den nächsten Raum führte, war immer noch

fest verschlossen. Sie war aus Metall und hatte ein Sicherheitsschloss. Vielleicht der Heizungskeller, aber warum wurde der verriegelt wie der Safe einer Bank? Alles wegen einiger lausiger Erinnerungen?

Ich schlich mit meiner Kerze weiter durch den Keller. Wachs tropfte auf meinen Daumen. Ich stolperte über einen auf dem Boden liegenden Kinderroller. Meine Hand griff in etwas kleines Weiches.

«Alles in Ordnung?» Sams Stimme zischte durch das Kellerfenster.

«Ich weiß nicht», sagte ich.

Sam brummte eine undeutliche Antwort.

Vorsichtig zog ich meine Hand zurück. Wer weiß, vielleicht hatte dieses weiche Etwas Zähne? Ich brauchte ein paar Minuten, um die Kerze wieder anzuzünden. Im aufscheinenden Licht erkannte ich den Körper einer Maus. Sie lag da, etwas platt gedrückt, und blickte mich aus toten Knopfaugen an. Nichts mehr zu machen.

Ich konnte sie unmöglich einfach so liegen lassen. Also öffnete ich den Sack mit Torf, um Herrn oder Frau Maus zu beerdigen. Gerade wollte ich sie hineinstopfen und ihr eine gute Reise in den Mäusehimmel wünschen, da kam mir eine grauenhafte Idee. Hatte der Marder die Hand womöglich in *diesem* Keller ausgegraben?

Vorsichtig lugte ich in den Torfsack und wühlte mit einem alten Schuhlöffel darin herum. Jeden Augenblick erwartete ich, dass mich ein Totenschädel anglotzte. Hatten die Eltern ihr schwachsinniges Kind ermordet? Und was hatte das Vorstandsmitglied der Kirchengemeinde damit zu tun? War Insa vielleicht sein Kind? Der uneheliche Bastard eines ehrwürdigen Mannes? Das wäre zumindest ein plausibler Grund, warum man das Mädchen von der Insel geschafft hatte.

Mit einer Polaroid-Kamera, die ein Gast in Sams Hotel vergessen hatte, schoss ich ein paar Bilder. Bäume, Schildkröten, die Heiligen Drei Könige und der Zeitungsausschnitt, ich versuchte auf den zehn Bildern einen möglichst großen Querschnitt zu erfassen.

Zurück in meinem Heizungskeller drückte sich Sam ein Taschentuch vor das Gesicht. Dabei war der Heizölgeruch an diesem Abend kaum zu riechen.

«Insa ein uneheliches Kind? Glaub ich nicht. Das regelt man heute anders», sagte er.

«Auf einer Insel ist das wie in Niederbayern. Baby unehelich geboren und in den Keller gesperrt. Zack. Hauptsache, der Nachbar merkt nichts.»

«Und warum wurde der Vater, der deiner Meinung nach nur Stiefvater … also warum wurde der umgebracht?»

«Keine Ahnung. Wir sollten fragen.»

«Wen fragen?»

«Na, wen fragt man zu dieser Jahreszeit? Den Weihnachtsmann. Und wenn der gerade beschäftigt ist, die Heiligen Drei Könige.»

Sam musterte mich wie ein Nervenarzt seinen Patienten.

★

Ich stand in einem gepflegten Vorgarten. Idylle mit Sträuchern und Zierbäumen. Von einem sorgfältig beschnittenem Buchsbaum leuchtete eine Lichterkette. Über der Haustür ragten drei Geweihe in den Garten. Allem Anschein nach wohnte hier ein Jäger.

Die Klingel hörte sich an wie eine Kirchenglocke für den Hausgebrauch. Kein Dingdong, sondern Dong, dong, dong. Brummte angenehm im Bauch. Selbst draußen vor der Tür.

Sören Laurentzen war auch im richtigen Leben ein stattlicher Mann. Groß gewachsen, aufrecht und mit einem imponierenden Bart stand er vor mir. «Wollen Sie Geld?» Er zog ein Portemonnaie aus der Tasche seiner Strickjacke.

«Nein danke, wenn man zu viel Geld in der Tasche hat, wird man am Ende noch überfallen.»

Er sah mich verdutzt an, dann glaubte er zu begreifen. «Tut mir Leid, aber ich habe nichts zu essen im Haus.»

Ich zog die Fotos aus meinem Jutesack.

Neugierig blickte er mich an. «Und?»

Ich drückte ihm die Fotos in die Hand.

Langsam blätterte er sie durch. Für einen kurzen Moment weiteten sich seine Augen. Seine Hände zitterten. «Woher haben Sie das?»

«Erkennen Sie den Mann mit dem weißen Bart?»

Seine Stimmbänder flatterten. «Bärte haben auch andere. Soll das eine Erpressung sein?»

«Womit sollte ich Sie erpressen?»

Er zögerte. «Wo haben Sie das her?»

«Aus einem Keller.»

«Wo?» Seine Stimme war schneidend.

Plötzlich wieselte ein Rauhaarterrier um seine Beine und schnupperte neugierig in meine Richtung.

«Schön brav sein, Lucy. Sitz», sagte er.

Lucy setzte sich.

«Und wer sind die anderen Heiligen aus dem Morgenland?», fragte ich.

«Was?»

«Na, die mit Myrrhe und Weihrauch und Kreuz in der Hand.»

«Keine Ahnung. Also, was wollen Sie?»

Ich bückte mich und streichelte über Lucys Kopf. Aus den Augenwinkeln versuchte ich zu erkennen, ob er vielleicht ein Foto noch einmal genauer betrachtete oder in der Tasche seiner Strickjacke verschwinden ließ. Fehlanzeige. Es wäre auch zu schön gewesen. Ich hätte vielleicht einen Hinweis bekommen, wo ich zu suchen hatte.

Ich bat ihn, sich die Bilder noch einmal genau anzusehen. Ungeduldig willigte er ein. Diesmal zählte ich mit. Tatsächlich, das vierte Bild schob er besonders schnell hinter den Stapel.

«Und?», fragte er gereizt. Er ahnte, dass ich nichts gegen ihn in der Hand hatte. Heftig drückte er mir die Fotos in die Hand. «Verschwinden Sie!», sagte er. Er zog seinen Hund am Halsband zurück in das Haus und knallte die Tür zu.

★

Auf einer Parkbank gegenüber dem Spielkasino betrachtete ich das vierte Bild. Es zeigte ein paar Schildkröten, einen Baum, auf dem sich Kinder versteckten, und das Zeitungsfoto mit dem Kruzifix.

Kruzifixe waren auf fast allen Fotos zu sehen. Was war an dem Zeitungsausriss so besonders?

Ich kämmte meine Haare und betrat die Bücherei. Die Angestellte sah mich abschätzend an und deutete dann als Antwort auf meine Frage stumm auf das Regal, in dem die schweren Folianten mit den Ausgaben der *Sylter Inselrundschau* standen.

Ich begann mit dem Jahresband von 1982. Das musste eine Zeit sein, als Insa noch auf der Insel gelebt hatte. Ich erfuhr von Hühnerdieben und Sturmfluten, von brennenden Reetdachhäusern, Eröffnungen neuer Geschäfte, Nachwuchssorgen bei der Feuerwehr, von Sitzungen im Rathaus und den Schäden der Herbststürme. Artikel zur Tourismus-Flaute wechselten mit Winter-Freizeit-Angeboten für gelangweilte Insulaner. Dazwischen Geburts-, Heirats- und Todesanzeigen. Keine Meldung, die Insa betraf.

Vier Jahre Inselleben zogen an mir vorbei, und dann stieß ich auf die passende Ausgabe.

Rubrik: Vermischtes aus aller Welt. Dem Artikel nach zeigte das Foto ein Kruzifix, das um 1500 in der Werkstatt des Bildschnitzers und Malers Bernt Notke entstanden war. Der Künstler hatte die bedeutendste norddeutsche Werkstatt der Spätgotik unterhalten. Seine Arbeiten waren im gesamten nordeuropäischen Raum verbreitet.

Woher das Kreuz stammte, wusste niemand. Den Autor des Artikels beschäftigte vor allem die Frage, ob man ein derart herausragendes Kulturgut überhaupt ins Ausland verkaufen durfte. Es war versteigert worden, und den Zuschlag hatte ein New Yorker Museum erhalten. Für zwei Millionen Mark.

Hatte Insa dieses Bild nur zufällig aus der Zeitung herausgerissen, weil es eben ein Kruzifix zeigte, oder steckte mehr dahinter? Und warum war Sören Laurentzen beim Anblick dieses Fotos nervös geworden? Ich machte eine Kopie des Zeitungsartikels und spazierte dann zum menschenleeren Strand, um meinen Kopf auszulüften.

Draußen glitten Krabbenkutter mit ausgebreiteten Netzen durch die dunstige Luft, die über der Nordsee lag. Im Lärm der kreischenden Möwen nahm ich das Pfeifen neben meinem Ohr zunächst gar nicht wahr. Erst als die Kugel ein Stück Beton aus der Platte sprengte und der Querschläger heulend an mir vorbeisauste, ließ ich mich fallen.

Vorsichtig drehte ich mich um, doch ich konnte niemanden entdecken. Es wurde Zeit, dass ich in meinem Heizungskeller Deckung suchte.

★

Sam trommelte mit den Fingerspitzen auf dem silbernen Tablett. «Wir sollten die Sache nicht weiterverfolgen. Vielleicht …»

Ich unterbrach ihn. «Nein, nein, wen immer wir da aufgeschreckt haben, der lässt nicht locker.»

«Vielleicht war es nur ein Warnschuss.»

«Und wenn nicht? Soll ich hier nur nachts aus meinem Versteck herauskriechen? Und was mach ich im Sommer? Weiter heizen?»

Sam massierte mit beiden Händen seine Stirn und ging dann die vier Schritte in meinem Heizungskeller auf und ab. «Das macht doch alles keinen Sinn», sagte er. «Wenn Laurentzen sich zwanzig Jahre lang nicht zu seiner Tochter bekannt hat, dann wird er es auch jetzt nicht tun. Warum sollte er denn? Nur weil ein abgerissener Penner an seiner Tür mit dem Foto von einer Kinderzeichnung auftaucht? Und warum sollte er dich erschießen?» Sam versuchte abzuwiegeln. Er mochte keinen Ärger.

Ich dachte laut nach. «Angenommen, Insa ist die uneheliche Tochter von Laurentzen. Sie wird abgeschoben, kehrt zurück … nein, das stimmt alles vorne und hinten nicht. Die Frage ist: Wie ist sie gestorben? Und warum wurde sie nicht richtig begraben? Und wer hat ihren Stiefvater umgebracht?»

«Das mit dem Stiefvater ist doch reine Spekulation.»

Sam hatte Recht. Ich stocherte in Vermutungen herum und bastelte an wilden Theorien.

Einerseits ging mich das alles gar nichts an, andererseits landet so eine Hand eben nicht von ungefähr in deinem Keller. Das war ein Wink direkt vom Schicksal, und dann muss man sich hinstellen und sagen: «Guten Tag, Schicksal» und: «Wie geht's denn so?» und: «Was liegt heute so an?»

In meinem brummenden Schädel tauchte zwischen all den Gedankenfetzen immer wieder dieses Bild auf. Das Kreuz, das über den Menschen schwebte und das Insa so oft gemalt hatte. Und dann der Zeitungsausschnitt. Fühlte sie sich bedroht? Oder verfolgt? Was also tun? Und was nicht tun?

Gott sei Dank denk ich ja nicht so viel, aber diese Geschichte hätte ich doch ganz gern überlebt. Ich mag das Leben. Ja, ich musste etwas tun.

Energisch klingelte ich gleich zweimal an der Haustür. Heikedine Paulsen öffnete. Ihre Augen waren geschwollen.

Meine Geschichte mit dem Undercover-Agenten, der da vor ihr stand, nahm sie mir sofort ab. Sie nickte ergeben, so als würde ich ihr gleich die Handschellen anlegen. Vielleicht wollte sie sich auch nur endlich jemandem anvertrauen.

Als ich ihr die Kopie mit dem Zeitungsbild zeigte, begann sie heftig zu schluchzen.

«Das Kreuz, es …» Ihre Stimme erstickte, sie trommelte mit den Fäusten gegen den Türrahmen und brach dann in hemmungsloses Schluchzen aus.

Sie erzählte von Insa, die das Kreuz am Strand gefunden hatte. Der Schlick musste es Hunderte von Jahren konserviert haben. Wahrscheinlich hatte es in einer der neunzehn Kirchen gehangen, die am 11. Oktober 1634 in einer gewaltigen Sturmflut untergegangen waren. Die Gezeiten hatten das Kruzifix nach all den Jahren freigespült. Weil Insas Vater mit dem Fund seiner Tochter nichts anzufangen wusste, schickte er sie zum Kirchenvorstand Laurentzen. Der erkannte den Wert dieser Rarität sofort und nahm ihr das Versprechen ab, niemandem davon zu erzählen.

«Er hat ihr eingeschärft, das wäre Gottes Wille und ein Geheimnis, und wenn sie das verraten würde, dann müsste sie in die Hölle. Insa ist nicht zurückgeblieben, sie ist manchmal etwas ängstlich, lebt in ihrer eigenen Welt. Sie ist … sie hat ihm geglaubt.»

«Sie hatte also Angst?»

«Sie ist irgendwie rein, nicht verdorben, sie glaubt, dass alle nur Gutes wollen und …» Heikedine Paulsen presste ein blaues Geschirrhandtuch vor ihre verquollenen Augen.

Laurentzen habe Insa finstere Geschichten von der Hölle erzählt, in die alle Menschen kommen, die ein Versprechen nicht halten. «Immer und immer wieder. Das Mädchen hatte

Albträume. Morgens habe ich sie klitschnass aus dem Bett geholt.»

Irgendwann habe die Kleine ihrem Vater von den Höllengeschichten erzählt, die ihr Laurentzen eingebläut hatte. «Mein Mann ist rüber zu ihm. Der Apotheker Klarsen war da und Hemessen, der Filialleiter von der Sparkasse. Sie haben auf die bevorstehende Versteigerung angestoßen.»

«Und Ihr Mann?»

«Auf unser Haus läuft eine Hypothek, und wenn Hemessen ...» Erneut brach sie in heftiges Schluchzen aus. «Wenn mein Mann etwas gesagt hätte, dann hätte Hemessen von der Sparkasse doch die Hypothek gekündigt. Und ohne Haus ...» Sie unterbrach sich und drehte das Geschirrhandtuch zu einem Knoten. Ihre Augen waren auf den Boden geheftet, als sie mit trockener Stimme sagte: «Sie haben unseren Herrn Jesus zum zweiten Mal verschachert. Mein Mann hat sich schuldig gemacht. Und ich auch. Wir haben uns kaufen lassen. Das Kreuz wurde am Strand gefunden, wir hätten es abgeben müssen.»

«Und Ihr Mann hat da so einfach mitgemacht?»

«Was sollten wir denn machen? Das Haus verlieren?»

«Und damit nichts herauskommt, musste das spinnerte Mädchen verschwinden. Sie hätte ja etwas über das Kreuz ausplaudern können, und dann wären die zwei Millionen weg gewesen. Richtig?»

Heikedine Paulsen nickte.

Gemeinsam hatten die Männer beschlossen, das Kind aufs Festland zu schicken. In ein Heim, damit erst gar keine Geschichten in Umlauf kamen. «Schließlich ging es um viel Geld. Zwei Millionen. Und wir ... wir konnten unser Haus behalten.» Heikedine Paulsen blickte starr auf ihre Finger.

«Und Insa?»

«Laurentzen beteiligte uns mit zehn Prozent. Das war viel Geld. Sollten wird denn gar nichts bekommen ... wo sie uns unsere Tochter weggenommen haben? Mein Mann spielte so eine Art Strohmann. Das Geld von der Versteigerung wurde auf unser Konto überwiesen.»

«Und dann hat Ihr Mann Laurentzen erpresst?»

«Wir haben gesagt, das Geld ist für das Heim. Er wollte ja unbedingt, dass Insa die Insel verlässt.» Heikedine Paulsen drehte den Ehering an ihrem Finger. «Aber das Mädchen hat … sie hat geweint und sich versteckt. Sie wollte auf keinen Fall hier weg, da haben wir …» Sie nickte zum Fußboden hin.

«In den … Keller?»

Sie riss die Augen auf. Ihr Körper bäumte sich auf. Dann schlug sie mit der Hand auf den Tisch. «Das ist doch besser als ein Heim, nicht? Damals war doch noch eine ganz andere Zeit. Das war doch besser, oder?» Heikedine Paulsen sackte wieder in sich zusammen. «Nicht?», fragte sie noch einmal und nickte.

In mir sagte eine sehr deutliche Stimme: Jetzt nicht weiter. Nicht fragen, wie das Mädchen gestorben ist.

Heikedine Paulsens Blick wanderte durch die Gardinen hindurch in den grauen Himmel, der sich über der Nordsee auftürmte. Der eisige Wind wurde stärker. Bald würde Regen über die Insel peitschen. Die Tränen versiegten, ihr Blick wurde starr.

★

Laurentzen blickte seinen Hund anfeuernd an. Doch der begriff nicht, dass er jetzt als Waffe gebraucht wurde und einen Penner vertreiben sollte.

An der Haustür erzählte ich Laurentzen, was ich von Insas Mutter erfahren hatte.

«Papperlapapp. Eine Verkettung unglücklicher Umstände. Das lässt sich nie beweisen. Auch Heikedine kann das nicht beweisen.»

«Sie haben das Mädchen getötet und ihre Leiche verscharrt. Für zwei lumpige Millionen. Und dann erschlagen Sie ihren Vater. Wollte er mehr Geld erpressen? Schweigegeld für seine tote Tochter?»

«Unsinn!» Sein Gesicht lief puterrot an. Schweiß perlte über seine Stirn. Der Bart zitterte. «Da gibt es keinen Beweis. Nichts, hören Sie? Ich hab ihn nur zur Rede gestellt, nur zur Rede gestellt. Und dann ... Hören Sie ...» Seine Stimme wurde messerscharf. «Ich habe bezahlt. Fünfzehn Jahre lang habe ich für das Mädchen bezahlt. Und dann kommt raus, dass sie hier auf der Insel ... und schon lange tot ...»

Er trat einen Schritt zurück und schlug die Tür krachend zu.

Ich stand da und wusste, dass ihm so nicht beizukommen war. Er war sich seiner Sache sicher. Wer sollte denn reden? Und wem würde man glauben? Heikedine Paulsen würde nichts sagen. Dafür hatte sie viel zu viel Angst. Und schließlich war das Geld auf das Konto der Paulsens geflossen. Mit diesem Schachzug kam Laurentzen billig davon.

Ich schaute in den funkelnden Sternenhimmel, der sich über Sylt ausbreitete. Seltsamerweise fiel mir das Kreuz des Südens ein. Nein, diese Sternenkonstellation war auf unserer Seite der Erde nicht zu sehen. Und dennoch leuchtete sie für Millionen von Menschen. Auch wenn es für diese jetzt nicht sichtbar war, denn auf der anderen Seite der Erdkugel standen die Menschen gerade auf oder setzten sich zum Mittagessen. Das Kreuz des Südens war in diesem Augenblick für niemanden zu sehen, aber es war da ...

Und dann wusste ich, was ich zu tun hatte. Wozu brauchte ich Beweise? Es reichte, dass Laurentzen *glaubte*, ich hätte etwas gegen ihn in der Hand. War er wirklich schuldig, dann würde er reagieren.

Ich trommelte mit den Fäusten an die Haustür.

Wutentbrannt riss Laurentzen die Tür auf. «Wenn Sie nicht verschwinden, hole ich die Polizei.»

«Und was ist mit den Bildern in Paulsens Keller?»

Er sah mich überrascht an. «Welche Bilder?»

«Ich habe Ihnen doch ein paar Fotos gezeigt. Insa hat die ganze Geschichte in einem schönen Comic festgehalten. Wie sie das Kreuz findet und an wen sie es weitergibt. Und dann die Schauermärchen, die ihr von dem ehrenwerten Sören Laurentzen erzählt werden. Die Wandmalereien sind so gelungen, dass die Polizei zumindest ein paar unangenehme Fragen stellen dürfte. Sie glauben gar nicht, was Psychologen aus solchen Kinderzeichnungen alles herauslesen können.»

Wieder schlug Laurentzen die Tür zu.

Wenn er da wirklich drinsteckte, dann konnte er es nicht auf sich beruhen lassen. Nein, dann musste er handeln. Wenn er jemanden ermordet hatte, dann musste er jetzt aufs Ganze gehen. War er schuldig, dann würde er sofort, ja noch in dieser Nacht zur Tat schreiten.

★

Es war kurz nach zwei Uhr nachts, als jemand in Paulsens Garten auf einen Zweig trat.

Laurentzen hatte sich nicht einmal die Mühe gemacht, sich zu maskieren. Über der Schulter trug er sein Jagdgewehr und in den Händen zwei Kanister. Er lehnte die Waffe an die Wand, bückte sich vor dem Kellerfenster und goss Benzin hinein. Leise nahm ich den zweiten Kanister, den er ein paar Meter hinter sich abgestellt hatte. In der Tasche hatte ich noch einen Luftballon, den ich mit einem halben Liter Benzin füllte. Das musste reichen.

Als Laurentzen sich zu dem zweiten Kanister umdrehte, stand ich mit dem gefüllten Luftballon vor ihm.

Laurentzen griff zu seinem Gewehr. «Sie hätten meinen Warnschuss ernst nehmen sollen.»

«Sie wussten, dass ich Ihre Spur verfolgte?»

Ohne zu antworten, zog er eine Schachtel Streichhölzer aus seiner Manteltasche. «Jetzt wird die Sache endlich ins Reine gebracht.»

«Ausgebrannt», sagte ich. «Ihre Asche wird dabei sein. Wenn sie das Streichholz anreißen, werden ich mit diesem Benzin-Ballon nach Ihnen werfen.»

Er musterte den Luftballon.

Ich durfte kein Risiko eingehen. Also schleuderte ich den Ballon gegen seinen Körper. Entgeistert sah er an sich hinunter. Benzin tropfte von seinem Mantel auf den Boden.

Ich hoffte nur, dass Sam den Beginn dieses Showdowns beobachtet hatte und hier bald mit der Polizei auftauchen würde. Zumindest hatten wir es so verabredet. Doch ich musste noch eine geschlagene Viertelstunde den ehrenhaften Sören Laurentzen mit einem Streichholz in Schach halten, bis ich endlich die Polizeisirene hörte.

★

Ich dürfe die Insel nicht verlassen, sagte der aus Kiel angereiste Kriminalbeamte zum Abschluss meiner Vernehmung. Sein uniformierter Kollege aus Sylt lockerte seinen Kragen und sah mich wütend an. Nein, das war ihm gar nicht recht. Schließlich sind herrenlose Penner ein Problem auf der schönen Insel Sylt. Gott sei Dank denk ich ja nicht so viel, sondern sah erst einmal zu, dass ich Land gewann. Land gewinnen ist wichtig. Besonders hier an der Nordsee. Wo die Wellen sich immer mehr vom Land abbeißen und sich durch die Dünen fressen, die Häuser der sittsamen Bürger unterspülen und dann alles Starre und Feste hinaus ins Meer ziehen.

★

Heikedine Paulsen hatte auf mich gewartet.

«Insa hat sich selbst verstümmelt, mit dem Beil. Sie wollte nicht ins Heim. Wir haben die Hand dann in den Sack mit dem Torf …»

«Ohne Arzt, Sie haben einfach …?»

«Auch ich muss weiterleben.» Und dann brüllte sie: «Hier auf der Insel!»

«Und warum haben Sie die Hand nicht …?»

«Wir hatten Angst. Wenn uns jemand beobachtet hätte, oder die Hand wäre gefunden worden …» Sie schüttelte energisch mit dem Kopf. Sie hätten sie in den Torfsack gelegt und irgendwann gar nicht mehr daran gedacht. «Wir wollten in Ruhe leben, verstehen Sie das denn nicht? Nur in Ruhe leben.»

Dann stiegen wir die Treppe hinunter.

Heikedine Paulsen öffnete die Eisentür mit dem Sicherheitsschloss. Vor mir erstreckte sich ein länglicher Raum. Er war mit grünen Teppichen ausgelegt. In der Luft der Geruch von Tannennadeln und Kerzenwachs. An den Wänden wieder diese gemalten Landschaften, dazwischen Plakate mit Katzen und Hunden. In einer Ecke des Raums hinten Pferdefotos, darunter auf dem Boden lag etwas Stroh. Wohlig warm war es hier. Auf Stühlen saßen Plüschteddys und unter einer Lichterkette aus lauter kleinen Sonnen stand eine Babykrippe. Von der Decke leuchtete ein großer runder Lampion-Mond unter einem blauen Himmel. Sterne aus buntem Lackpapier glitzerten daneben. Die junge Frau, die die Vorhänge des Himmelbettes mit ihrem Armstumpf auseinander schob, lächelte mich glücklich an.

★ ★ ★

Julian Symons

Die Geschichte von den verschwundenen Diamanten

Dr. Watson pflegte Aufzeichnungen verschiedener noch unveröffentlichter Sherlock-Holmes-Fälle in einem etwas ramponierten, mit seinem Namen versehenen Aktenkoffer aufzubewahren, den er im Tresorraum von Cox & Company am Charing Cross deponierte. Ein solcher Koffer kam kürzlich in meinen Besitz. Er war bei einem Trödler gekauft worden. An seiner Außenseite befanden sich abgewetzte Goldbuchstaben, die einst gut und gern «Dr. John H. Watson» bedeutet haben können. Die Papiere, die er enthielt, waren zum größten Teil fleckig und unlesbar, aber das im Folgenden abgedruckte Manuskript war gut erhalten. Zwar gibt es keinen Beweis für seine Echtheit, aber möglicherweise handelt es sich dabei ja um einen der verloren geglaubten Fälle von Sherlock Holmes. *J. S.*

«Wissen Sie, Watson», sagte mein Freund Sherlock Holmes vom Fenster her, wo er stand und hinaussah, «ich finde die Weihnachtszeit einfach fürchterlich.»

Ich stellte mich neben ihn, und wir schauten gemeinsam auf die Baker Street hinunter, wo die Menschenmengen sich drängten und die Leute sich anrempelten und gegenseitig von den Bürgersteigen schubsten, wo fliegende Händler auf flüchtig zusammengezimmerten Ständen Spielzeug und billigen Flitterkram feilboten und wo Damen, die Arme voller Päckchen und Pakete, vergeblich versuchten, einen Hansom heranzuwinken.

«Ein gefundenes Fressen für Taschendiebe und billige Jakobs, die den Leuten irgendwelchen Müll verkaufen wollen.»

«Jetzt übertreiben Sie aber, Holmes. Was mich angeht, versetzt mich der Gedanke an Gänsebraten und Plumpudding – wozu Sie, wie Sie wissen, herzlich eingeladen sind – durchaus in freudige Erregung.»

«Das ist zwar nett gedacht von Ihrer Frau, Watson, aber ich bin nun mal ein enthaltsamer Mensch. Ich werde an den Weihnachtsfeiertagen verschiedene Tests durchführen, mit deren Hilfe ich feststellen will, ob vielleicht eine Pilzvergiftung schuld ist an dem mysteriösen Tod, dessentwegen Lestrade zu mir kam, um mich um meine Meinung zu fragen. Aber was ist denn das?» Direkt unter uns hatte ein Wagen angehalten, dem eine Dame entstieg. «Das ist ja Mrs. Graceley, die uns offensichtlich gleich einen Besuch abstatten wird.» Seine soeben noch ernsten und sogar etwas düsteren Züge hellten sich merklich auf.

Wenn ich andernorts festgestellt habe, Sherlock Holmes brächte weichere menschliche Regungen allenfalls mit dezidiert spöttischem Unterton zur Sprache, so klang doch seine Stimme jetzt, da er von Julia Graceley redete, unbestreitbar sanft. Kennen gelernt hatten wir sie in Zusammenhang mit der seltsamen Sache um den gestohlenen Leonardo-da-Vinci-Entwurf und die Erzählung von dem Ungeheuer Gila, für die die Welt noch nicht reif ist, weil in ihr ganz unverschlüsselt die Namen der königlichen Familie von Italien genannt werden. Der Porträtmaler Tom Graceley war uns während der Untersuchung eine große Hilfe. Er war ein freundlicher Bohemien, ein Mann von Welt, verheiratet mit einer viel jüngeren, mädchenhaft unschuldig wirkenden Frau. Holmes war von ihr entzückt gewesen.

Jetzt beugte er sich tief über ihre Hand.

«Ich muss Sie um Hilfe bitten, Mr. Holmes.»

«Ich stehe zu Diensten.» Er schwieg erwartungsvoll, doch offensichtlich fiel es Mrs. Graceley schwer, ihm zu sagen, was sie auf dem Herzen hatte. Sie biss sich auf die Lippen, nestelte an ihren Handschuhen herum und schaute zu Boden.

Holmes hustete. «Sie brauchen wegen Dr. Watson kein Blatt vor den Mund zu nehmen. Falls es Ihren Bruder Monty betrifft –»

Bei diesen Worten hob sie irritiert den Kopf. Monty Shelley war Teilhaber einer Juweliersfirma in Hatton Garden und hatte mit seinen Geschäften bereits das Interesse unserer Freunde von Scotland Yard erregt.

«Nein, mit Monty hat es selbstverständlich nichts zu tun. Ich fürchte, Sie werden meine Bitte für recht ungehörig halten.» Als Holmes eine abwehrende Handbewegung machte, fuhr sie zögernd fort: «Unser Sohn Edward wird nämlich am kommenden Samstag acht Jahre alt und will natürlich ein Geburtstagsfest geben. Nun ist aber auch bald Weihnachten …» – Holmes nickte etwas verständnislos – «und jedenfalls haben wir Edward gesagt, dass der Weihnachtsmann auf seinem Fest erscheinen wird, um die Geschenke zu verteilen. Und da habe ich gedacht, also – ich wollte Sie fragen …» Sie stockte kurz, um dann umso schneller fortzufahren: «… ob Sie, Mr. Holmes, nicht vielleicht den Weihnachtsmann machen könnten?»

Ich kann mich nicht erinnern, Holmes jemals so verblüfft gesehen zu haben. Sein Gesicht war absolut einmalig. Ich hüstelte, um nicht in Lachen ausbrechen zu müssen, und wandte den Kopf ab.

«Ist Ihnen klar, was Sie von mir verlangen, Mrs. Graceley?»

Julia Graceley legte bittend ihre behandschuhten Hände aneinander und erinnerte ihn freundlich daran, dass ja auch ihm von ihrem Mann schon einmal unter die Arme gegriffen worden war. Dann verlegte sie sich darauf, ihm Honig um den Bart zu streichen – aber sehr leise und sanft –, indem sie erklärte, dass das Geburtstagsfest ihres Sohnes hundertprozentig eine Pleite werden würde, wenn der berühmteste Detektiv von ganz England nicht daran teilnähme. Sie war wirklich hübsch und sehr charmant. Und Holmes sagte schließlich zu.

So kam es, dass Sherlock Holmes im Dezember '87, kurz bevor ich meine erste Erzählung über seine Großtaten in Beetons Weihnachtsjahrbuch veröffentlichte, den Weihnachtsmann spielte und unversehens in die Sache mit den verschwundenen Diamanten hineingeriet.

★

Tom Graceley, ein bärtiger Riese, begrüßte uns herzlich, als wir in seinem geräumigen Haus in Chelsea den Salon betraten.

«Die Kinder sitzen beim Teetrinken, und Julia ist bei ihnen und hat ein Auge darauf, dass alles klappt. Hinterher, wenn es die Geschenke gibt, treten Sie auf, Mr. Holmes. Und im Anschluss daran kommen die anderen Eltern, um ihre Kinder wieder abzuholen und um den berühmten Detektiv selbst einmal in Augenschein nehmen zu dürfen. Ah – da ist Monty. Ich nehme an, Sie kennen meinen Schwager noch nicht? Und das da ist sein Teilhaber Van Ryn.»

Monty Shelley sah seiner Schwester sehr ähnlich, aber bei ihm wirkten Mund und Kinn irgendwie schwächlich. Van Ryn war ein dunkelhaariger, düster blickender Holländer, der mir auf den ersten Blick schon unsympathisch war.

«Wie ich sehe, kommen Sie gerade aus den Niederlanden zurück», sagte Holmes.

Der junge Mann schien verblüfft. «Stimmt, wir sind gestern am späten Abend hier eingetroffen, und Tom und Julia haben uns angeboten, bei ihnen zu übernachten. Aber woher wissen Sie das?»

«Von einem Koffer mit einer Schiffsplakette und einem datierten Zollstempel, der in der Diele steht.»

«Verstehe, daraus lässt sich das natürlich ohne Schwierigkeit schließen. Und ich dachte schon, Sie hätten jetzt etwas besonders Kluges geleistet.»

«Reine Beobachtung», antwortete Holmes kalt. «Aber wer ist denn das da?»

Das da war ein kleiner Junge, dessen Arm sich fest im Griff eines gewaltigen weiblichen Drachens befand. «Edward ist ein ganz ungezogener Junge», erklärte sie. «Er hat mit Ruß gespielt. Ich habe ihn gewaschen, aber der Schmutz geht gar nicht ab. Und außerdem wollte er schon seine Geschenke auswickeln. Ich finde, dass er dafür sofort ins Bett gehört.»

«Unsinn», sagte Tom Graceley. «Heute ist sein Geburtstag. Aber sag mal, mein Lieber, wieso bist du eigentlich nicht bei den anderen Kindern? Und überhaupt, wie um alles in der Welt bist du an den Ruß gekommen? – Ach, darf ich bekannt machen: Fräulein Helga, unsere Erzieherin. – Mr. Holmes und Dr. Watson.»

«Der Schornsteinfeger war da, und dabei ist ein kleines Häufchen Ruß liegen geblieben, und Edward hat es gefunden. Er ist immer genau dort, wo er nicht sein soll», sagte Fräulein Helga. «Im Moment sollte er am Tisch beim Tee sitzen.»

Der kleine Junge warf ihr einen wütenden Blick zu. «Ich bekomme eine Eisenbahn. Und ich will jetzt nicht Tee trinken, sondern mit meiner Eisenbahn spielen.»

Sherlock Holmes bückte sich zu ihm und sagte langsam: «Soll ich dir sagen, was du tun musst, damit du deine Eisenbahn bekommst, Edward? Du musst dich jetzt an den Tisch setzen und drei Scheiben Butterbrot essen, dann zwei Marmeladetörtchen und zum Schluss noch ein Stück von deiner Geburtstagstorte. Drei – zwei – eins, kannst du dir das merken?» Sein Gesicht war auf selber Höhe wie Edwards Gesicht. Der kleine Junge nickte gebannt. «Und dann sagst du Abrakadabra, und dann kommt der Weihnachtsmann und bringt dir deine Eisenbahn. Aber jetzt geh erst einmal zu den anderen an den Tisch.»

Ohne ein Wort des Widerspruchs zog Edward ab.

Tom Graceley lachte laut auf. «Sie sind wirklich ein Zauberer, Mr. Holmes. Wissen Sie, unser Edward ist ein wunderbares Kerlchen, aber er kann auch ein ziemlicher Racker sein. So – und jetzt zeige ich Ihnen mein Ankleidezimmer, damit Sie Ihre Verwandlung ins Werk setzen können.»

★

Verwandlung war der richtige Ausdruck. Ich war auf allen möglichen Festivitäten schon jeder Menge Weihnachtsmänner begegnet, aber keiner hätte auch nur annähernd Sherlock Holmes das Wasser reichen können. Aus seinen mageren Wangen waren auf irgendeine Weise schöne rote Apfelbäckchen geworden, sein Hut sah aus, als hätte man ihn gerade erst von Eiszapfen befreit, der ihm bis auf die Brust fallende lange weiße Bart wirkte absolut natürlich, und seine Lederhandschuhe und die hohen Stiefel waren abgetragen und fleckig, als sei er soeben einem Schlitten entstiegen. Zwölf Kinder hörten schlagartig auf zu schnattern, als er zum Weihnachtsbaum marschierte und mit lauter Stimme verkündete: «Ich bin der Weihnachtsmann, und ich habe für jedes Kind Geschenke dabei.»

Die verteilte er dann. Puppen und Teddybären, Spiele, Puzzles und Malsachen. Edward bekam einen großen Globus, den er keines Blickes würdigte, und einen Eisenbahnbaukasten, den er sofort öffnete, um die Einzelteile zusammenzusetzen. Gerade waren die letzten Geschenke übergeben, da wurde die Tür zum Wintergarten, in dem das Kinderfest stattfand, aufgerissen, Monty erschien im Türrahmen und rief: «Unsere Diamanten sind weg. Jemand muss sie gestohlen haben!»

Und hinter ihm stand der düstere Van Ryn und knurrte: «In diesem Haus ist ein Dieb.»

In den folgenden paar Minuten gelang Julia Graceley das kleine Wunder, die Kinder dahin zu bringen, unter den wachsamen Augen von Fräulein Helga mit ihren Geschenken zu spielen, nur Edward bestand darauf, vorher dem Weihnachtsmann erst noch vorführen zu dürfen, dass seine Eisenbahn Türen hatte, die man öffnen konnte, und dass es kleine Kohlestückchen für den Tender gab. Der Weihnachtsmann nahm dies eins nach dem anderen in die Hand und brachte sein Erstaunen zum Ausdruck, dass sie so echt wirkten. Dann, zurück im Salon und wieder ohne Kostüm und Schminke, hörte Holmes sich an, was es mit den verschwundenen Diamanten auf sich hatte.

Es handelte sich um einzelne Steine, die Monty und sein Partner in Amsterdam gekauft und gestern nach ihrer Ankunft für Tom und Julia Gracely auf einem Stück Wollstoff, auf dem man ihr Funkeln und Glänzen besonders gut sehen konnte, zur Ansicht ausgebreitet hatten.

«Augenblick mal», sagte Holmes, «war vielleicht zu diesem Zeitpunkt sonst noch wer im Zimmer?»

«Nein, nur wir vier.»

Van Ryn schüttelte den Kopf. «Diese Erzieherin ist hereingekommen. Sie hatte den Kleinen dabei und beklagte sich darüber, dass sie ihn in ihrem Zimmer gefunden hatte.»

«Ich habe ihm gesagt, dass das nicht lieb war von ihm, aber er ist so neugierig», sagte Julia.

«Wie lange haben Sie diese Erzieherin schon?»

«Ein Vierteljahr erst. Und sie geht auch zum Jahresanfang schon wieder, weil sie mit Edward einfach nicht klarkommt. Hier im Zimmer war sie gestern höchstens ein oder zwei Minuten. Dass sie so etwas getan haben könnte, kann ich mir überhaupt nicht vorstellen.»

«Und was geschah dann?»

Dann, erzählte Monty Shelley, habe er die Diamanten wieder in ihre Sämischledertasche gesteckt und diese hinauf in sein Zimmer getragen und auf die Frisierkommode gelegt. Als er vor ein paar Minuten einen Blick hineingeworfen habe, habe er feststellen müssen, dass sie leer war. Van Ryn und er hätten daraufhin das Haus abgesucht, leider jedoch ohne Erfolg.

«Waren die Diamanten versichert?», wollte Holmes wissen.

Monty schüttelte den Kopf. «Wir hatten eigentlich damit gerechnet, sie schnell wieder absetzen zu können. Von daher ist es ein ziemlich großer Verlust für uns.»

Wie ich sagte, hatte Montys Firma einen recht zweifelhaften Ruf, und ich muss gestehen, dass mein erster Gedanke auch gewesen war, man habe hier einen ‹Diebstahl› arrangiert, um die Versicherungssumme zu kassieren. Da dies nun aber offensichtlich nicht zutraf, war ich mir sicher, dass der schurkenhafte Van Ryn die Diamanten geklaut hatte. Dies sagte ich auch zu Holmes, als die anderen zur Geburtstagsfeier zurückgekehrt waren und wir wieder allein waren.

«Sie urteilen nach dem Aussehen, Watson, das ist ein Fehler, den viele machen. Aber welchen Grund sollte Van Ryn haben, seinen Geschäftspartner zu bestehlen, und ausgerechnet noch unter solch ungünstigen Bedingungen?»

«Dann muss es die Erzieherin gewesen sein.»

«Das meinen Sie doch nicht im Ernst, Watson. Wie könnte die Erzieherin denn solche einzelnen Diamanten wieder loswerden?»

«Aber sonst hat niemand die Diamanten gesehen. Das heißt, es bleiben eigentlich nur noch die Graceleys, die infrage kämen. Und die wollen Sie doch sicher nicht verdächtigen.»

«Wünsche und Motive von Menschen können seltsam und abwegig sein. Wäre es vielleicht möglich, dass Mrs. Graceley …?», brütete er mit gesenktem Kopf laut vor sich hin. «Irgendwie muss da noch etwas sein, was mir bislang entgangen ist.»

«Vielleicht kennt ja die Erzieherin jemanden, der mit Diamantenhandel zu tun hat.»

«Allerdings hätte sie dann, obwohl ihr klar war, dass man sie dabei überraschen konnte, in das Zimmer von Monty Shelley hineingehen müssen.» Er brach ab. Sein Gesicht spiegelte Erleichterung. «Watson, ich glaube, Sie haben es erfasst.»

«Ich?» Ich starrte ihn verständnislos an.

«Ihre Mutmaßungen sind immer sehr wertvoll, Watson. Wer kann wohl, ohne Aufsehen zu erregen, Monty Shelleys Zimmer betreten?»

Ich schwamm völlig. «Tom Graceley, als Gastgeber, denke ich, oder jemand von den Hausangestellten. Aber worum geht es denn, Holmes?» Sherlock Holmes stand da, hatte die Finger seiner Hand gespreizt und betrachtete sie. Die Fingerspitzen waren allesamt etwas dunkel verfärbt. «Sie sind schmutzig, Watson, schmutzig», rief er. «Begreifen Sie denn nicht, dass das der Beweis ist? Jetzt müssen wir schnell sein, sonst gibt es Ärger.»

Tatsächlich wurden vom Wintergarten her Stimmen laut, so laut, dass einige Kinder bereits aufgehört hatten zu spielen. Edward allerdings war noch immer mit seiner Lok beschäftigt, die, den Tender und vier Wagen hinter sich herziehend, über ihre Schienen durch einen Tunnel hindurch und eine Steigung hinauf sauste.

Mit hochrotem Kopf schrie der Holländer Tom Graceley an. «Jemand aus diesem Haus hat unsere Diamanten gestohlen.»

«Heißt das etwa, Sie beschuldigen mich? Oder gar meine Frau?» Graceley wollte gerade Van Ryn an der Schulter packen, da trat Holmes dazwischen.

«Gentlemen, es besteht kein Anlass für derartige Auseinandersetzungen. Die Diamanten sind nicht gestohlen worden.»

«Ach?», schnaubte Van Ryn. «Ich nehme an, Sie haben sie gefunden?»

«Ich glaube schon. Die Frage war, wer wohl zu Mr. Shelley ins Zimmer gehen konnte, ohne Aufmerksamkeit zu erregen.» Dabei schaute er auf den über seine Eisenbahnschienen gebeugten Jungen.

«Edward.» Seine Mutter hielt sich erschrocken die Hand vor den Mund.

«Richtig, Edward, der überall herumspaziert, sogar im Zimmer seiner Erzieherin. Edward, der wusste, dass er zum Geburtstag eine Eisenbahn geschenkt bekommen würde. Edward, der im Salon war und etwas auf dem Tisch sah, was er für kleine Glasscherben hielt. Edward, der mit Ruß gespielt hatte und fand, es wäre lustig, die kleinen Scherben damit einzureiben. Als ich feststellte, dass ein wenig von diesem Ruß auf meine Fingerspitzen abgefärbt hatte, war mir klar, wo die Diamanten sich befinden.»

«Und wo um alles in der Welt ist das?», rief Tom Graceley.

Holmes ging hinüber zu Edward und sagte freundlich zu ihm: «Du hast ziemlich viele Kohlen in diesem Tender. Kann ich mir die einmal ansehen?» Er hob den Tender aus der Spur, kippte die Kohlen in seine Hand und rieb zwei oder drei davon an seinem Jackett ab. Als der Kohlenstaub abgegangen war, schien das Funkeln der Edelsteine den ganzen Raum heller werden zu lassen.

«Ladies and Gentlemen, da sind sie: die verschwundenen Diamanten.»

Deutsch von Elfi Hartenstein

Norbert Klugmann

Zwei Croissants, zwei Mohn

Er war mir gleich aufgefallen. Wenn keine Kunden am Wagen stehen, lässt man den Blick frei, das ist ganz natürlich. Er trug ein altmodisches Einkaufsnetz. Kaum jemand tut das heute noch, schon gar nicht Männer. Er kam von rechts, wo die meisten Gemüsestände und die Türkenläden stehen. Sein Netz war prall gefüllt, oben lagen die Porreestangen. Oder Lauch, ich weiß das nie genau. Eine Stange rutschte heraus, außer mir sah es niemand, die Menschen sind so oberflächlich. Natürlich rief ich sofort, das ist meine Pflicht. Er drehte sich um, ich sah sein Gesicht und fand nicht gleich die richtigen Worte. Die Frau im Staubmantel deutete mit ihrem hässlichen Stockschirm auf das Gemüse am Boden. Er hob es auf, lächelte sie an, bedankte sich bei ihr. Aber sie hatte nicht gerufen. So fing es mit uns an.

Er kam samstags. Jeden Samstag. Zwischen neun Uhr dreißig und zehn Uhr fünfundvierzig. Ich mag zuverlässige Männer, ich selbst bin auch zuverlässig. Unpünktlichkeit bringt alles ins Wanken. Er kam stets von links und ging an mir vorbei, meinen Wagen erreicht man nach drei Vierteln des Markts, wenn man ihn beim Haupteingang betritt. Er blieb nie länger als zehn Minuten rechts, dann kam er zurück. Zu mir. Ich weiß nicht, woran es liegt, aber ich habe es nie geschafft, meinen Kunden beizubringen, dass sie sich rechts anstellen sollen. Vielleicht liegt es an unserer modernen Zeit. Die Menschen drängeln, selbst am Samstag, wo sie doch nicht arbeiten müssen und alles langsamer angehen lassen könnten. Manche schlagen um sich, wenn es ihnen in der Menge zwischen den Ständen zu langsam vorangeht.

Er hat nie gedrängelt. Ich mochte alles an ihm, aber besonders möchte ich die Art, wie er sich bewegte. Er schlenderte, als ob er alle Zeit der Welt besäße. Dabei war ja offensichtlich, dass ihn sein Beruf voll in Anspruch nahm. Männer wie er sind es, die dafür sorgen, dass sich die Räder bewegen. Aber ohne Frauen wie mich hätte er samstags keine Backwaren auf dem Tisch gehabt.

An unserem ersten Samstag trat er an meinen Stand heran, und ich nahm ihn natürlich zuerst und fragte nach seinem Wunsch. Er sagte: «Zwei Croissants, zwei Mohn», und ich begann zu zittern. Er besaß die Stimme, von der ich manchmal träumte. Vor diesem Samstag hatte ich es ja noch nötig gehabt zu träumen.

Ich lächelte ihn an, er lächelte mich an, in der Warteschlange fauchte eine Frau. Angeblich war sie zuerst da gewesen. Er wollte der Person tatsächlich die Ehre einer Entgegnung antun, aber ich war schneller und sagte: «Wenn es Ihnen nicht passt, kaufen Sie doch woanders ein.» Die Person rauschte ab, ich sah sie nie wieder an meinem Stand. Noch Wochen später warf sie mir beim Vorbeigehen einen Blick zu, aber meistens bemühte sie sich, so zu tun, als würde sie meinen Wagen nicht wahrnehmen. Mir tut jeder Bäcker Leid, der von solchen Leuten Geld nimmt.

Ich packte ihm zwei Croissants und zwei Mohnbrötchen in die Tüte. Meine Hände zitterten, aber das bemerkte niemand, die Kunden stehen ja tiefer als ich. Dann fragte ich ihn, ob ich sonst noch etwas für ihn tun könnte. Er legte ein Geldstück auf die Glasplatte. Ich tat so, als würde ich es in die Kasse werfen, aber in Wirklichkeit legte ich es auf die Resopalplatte daneben.

Als er mich verließ, schaute ich ihm so lange hinterher, wie es mir aus meinem engen Wagen heraus möglich ist. Ich weiß nicht mehr, wie ich den Markt an jenem Samstag hinter mich gebracht habe, weiß auch nicht, wie ich den Wagen zugemacht habe und nach Hause gekommen bin. Möglicherweise half mir Dagmar dabei, auch bei der Abrechnung.

Montags habe ich frei. Dienstags, mittwochs, am Donnerstag und Freitag stehe ich auf anderen Wochenmärkten. Ich habe diese Standorte nie besonders gemocht. Die Reichen in Blankenese ernähren sich wie Vieh; in Schnelsen mögen sie nur Supermärkte. Eimsbüttel dagegen funktioniert, Eimsbüttel bringt ein Drittel des Umsatzes.

Ich brachte die Tage irgendwie hinter mich. Dann war wieder Samstag. Er kam von links, ging nach rechts und kehrte zu mir zurück. Es war, als hätte er dort rechts im Unsichtbaren geprüft, was die Welt sonst noch für ihn bereit hielt. Aber er musste zu mir zurückkehren. An unserem zweiten Samstag geriet er in die Schlange. Ich weiß noch, dass mir dies anfangs nicht recht war. Er war nicht auf der Welt, um mit Hausfrauen und einkaufenden Lehrern in Schlangen zu stehen. Ich konnte ihn dort – eingezwängt von Mittelmaß – schlecht bevorzugen, ein Aufstand der Kleingeister wäre die Folge gewesen. Aber ich erkannte schnell den Vorteil, den mir die unerwartete Position bescherte.

Ich konnte ihm nämlich ins Gesicht schauen. Zwei Kunden lang hatte ich ihn ganz für mich allein. Dem ersten gab ich zu wenig Wechselgeld heraus, und als er sein Gefieder sträubte, gab ich ihm sein Geld und ein Franzbrötchen dazu. Ich wusste schon vorher, dass er es annehmen würde.

Dann riss ich mich zusammen, warf ihm immer nur einen kurzen Blick zu und widmete mich den Broten, Brötchen und dem Gebäck. Eine Woche lang hatte ich sein Gesicht mit mir getragen. Braune Augen, die aussahen, als wären sie nicht ganz bei der Sache; schwarze Haare, nicht dunkelbraun, sondern schwarz, an den Schläfen der Schimmer, den sich ein Mann erworben haben muss, bevor er gut ist. Seine Haut war gebräunt, von der Sonne und nicht von Kunstlicht. Er hatte trockene Haut, bestimmt musste er sich nach dem Rasieren pflegendes Wasser auf Wangen und Hals tun. Sein Gesicht war schlank, sein Hals sehnig. Die Brauen nicht zu stark und nicht fadenscheinig, die Haut unter den Augen natürlich dünner, aber nicht so, dass es verlebt wirkte oder so, als wäre er erholungsbedürftig. Das Spiel seiner Nüstern prägte sich mir für alle Tage ein. Als er sagte: «Zwei Croissants, zwei Mohn», blickte ich auf seinen Mund. Die Lippen waren energisch, die Zähne eine Pracht.

An unserem zweiten Samstag nahm ich das Geldstück nicht gleich von der Glasplatte. Er wurde unsicher, ergriff mit der linken Hand die Münze und fragte mich, ob etwas damit nicht in Ordnung wäre. Ich lächelte nur, Männer können ja so dumm sein. Aber auf diese Weise kam ich ein weiteres Mal in die Gnade, seine Hände zu sehen. Diese Hände.

Seine Hände führten mich über die Woche auf den Samstag zu. «Zwei Croissants, zwei Mohn», sagte ich und legte die Tüte auf die Glasplatte. Er zögerte, einen winzigen Moment nur, aber ich erschrak tief. Als ich die Tüte wieder an mich nahm, war mein Hals dunkelrot angelaufen. Ich kannte das seit meiner Kindheit. Blitzschnell schoss seine Hand nach vorn und entwand mir zart die Tüte. Ich gab sie freiwillig her, sonst hätte er sie nicht bekommen.

Es dauerte 14 Tage, bis ich den Vorfall verwunden hatte. Ich war voreilig gewesen, das verzieh ich mir nicht. Ich hatte im Lauf der Jahre mehr als einen Kunden erlebt, der darauf bestanden hatte, dass die Ware vor seinen Augen eingepackt wurde. Als ob ich versuchen würde, ihnen Altbackenes unterzujubeln! Ich! Ich war nicht aus Zufall Konditorin und Bäckerin geworden. Ich machte mir Gedanken über das, was der Mensch isst. Und die Vorstellung, dass er mir vielleicht eine Sekunde unterstellt hatte … Ich wollte nicht darüber nachdenken. Ich wollte nicht darüber nachdenken.

Jede Woche hat einen Samstag. 41 Jahre hatte mir das gereicht, jetzt war es viel zu wenig. Dagmar, die mir morgens und mittags beim Auf- und Abbauen hilft, sah mich erst an und sagte dann auf ihre vorlaute, kategorische Art: «Du hast was Falsches gegessen.» Ich erwiderte darauf nichts, ich wartete auf Samstag.

Zwei Croissants, zwei Mohn, er lebte also allein. Alles war möglich. Junggesellen planen im Voraus, er verzehrt am Samstag ein verspätetes oder zweites Frühstück, wenn er vom Markt nach Hause zurückkehrt. Er isst sonntags, da schläft er länger. Ein Mann wie er verbringt den Samstagabend nicht vor dem Fernsehgerät. Und er frühstückt am Montag. Meine Croissants und Mohnbrötchen gaben ihm drei Tage hintereinander Freude. Meine Arbeit hatte einen Sinn.

In der Woche nach unserer elften Begegnung beschloss ich, dass wir künftig auch donnerstags auf diesen Markt gehen würden. Dagmar protestierte, und als ich sie nicht beachtete, verpetzte sie mich beim Chef. Er fing mich vor der Haustür ab und wollte mir meinen Plan erst ausreden, danach untersagte er mir einen Wechsel der Standorte. Ich versuchte es erst im Guten, weil ich keine vorschnelle Zuspitzung der Ereignisse mag. Als das nichts half, blieb ich zu Hause und stellte das Telefon ab. Aber vorher sorgte ich dafür, dass die beiden Frauen, die mich manchmal vertraten, diesmal dazu keine Zeit fanden.

Vier Tage später hatte ich meinen Job wieder, außerdem die Erlaubnis, künftig donnerstags auf dem Samstag-Markt zu stehen.

Schon bei der Premiere wusste ich, dass sich der viele Ärger gelohnt hatte, obwohl er an diesem Donnerstag nicht kam. Aber bis Samstag war es ein Katzensprung. Er ging nach rechts, kehrte zurück, und ich erschrak. Er war dabei, krank zu werden. Nein, er war bereits krank, kein Zweifel, seine Augen, die sonst so funkelten, waren matt, auf seiner Stirn entdeckte ich Schweißperlen. Ein Zeichen der Auflösung bei diesem sonst so kultivierten Mann, der selbst in seiner lässigen Freizeitkleidung mehr Charisma besaß als die eleganten Männer im Fernsehen. Ich war so erschrocken, dass ich ihn beinahe angesprochen hätte. Im letzten Moment sagte er: «Zwei Croissants, zwei Mohn.»

Beim Einpacken musste ich mich umdrehen, so sehr zitterten meine Hände. Ich war ihm dankbar, dass wenigstens er vernünftig blieb.

Am Donnerstag kam er nicht, am Samstag auch nicht. Die Ungewissheit fraß mich auf. Ein kleines Zeichen hätte doch genügt, aber er ließ mich unwissend. Ich durchlitt das Wochenende. Beinahe wäre ich ins Kino gegangen, das hatte ich seit Jahren nicht mehr getan.

Er kam auch am folgenden Donnerstag nicht. Dabei hatte er doch meinen Zettel am Wagen gesehen, ich hatte jedem Kunden einen Informationszettel in die Hand gedrückt. Die Krankheit, etwas zwang ihn ins Bett, und ich konnte nicht helfen, war zur Passivität verdammt. In diesen Tagen, in denen alles Schreckliche möglich schien, probierte ich neue Rezepte aus. Ich darf mich meiner Kekse rühmen und in aller Bescheidenheit anmerken, dass mir ein Ehepaar, das seit Jahren nur bei mir kauft, am Stand vor allen Leuten für meine Kekse Beifall geklatscht hat. Wenn ich daran denke, spüre ich noch heute das Glühen auf dem Hals.

Ich backte einen Glückskuchen ganz allein für ihn. Und als ich es nicht mehr aushielt, trank ich zwei Gläser Sherry, was ich sonst nie mache. Danach aß ich den Glückskuchen auf.

Er fehlte eine weitere Woche. Mir unterliefen dumme Fehler am laufenden Band. Ich verachtete mich dafür. Mein Leben lang hatte ich gegen Schwächen angekämpft. Gerade jetzt war der falscheste Zeitpunkt, um damit anzufangen. Er war nicht der Mann, der bei einer Frau am Bettrand sitzen würde, um ihre fiebrige Hand zu halten. Er war in der Welt zu Hause. Er stellte Ansprüche, und ich hatte es in der Hand, sie zu erfüllen. Ich war kein junges Mädchen mehr, dieser Zustand bot viel mehr Vor- als Nachteile. Ich musste stark bleiben oder wieder stark werden. Alles war so einfach: Ich musste bereit sein. Bereit für ihn. Er würde wiederkommen. Und er kam wieder, am nächsten Samstag. Er kam von links, ging nach rechts, kehrte zurück, ich spürte, wie meine Augen feucht wurden. «Zwei Croissants, zwei Mohn.» Aber vorher dieses Lächeln. Ich zwang meiner Atmung meinen Willen auf und blickte ihn an. Natürlich lächelte ich nicht, aber an diesem Samstag besiegelten wir unseren Pakt.

In den folgenden Wochen konnte ich endlich die Frage beantworten, warum ich lebe. Leider kam er nie am Donnerstag, damit muss man rechnen bei Männern, die Verantwortung tragen. Ich war nur kurze Zeit enttäuscht, dann war mir klar: Hätte er auch donnerstags vor meinem Wagen gestanden, wäre ich um unangenehme Fragen nicht herumgekommen. Denn was soll man halten von Männern, denen es ihr Beruf ermöglicht, mitten in der Woche vormittags auf den Markt zu gehen? Künstler sind so und Rentner. Oder Arbeitslose. Er und arbeitslos – ich lächelte über die abwegige Verbindung dieser beiden Welten. Man müsste ernsthaft um dieses Land fürchten, wenn es sich leisten würde, so einen Mann ins Abseits zu schicken.

Aber samstags kam er, jeden Samstag bis in den Juli hinein. Wir zelebrierten unsere Festtage, und einer war schöner als der vorige. Wir waren so vertraut miteinander, dass wir unsere private Sprache besaßen, in der nur wir redeten, die nur wir verstanden und außer uns niemand auf der Welt. «Zwei Croissants, zwei Mohn.» Kein Wort mehr. Alles, was sonst noch gesagt werden konnte, fühlten wir ja. Wir mussten nicht viele Worte machen, wir hatten, was uns verband, auf das Notwendige eingekocht. «Zwei Croissants, zwei Mohn.» Er gab sein Schicksal in meine Hand, und ich tat, was ich konnte, um ihn nicht zu enttäuschen.

Wenn er an meinen Wagen trat, begann der Tag und endete gleichzeitig. Auf diesen Augenblick lebte ich sieben Tage hin, von diesem Augenblick zehrte ich sieben Tage lang. Außer um diesen Augenblick musste ich mich um nichts kümmern, denn nichts sonst zählte. Mein Leben bot mir nicht viele Ablenkungen, einem Außenstehenden würde es möglicherweise eintönig vorkommen. Ich hatte gelernt, mit törichten Bemerkungen über die Art meiner Lebensführung zu leben, denn ich schied seit vielen Jahren das Wichtige von dem, was wertlos ist. Ich habe es nicht immer leicht gehabt im Leben. Aber ich gebe freimütig zu, dass ich es auch meinen Mitmenschen nicht immer leicht mache. Das liegt daran, dass ich nicht nur weiß, was ich will. Ich weiß auch, was ich nicht an mich heranlasse. Ich nehme die Verantwortung für mich wahr. Ich verabscheue Frauen, die in Ehen und anderen festen Beziehungen ihren Verstand abgeben. Das ist mir einmal im Leben widerfahren, und dafür musste ich teuer bezahlen. Einen Fehler hat der Mensch gut, zumal wenn er jung ist und ein leichtes Opfer für Schufte. Der zweite Fehler wäre unentschuldbar. Ich bin nicht auf der Erde, um die Achtung vor mir zu verlieren. Diese Lektion haben einige Männer lernen müssen, ich erinnere mich noch gut an ihre verdatterten Gesichter. In den letzten Jahren habe ich mir solche deprimierenden Erfahrungen erspart. Distanz schafft Freiheit zum Atmen. Ich atme gern frei, ich kann mich auch sehr gut mit mir selbst beschäftigen. Das meine ich durchaus so umfassend, wie es sich anhört.

Eine Frau in meinem Alter wählt sorgfältig aus, wem sie sich vertrauensvoll hingibt. Ich gehe auch nicht zum erstbesten Zahnarzt. Und ich halte 18 Jahre durchaus nicht für eine zu lange Zeit des Wartens, obwohl mir bewusst ist, dass einige meiner Freundinnen darüber anders denken. Ich habe damals mit einem lustigen Wortspiel darauf reagiert: Was haben Freundschaften und Zeitschriftenabonnements miteinander gemeinsam? Man kann beide kündigen.

Dann kam der Tag, an dem er nicht allein war. Ich hatte den anderen Mann nie gesehen, beide waren vertraut miteinander. Einen schrecklichen Moment befürchtete ich, dass sie ineinander verliebt sein könnten. Aber als er dann vor meinem Wagen stand, wusste ich, dass mir der Schreck einen Streich gespielt hatte. Ein Mann, der mich so anblickte, liebte keine Männer. Uns drohte keine Gefahr. «Zwei Croissants, zwei Mohn.» Ich mag es, wenn das Gleichgewicht erhalten bleibt.

Als er Ende Juli fortblieb, war ich nicht beunruhigt. Wir Marktleute wissen aus Erfahrung, dass viele Kunden in den Zeiten der Sommerferien verreisen. Ich kenne Kollegen, die in diesen Wochen ihre Stände schließen. Ich bin nicht so. Es bleiben immer noch genug Menschen zu Hause, sie haben ein Anrecht darauf, ihre gewohnten Wege absolvieren zu können. Natürlich gönnte ich ihm seinen Urlaub. Ein Mann, der so hart arbeitete, musste von Zeit zu Zeit entspannen. Wer so viel Verantwortung für Menschen und Geld trug, war ständig in Gefahr, vorzeitig zu altern. Außerdem ruhte er sich nicht nur für sich aus. Das wusste ich ja, und er wusste, dass ich es wusste. Wir waren uns doch lange vorher darüber einig gewesen, dass er tun musste, was für ihn das Beste war. Ich gönnte ihm jedes schöne Urlaubserlebnis. Ich selbst reise nicht gern, und irgendwann ist der Zeitpunkt vorüber, an dem man noch damit anfangen kann, Stützpfeiler seines Lebens wegzuschlagen.

Leider hatte der Flegel nur auf die Gelegenheit gewartet. Am ersten Samstag unseres Urlaubs stand er vor dem Wagen. Ich sah durch ihn hindurch, auf weitergehende Maßnahmen verzichtete ich einstweilen, denn es waren Kunden am Wagen. Der Flegel tat anfangs so, als würde er einkaufen wollen. An seiner Bestellung der Kekse erkannte ich, dass er nicht zum ersten Mal bei mir war. Er tat so lange leutselig, bis ich schon dachte, der Kelch würde an mir vorbeigehen. Erst als er bezahlt hatte, ließ er die Maske fallen und machte mir dieses Angebot. Zufälligerweise war Dagmar im Wagen. Ich sah den Flegel nur an, er versuchte es erneut, sodass ich das Wort an ihn richten musste. Danach zog er sich zurück, wie sich noch jeder Mann zurückgezogen hatte. Dagmar schaute mich an, aber sie verzichtete auf jede Kommentierung. Ich wusste aus Erfahrung, dass ihr das nicht leicht fiel.

Ich hatte mich zu früh gefreut, am Donnerstag war der Flegel wieder da. Ich sah erst nur seinen Rücken, er kaufte drüben Blumen ein. Wer Blumen mag, kann kein ganz schlechter Mensch sein. Es war ein bunter Strauß, sehr herbstlich. Der Herbst ist mir die liebste Jahreszeit. Dann kam er an meinen

Wagen und reichte mir die Astern. Dazu lächelte er wie ein Mann. Ich sagte ihm, was ich davon hielt, aber der unverschämte Mensch entfernte die Astern nicht aus meinem Lebensraum. Im Gegenteil: Er wiederholte die Einladung von Samstag und entschuldigte sich, falls er beim ersten Versuch nicht die richtigen Worte oder den richtigen Ton getroffen haben sollte. Ich hätte ihm jetzt sagen müssen, dass es weder um die Worte, auch nicht um den Ton oder die Blumen ging. Es ging um den Mann. Ich wollte es ihm ersparen, er hätte sich nur zurückziehen müssen. Aber er ließ mir keine Wahl, gurrte immer weiter, und nur, weil schon die ersten Marktbesucher stehen blieben, sagte ich es ihm dann doch auf den Kopf zu.

«Eine Ladung Pfeffer in die Visage», sagte Dagmar und legte mir tröstend einen Arm um die Schultern. Sie zog die Schublade auf, in der wir seit dem Überfall vor zwei Jahren Reizgas und andere frei verkäufliche Waffen für den Notfall liegen haben. Die nicht frei verkäufliche Waffe lag auch immer noch dort. Mein Chef ist Mitglied im Schützenverein am Stadtrand. Er hatte es damals gut gemeint, aber ich hatte ihn mehrfach aufgefordert, dieses schreckliche Ding aus dem Wagen zu entfernen. Er war nie dazu gekommen.

Die Blumen des Flegels ließ ich bis zum Marktende liegen und schenkte sie dann einer der armen Frauen, die in den Resten der Obst- und Gemüsestände herumstöbern.

Nie sind mir drei Wochen so lang vorgekommen. Ich weiß, wovon ich rede, denn ich bin berühmt für mein Gedächtnis. Mein einziger Verbündeter war die Zeit. Die Zeit ist wie ich, wir gehen beide nur Schritt für Schritt. Aber wir gehen immer vorwärts.

Dann war der Samstag da. Er kam von links, verschwand nicht nach rechts und stand gleich vor meinem Wagen. Ich spürte die Veränderung, man konnte sie mit den Händen greifen. Mein Herz tat einen Extrasprung, ich fühlte es im Hals. Ich kannte die Zeichen, eine Katastrophe bahnte sich an, und ich konnte nichts tun, um sie zu verhindern. Dann sagte er: «Zwei Croissants, zwei Mohn.» Ich schützte plötzliches Unwohlsein vor, übergab an Dagmar und floh aus dem Wagen. Ich vergaß, dass es erst zwei Stufen abwärts geht, und wäre beinahe gestürzt. Am Kanal stehend, verfolgte ich das Schwanenpaar mit seinen Jungen. Vier waren grau, eins, das weiße, fiel aus der Rolle. Es sollte sich bloß vorsehen im späteren Leben. Ich sah die Schwäne nicht richtig, die Tränen verschleierten meinen Blick. Ich zwang mich, tief ein- und auszuatmen, und ging einige Schritte am Wasser entlang. Es war kühl für August, aber die eisige Kälte in mir kam nicht vom Wetter.

Als Dagmar mich nachmittags zu Hause besuchte, erzählte sie von ihm. Sie stellte Verbindungen zwischen ihm und mir her, die sie unmöglich wissen konnte. Ich untersagte ihr solche wilden Spekulationen, aber Dagmar war unverschämt, immer gewesen. Ich erwähne nicht, dass sie ihn gut aussehend fand, ich erwähne ja auch nicht, dass es morgens hell wird.

Ich erholte mich schnell, weil es einen Grund dafür gab, wieder auf die Beine zu kommen. Am Donnerstag stand ich im Wagen und wartete. Als er vor mir stand, wurde mir bewusst, dass ich alles vorher gewusst hatte. «Zwei Croissants, zwei Mohn. Schön, dass Sie sich wieder erholt haben.» Ich gab ihm vor Aufregung falsch heraus, und als ich mich korrigieren wollte, wurde alles noch viel falscher. Da lachte er laut, zum ersten Mal. Bisher war nur diese stille Freundlichkeit zwischen uns gewesen, die mir das Leben so federleicht machte. Jetzt schwang ich mich in einer Sekunde himmelhoch empor und kam nicht mehr herunter.

Nun begann unsere schönste Zeit. Nicht, dass er ein weiteres Mal am Donnerstag gekommen wäre. Aber wir hatten uns ja am Samstag, und in der Zeit dazwischen musste ich nur die Augen schließen, und alles erstand vor mir. Wir unternahmen jeden Tag etwas gemeinsam. Mit keinem anderen Mann war ich so weit herumgekommen in der Welt, und mich reute keine Sekunde. Wenn ich morgens den Markt ansteuerte, spürte ich noch auf der Haut, was mir der Abend beschert hatte. Und die Nacht natürlich. Ich war ja eine Frau, ich war ja zu erobern. Ich hatte kein Jahr meines Lebens verloren, ich hatte kein Jahr meines Lebens verloren, niemand durfte das behaupten. Ich war nur nicht so wie die anderen, meine Art passte nicht so gut in diese Zeit wie die der vielen leichtlebigen anderen. Ich passte nur zu wenigen und sicherlich zu ihm. Das Geld, mit dem er bei unserer ersten Begegnung gezahlt hatte, trug ich stets bei mir. Ich hatte die Münze auf eine Kette ziehen lassen, die ich Tag und Nacht um den Hals trug.

Er sagte mir nie, wie viel ich ihm bedeutete. Er sagte nur: «Zwei Croissants, zwei Mohn», und ich konnte mir alles übersetzen. Ein Wörterbuch war dünner als dieser Satz. In der Zeit bis Weihnachten wuchsen wir eng zusammen. Er kaufte sein Brot immer noch nicht bei mir und verschmähte meine berühmten Kekse, um die sich andere Kunden balgten. Aber ich gönnte ihm diese kleine Distanz von Herzen. Ich wollte ihn schließlich nicht erdrücken, ein Mann braucht Raum um sich herum. Ich hatte mir vor Jahren geschworen, nie wieder die kritische Distanz eines Menschen zu durchbrechen. Wir können einander nicht Freund sein, wenn wir uns zu nahe sind.

Samstag für Samstag festigten wir unser Band. Um uns herum nichts als banaler Alltag, den wir kilometerweit unter uns ließen. Die Sorgen der Menschen kamen mir so mikroskopisch klein vor. Ich verspottete sie nicht, zu manch einem von ihnen hatte ich im Lauf der Jahre ein Verhältnis entwickelt, das weit über den normalen Kontakt mit Kunden hinausgeht. Aber sie klebten am Erdboden fest, sie nahmen alles eins zu eins, für sie war der Gipfel des Muts erreicht, wenn sie nach einem Leben mit pappigen Franzbrötchen meine Vollkorn-Franzbrötchen probierten. Sie gingen von ihren Wohnungen auf den Wochenmarkt und danach zurück nach Hause. Sie waren schwer und setzten immer einen Fuß vor den anderen. Sie trugen Popeline und lehnten sich nicht auf. Sie waren so genügsam und ahnten nicht einmal, wie es anders gehen könnte. Ich wusste es, ich kannte die Formel des Glücks. «Zwei Croissants, zwei Mohn.»

Ich zog mich schön an, um ihm zu gefallen. Aber ich gefiel mir auch selbst besser als in den grauen Jahren, die hinter mir lagen. In diesen Wochen probierte ich mit großer Freude neue Rezepte aus und gewann mehr als zwei Dutzend neue feste Kunden. Auf dem Wochenmarkt ist die Schlange vor dem Wagen die beste Reklame. Neue Besucher orientieren sich daran. An meinem Wagen riss die Schlange nicht ab. Mehr als ein Kunde sprach mir vor Zeugen ein Lob aus, das freute mich natürlich sehr. Noch war ja nicht abzusehen, wann ich den Wagen zum letzten Mal auf den Hof der Bäckerei fahren würde. Aber der Tag rückte unaufhaltsam näher. Ich war mit Leib und Seele Konditorin und Bäckerin. Mir bedeutete es etwas, Produkte herzustellen, mit denen ich den Menschen Gesundheit und Genuss bescheren konnte. Mehr als mein halbes Leben hatte ich dieser Leidenschaft gewidmet. Ich gehörte bestimmt nicht zu den unnützen Gliedern der Gesellschaft. Aber es gab noch mehr im Leben, und wer die Kraft aufbrachte, in Demut auf die große Lösung zu warten, hatte die Chance, eines Tages reich belohnt zu werden. Vielleicht zu Weihnachten.

Der Herbst kam in diesem Jahr früh. Wir genossen gemeinsam die mildwarmen, stillen Samstage. Mitte Oktober rührte er mich zu Tränen, plötzlich stand er vor meinem Wagen, und bevor sie aneinander das Wort gerichtet hatten, wusste ich schon, dass die Frau neben ihm seine Mutter war. Nur Müttern gegenüber sind Männer so. Er stellte mich ihr nicht vor, es waren auch gerade so viele Kunden dabei. «Vier Croissants, zwei Mohn.» Wir lächelten uns schelmisch an. Es tat so gut, miteinander ein Geheimnis zu haben.

Als es kälter wurde und ungemütlicher, wurden meine Kunden unter ihren Regenschirmen unsichtbar. Mein Mann trug Trench und einen Hut mit breiter Krempe, von dem das Wasser tropfte. Er sah verwegen darunter aus. Mein Herz schlug ja schon schneller, wenn ich nur an ihn dachte. Aber wenn ich ihn leibhaftig sah, geriet es außer Rand und Band. Nie hatte ich so gern gelebt wie an diesen Samstagen. Natürlich sprach mich Dagmar mit ihrem vorlauten Mundwerk an. «Du bist ja wie ausgewechselt.» Aber Dagmar musste lernen, dass die Zeit vorüber war, in der ich meine Gefühle mit ihr teilte. Besser, sie fing gleich damit an.

Endlich kam die Adventszeit. Den Anfang macht immer der Stand gegenüber. Er bietet im Dezember nur Weihnachtssterne an: rote, rosafarbige und weiße, der Verkäufer steht in einem Meer von Weihnachtssternen. Mir hat Weihnachten immer viel bedeutet, bei uns zu Hause war es das schönste, warmherzigste Fest. Seitdem ich allein bin, habe ich es mir im Dezember immer besonders gemütlich gemacht, verwöhnt habe ich mich. Wenn man allein lebt, muss man aufpassen, dass man ein Gefühl für das behält, was wertvoll ist. In diesem Jahr hatte ich doppelt so viele Gründe, meine Wohnung zu schmücken. Überall roch es betörend nach Tannenzweigen und ihrem Harz. Die Kerzen dufteten auch, wenn sie nicht brannten, denn ich nehme nur die aus echtem Bienenwachs. In den Zweigen hingen meine alten Engel, die ich geerbt habe, und weil man sich nicht schämen muss, wenn man einmal im Jahr wieder zum Kind wird, holte ich in jedem Jahr mein Lieblingsspielzeug vom Dachboden, damit die schönen Erinnerungen angezündet wurden.

Ich dachte nicht viel darüber nach, was er mögen könnte und was nicht. Ich wollte mich einfach so geben, wie ich war. Zweieinhalb Zimmer boten nicht viel Platz, aber für eine Liebeslaube hätte auch die Hälfte gereicht.

Die Adventszeit ist die hohe Zeit der Kekse. Zwar backen viele Menschen noch selbst, aber insgesamt lässt das nach. Das habe ich über die Jahre bemerkt. Die Leute sind einem dankbar, wenn man ihnen hilft, sich an die herrlich duftende Vergangenheit zu erinnern. Im Dezember stehe ich viel in der Backstube. In diesem Jahr sprachen mich mehrere Gesellen an. «Was hört man denn da? Du wanderst auf deine alten Tage noch auf Freiersfüßen?» Ich stopfte Kekse in die frechen Mäuler, mit meinen männlichen Kollegen habe ich nie Probleme gehabt.

Dann schneite es auch noch, Mitte des Monats. Das ist bei uns im Norden nicht die Regel, und weil wir Frost hatten, verwandelte sich die Pracht nicht gleich in grauen Matsch, sondern überzuckerte die Welt. Ich spürte, wie gerührt die Menschen waren, wenn das Einfache nach langer Zeit zu ihnen zurückkehrt. Ich bedurfte keines Anstoßes von außen, um glänzende Augen zu haben. Aber natürlich ließ mich der Schnee nicht unberührt, denn er passte so wunderschön zu meiner Stimmung. Die Bescherung stand ja bevor, wir würden alle wieder Kinder werden, aber nicht kindlich. Das ist ein Unterschied, der mir viel bedeutet.

Natürlich wünschte ich mir, dass er mir etwas schenken möge. Ich hatte kein Anrecht darauf, und ich wäre nicht traurig gewesen, wenn er es nicht getan hätte. Ich wünschte es mir einfach.

Im Dezember vergehen die Tage für uns Marktleute wie im Flug. Zu den Wochenenden und besonders natürlich vor den Festtagen haben Bäcker Hochbetrieb. Ich weiß dann kaum, wo mir der Kopf steht. Umso wichtiger wurden mir die Minuten, an denen ich ihn samstags treffen durfte. Er sah in der warmen Kleidung nicht weniger elegant aus, er war einfach ein Mann zum Anlehnen, geschaffen, um Wohlbefinden zu erzeugen. Und Sehnsucht. Er kaufte keine Kekse. Das machte nichts, er würde ihnen nicht entkommen. Bald war Weihnachten. Und vorher war der letzte Samstag vor dem Fest. Wir verkauften so schnell, wie die Lieferwagen die Ware heranschaffen konnten. Die Gasse zwischen den Ständen fasste die zahlreichen Menschen nicht, Kinder- und Einkaufswagen sorgten immer wieder für Staus. Hochbetrieb auch beim Blumenmann gegenüber. Er stand in seinem Meer aus Weihnachtssternen. Dagmar und ich hatten alle Hände voll zu tun. Vor dem Wagen standen zwei Schlangen, und jeder Kunde hatte umfangreichere Wünsche als sonst.

Ich war nicht sicher, ob er es war, der sich von links kommend mit dem Strom langsam nach rechts schob. Nein, er konnte es nicht gewesen sein, irgendetwas war falsch an dem Bild.

Dann stand er da, im Rücken der Schlange, und die Frau schmiegte sich an ihn, drückte sich mit ihrem Oberkörper gegen die ganze Länge seines Arms. Jemand sprach zu mir, ein Kunde oder Dagmar, aber ich sah nur sein Gesicht. Er strahlte auf eine Weise, wie ich es nie zuvor an ihm gesehen hatte. Strahlte tief von innen heraus, wandte sich der Frau zu, entzog sich ihren aufdringlichen Berührungen nicht etwa, sondern erwiderte sie sogar. Die Frau war älter als 30, aber jünger als ich. Sie hatte Mut in der Mode und das nötige Geld dafür. Sie war selbstbewusst und attraktiv, kein Flittchen, keine vordergründige Schönheit. Sie atmete keinen Sex aus, sondern Sinnlichkeit. Sie war prall vor Leben, und er war hingerissen von ihr. Er war gekommen, um mir zu zeigen, was die Stunde geschlagen hatte. Er hätte das nicht tun müssen, er hätte sich auch drücken können, einfach wegbleiben, mir die Frau vorenthalten, lügen. Aber er war nicht der Typ Mann, der es übers Herz brachte, mit falschen Karten zu spielen. Unser Verhältnis war in den letzten Monaten zu tief geworden, als dass noch einer die Chance gehabt hätte, sich so schäbig aus der Affäre zu ziehen. Zwischen uns war immer Wahrhaftigkeit gewesen. Aufrichtigkeit bildete die Grundlage unseres Geschäfts. Wie dumm von mir, mit dieser gurgelnden Angst zu reagieren, die in den Ohren rauscht und den klaren Blick eintrübt.

Dann küssten sie sich. Nicht demonstrativ, nicht, damit die Welt von ihrer Innigkeit erfuhr. Sie waren in diesen Sekunden ganz bei sich. Ich hatte ihn verloren, meine Zurückhaltung, immer diese Scheu, seit Jahren diese Scheu. Zwischen mir und der Welt war doch mehr als die Theke meines Bäckerwagens.

Aber vielleicht war es auch ... umgekehrt. Vielleicht war er gekommen, um der Frau zu zeigen, wie die übermächtige Rivalin aussah, gegen die sie seit Wochen verbissen ankämpfte und die sie doch nicht besiegen konnte. Vielleicht wollte er noch vor dem Heiligen Abend reinen Tisch machen. Vielleicht, bestimmt litt er am meisten unter der Zersplitterung in seiner Seele. Ein christliches Fest war ein guter Anlass, um wieder rein zu werden. Er ertrug das doppelte Spiel nicht länger. Er respektierte Frauen viel zu sehr, um unaufrichtig ... Wie kam ich dazu, an ihm zu zweifeln? Es gab doch eine Möglichkeit, um herauszufinden, für wen sein Herz schlug. Ich musste doch nur abwarten, in welcher Sprache er mich anredete. Wir beide hatten ein Geheimnis, von dem mondäne Frauen keine Ahnung haben. Mein Blick wurde wieder klar, Worte erreichten mich, mein Hals glühte. Stollen, Brot, Kekse, denen ich ihren Namen gegeben hatte, ich beschäftigte meine fliegenden Finger mit Bewegungen, die sie kannten. Die beiden reihten sich in meine Schlange ein, rutschten Schritt für Schritt nach vorn. Dagmar neben mir plapperte wie aufgezogen mit ihren Kunden. Ich hielt meinen Aufruhr unter Kontrolle, Flucht hätte ich mir nie verziehen. Diesmal nicht, diesmal nicht.

Dann standen sie vor mir. Ich las in seinen Augen, und die fremde Frau ließ einfach nicht seinen Arm los.

Ich fragte: «Was darf ich für Sie tun?» Am liebsten hätte ich seinen Part gleich mitgesprochen. Ich kannte ja alles auswendig. Jetzt musste es sich entscheiden. Das permanente Gemurmel des Markts brach ab, kein Laut störte, was wir uns zu sagen hatten. Erst sprach er nur durch seine Augen, aber jetzt gab es diese Frau. Sie musterte mich intensiv.

«Ja», sagte er und blickte sich in der Auslage um. «Was nehmen wir denn heute?» Ich legte eine Hand auf das Münz-Medaillon, die andere Hand konnte er nicht sehen. Ich betete diesen Mann an und hatte mich ihm versprochen. Er durfte jetzt keinen Fehler machen, er durfte jetzt keinen Fehler machen. Wir waren beide schon zu weit gegangen. Ich zwang ihn dazu, mich anzublicken. Und als ich nicht mehr auf die Frau achtete, platzte sie mit einer Lustigkeit heraus, die Blasen schlug: «Zwei Croissants, zwei Mohn.»

Auf zwei Meter trifft jeder. Die erste Kugel ließ ihn erstarren, paradoxerweise sah es aus, als würde er plötzlich wachsen. Die zweite Kugel trieb ihn in die Menschenmenge in der Gasse, mit der dritten schleuderte ich ihn in das Meer gegenüber. In der Adventszeit verkaufte der Blumenmann nur Weihnachtssterne, rote, rosafarbige und weiße. Das erste Geräusch, das ich wieder wahrnahm, war das Zusammenbrechen der Tische. Im Meer der Weihnachtssterne ging mein Mann unter.

Christine Lehmann

Das Krippenspiel

«Hilf doch Lucas mal mit den Stiefeln», rief Madlen aus dem Bad.

Thomas kniete sich vor dem Kleinen hin. «Anders herum», sagte er. «Der linke Stiefel muss an den linken Fuß.»

Lucas rundete vorwurfsvoll die blauen Augen.

Thomas hörte das Klackern von Schminkstiften und -döschen auf der Ablage vor dem Badezimmerspiegel. Als er sich in Madlen verliebte, war er unverhofft Vater eines knapp fünfjährigen Jungen geworden. Aber Madlen war ohne Lucas nicht zu haben, und ohne konnte er sie sich auch gar nicht vorstellen. Mit Lucas auf dem Arm war sie ins Polizeirevier Dresden Mitte gekommen. Viel zu zart für den Jungen.

Sie fühle sich bedroht, hatte sie gesagt. Polizeihauptmeister Thomas Pfeifer hatte sich die schwarze Lederjacke mit den vier Sternen auf den Schulterklappen übergeworfen und Mutter und Kind in den Streifenwagen gesetzt. In Neustadt auf der anderen Seite der Elbe galt es, Lucas' Vater aus der Wohnung zu werfen. Thomas war ein dunkelhaariger Typ, der trotz seiner Jugend durch bullige Ruhe überzeugte. Lucas hatte sich in die Jeans seines Vaters gekrallt und geheult. Der mit irgendetwas gedopte Muskelbursche ohne Arbeit bestand darauf, dass Lucas seinen Vater brauche. «Aber nicht dich!», schrie Madlen. Thomas erläuterte ihm die Rechtslage und setzte das Recht durch.

Seit einem halben Jahr wohnte er jetzt selbst bei Madlen und Lucas. Einmal hatte eine Streife Lucas' Vater vor der Kinderkrippe beim Versuch erwischt, Lucas zu entführen. Gelegentlich fand Thomas Hundekot in Madlens Briefkasten. Drei Mal hatte er den Burschen eine Nacht in Polizeigewahrsam gesteckt. Jetzt schien Ruhe zu sein.

Lucas zog seinen linken Stiefel wieder aus.

«He, Madlen!», rief Thomas. «Wir gehen in die Kirche, nicht auf einen Ball.»

Sie erschien in der Badezimmertür, einen Eyeliner in der Hand, die weißblonden Haare hoch gesteckt. «Darf man sich da nicht hübsch machen?»

Er lachte. Erst vor ein paar Wochen hatte er herausbekommen, dass Madlen noch nie bei einem Gottesdienst gewesen war. Während er in Stuttgart konfirmiert wurde, hatte sie in Dresden die Jugendweihe erhalten. Er hatte ihr von der Kinderbibel und dem Abendmahl erzählt. Da hatte sogar Lucas seine Playmobile liegen gelassen. «Hat Jesus auch einen Vater, der seine Mama nicht in Frieden lässt?»

«Wenn du die Stiefel nicht anziehen willst», sagte Thomas jetzt, «dann können wir das Krippenspiel nicht ansehen.»

Zwei Dinge hatte er schnell gelernt, als er mit Madlen und Lucas zusammenzog: dass Kinder aus ihrem momentanen Trotz nur durch ein drohendes Wenn-dann herauszuholen waren und dass man immer eine halbe Stunde vorher anfing zu behaupten, man sei schon spät dran.

Madlen sah wunderbar aus, als er endlich die Haustür abschloss und Lucas die Holztreppe hinuntertrampelte. Sie trug ihren schwarzen Mantel mit Webpelzkragen, in dem sich ihre lichtblonden Haare verfingen. Sie nahm Lucas an der Hand, als sie auf die Straße traten, und hakte sich bei Thomas unter. Seine Augen sicherten automatisch die Straße. Zu Weihnachten neigten uneheliche leibliche Väter zu Endzeithandlungen.

Thomas parkte den Wagen auf dem Altmarkt. Bis gestern hatten hier die Buden des Striezelmarkts gestanden. In keiner westlichen Stadt hätte man so einen Platz für einen Parkplatz geopfert. Aber ohne Autos wäre er in seiner Weite unerträglich gewesen. Lucas begann bereits Kreise zu rennen. Das tat er immer auf den ehemals sozialistischen Freiflächen. Eine alte Frau hatte Thomas einmal erzählt, dass auf dem Altmarkt nach der Bombardierung Dresdens die Leichen verbrannt worden waren. Tausende. Seitdem kam ihm der Asphalt wie ein Leichentuch vor.

Der kalte Wind fegte von Osten das Elbtal hinab. Es hatte noch nicht geschneit in diesem Winter. Aber die Wolken hingen tief über der schwarzen Stadt, wie Thomas bei sich das historische Herz mit Hofkirche, Schloss und Brühl'scher Terrasse nannte, des schwarz oxydierten Elbsandsteins wegen. Der Kulturpalast versperrte den Blick dorthin. Die Arkaden der Häuser leiteten ihn zur neubarocken Fassade der Kreuzkirche im Südosten des Altmarkts.

«Muss man irgendwelche Regeln beachten?», erkundigte sich Madlen.

Thomas spürte ihre Nervosität. Weder sie noch ihre Eltern hatten zu denen gehört, für die die Kreuzkirche Bedeutung hatte. Am 13. Februar 82 war von hier eine Demonstration für Frieden und Menschenrechte ausgegangen. Da war Madlen zehn Jahre alt gewesen. Aber auch zu den Montagsdemos in der Wendezeit war sie nicht gegangen. «Zum Klassengegner?»

Sie waren sich beide sehr fremd, er ein Schwabe, sie Sächsin, er Bulle, sie Krankenschwester mit Kind und einem Schreibtisch in der Neustadtwohnung, an dem sie Gedichte schrieb. Aber sie beide einigte der Wille, einander zu verstehen. Wenn er Madlen darüber schimpfen hörte, dass die Kinderkrippe, in die Lucas ging, in den Sommerferien drei Wochen dichtmachte, verstand er sogar das Gefühl, das manche DDR-Nostalgie nannten. Und in den drei Jahren, die er jetzt in Dresden Streife fuhr, hatte er die sichtbaren Narben des Krieges und der Planwirtschaft respektieren gelernt.

Auch die Kreuzkirche war immer noch nicht vollständig restauriert. Eine riesige Hallenkirche aus nacktem Sandstein. Wuchtige Pfeiler, Rundbögen, unverputzter Jugendstil, evangelisch-lutherische Kahlheit. Nur über dem Altar hing ein Gemälde, das den Gekreuzigten zeigte. Aus dem Rundfenster darüber entschwand das Tageslicht.

Lucas drängte sich erschrocken an seine Mutter. Eine Gemeindehelferin wies mit fliegenden grauen Haaren Eltern und Kinder in die Bankreihen des Hauptschiffs. Sicherlich tausend Menschen hätten da Platz gehabt. Die Bänke füllten sich immerhin fast zur Hälfte. Arg gigantisch, dachte Thomas, aber seine Kollegen hatten das Krippenspiel hier als das Beste gerühmt. In der Finsternis unter den Emporen schlummerten Kulissen. Altarplatz und Altar verschwanden hinter einer weißen Plane. Thomas musterte den Gefolterten darüber und ging im Kopf die blutige Weihnachtsgeschichte durch.

Er hatte sich extra eine Bibel gekauft, um zu wissen, was den kleinen Lucas erwartete. Madlen legte großen Wert darauf, dass ihr Sohn keine Gewalt im Fernsehen sah. Auf der bangen Suche nach Grausamkeiten hatte Thomas festgestellt, dass es zwei Varianten gab, eine von Matthäus und eine von Lukas. Er hatte immer nur Lukas gehört: «Es begab sich aber zu der Zeit, dass ein Gebot von Kaiser Augustus ausging, dass alle Welt geschätzt würde.» Aber da gab es ja auch noch König Herodes und den bethlehemitischen Kindermord. Ihn fand er im Matthäus-Evangelium.

«Die Geburt Jesu Christo geschah aber so», las er dort. «Als Maria, seine Mutter, dem Josef vertrauet war, erfand sich's, ehe er sie heimholte, dass sie schwanger war von dem heiligen Geist.» Amüsant, dass Josef nun kneifen wollte, aber von einem Engel überredet wurde, die Schwangere zu heiraten.

Wieder einmal dachte Thomas darüber nach, wann er Madlen wohl fragen konnte, ob sie seine Frau werden wollte. Richtig mit Brief und Siegel. Aber er traute sich nicht, denn manchmal fluchte sie so über die Männer, so verbittert, dass er eine Abfuhr befürchtete. Er wusste zwar, dass diese nicht ihm gegolten hätte, sondern den Männern, die in Madlens Vergangenheit eine Rolle gespielt hatten, sie hätte ihn aber gleichwohl geschmerzt.

Thomas, Madlen und Lucas fanden in der fünften Reihe Platz. Die Gemeindehelferin versuchte vorn, einen Kinderchor in Reih und Glied zu bringen. In der Kirche wurden zappelige Kinder beruhigt. Ein «Scht» waberte durch die Reihen. Der Chor sang «Stille Nacht, heilige Nacht». Lucas stieg von Madlens Schoß auf den von Thomas um und stellte sich auf dessen Schenkel. Thomas fragte sich, ob er es wagen durfte, glücklich zu sein.

Nicht einer, sondern zwei Pfarrer erschienen, einer in schwarzem Talar mit Bäffchen, der andere ganz in wallendem Weiß. Rundlich der evangelische Pastor, hager und eckig wie ein Novize der katholische Priester.

«Liebe Kinder, liebe Eltern», begann der Pastor. «Zu unserer Krippenfeier möchten wir euch ganz herzlich begrüßen.»

«Im Namen des Vaters und des Sohnes und des heiligen Geistes», sagte der Priester.

«Amen!», erwiderte auch Thomas. Er spürte, wie Madlen an seiner Seite zusammenzuckte.

«Wir singen jetzt das Lied: Ihr Kinderlein kommet», nahm der Pastor wieder das Wort. Neben ihm wirkte der Priester, als tue er etwas Verbotenes. Die katholische Kirche tat sich schwer mit der Ökumene. Vielleicht fürchtete der Priester um seine Karriere.

Thomas sang gern und gut. Lucas blickte ihn staunend an, zum ersten Mal nicht vorwurfsvoll. Ob Madlen ihre hellblauen Augen mit derselben Verwunderung zu ihm aufschlug, verkniff er sich herauszufinden.

Strophe für Strophe wurde der Chor der Gemeinde dünner, immer mehr gaben auf. Nicht aber Thomas. Die letzten Verse erstarben in der übermenschlichen Weite der Kirche. Links oben auf der Empore materialisierte sich im Licht eines Scheinwerfers eine Stube mit Bett und Stuhl, auf dem eine Frau in weißem Gewand saß.

«Das ist Maria», wisperte Thomas dem kleinen Lucas zu. «Der mit den goldenen Flügeln, das ist ein Engel. Er kommt von Gott und sagt Maria, dass sie schwanger ist.»

«Wie Mami mit mir?»

«Ja, aber Gott ist der Vater.»

Lucas biss sich auf die Oberlippe. Es gab Väter, nach denen man nicht fragte. Frühere Väter. Väter, von denen die Mutter sagte, dass sie besser nie wiederkämen.

Als sich nun Maria, hochschwanger, die Hand ins Kreuz gestützt, und Josef, ein etwas schlaksiger Mensch mit knorrigem Stab, auf den langen Weg unter den Emporen entlang zum Westportal und durch den Mittelgang machten, war Thomas einigermaßen beruhigt. Sie hielten sich ans Lukas-Evangelium und erzählten einander, dass sie von Nazareth nach Bethlehem müssten, weil Kaiser Augustus eine Volkszählung angeordnet hatte. Also kein König Herodes, kein Abschlachten aller Kinder. Wie hätte er das dem kleinen Lucas auch erklären sollen? Madlen wäre fuchsteufelswild geworden. Was sind denn das für Geschichten?

Thomas lehnte sich zurück.

Maria und Josef klopften an verschiedene Türen, die hier und dort unter den Emporen im Licht aufleuchteten. Immer erhielten sie eine Abfuhr: «Alles belegt», «keine Zimmer mehr frei». Verblüfft hatte Thomas, als er im Neuen Testament herumlas, festgestellt, dass die Asylsuche weder bei Matthäus noch bei Lukas vorkam. Aber offenbar war sie auch keine Erfindung seines einstigen Religionslehrers gewesen, um ihnen Angst zu machen, sie könnten eines Tages Jesus abweisen. Immer hatte er daran denken müssen, wenn er im Streifenwagen einen abgelehnten Asylbewerber zum Flughafen brachte.

Auf dem Altarplatz fanden Maria und Josef nun Herberge in einem Stall. Thomas musste sich davon abhalten, durch die Zähne zu pfeifen. Die Kuh war echt, der Esel lebendig. In einem Pferch drängten sich drei Schafe. Dutzende von Helfern mussten im Hintergrund durch die Kirche wuseln, um das alles möglich zu machen. Ein paar Kinder rannten im Mittelgang nach vorn. Die Gemeindehelferin sortierte sie mit fliegenden grauen Haaren in Reihen auf dem Boden. Lucas trampelte aufgeregt auf Thomas' Schenkeln herum. Morgen würden sie vermutlich blau sein.

Nun fühlte Maria ihre Stunde nahen. Sie teilte Josef mit, dass die Wehen eingesetzt hätten. Thomas fühlte Madlens Hand sich in den Lederärmel seiner Jacke krallen, als es plötzlich dunkel wurde. Vorne schrie ein Kind erschreckt auf. Ein paar rannten den Mittelgang zurück, fanden aber ihre Eltern in der Finsternis nicht. Doch bevor Panik ausbrach, erstrahlte in der Chorrundung ein Stern, zusammengesetzt aus tausenden Halogenlämpchen. Der Schrei eines Neugeborenen ertönte. Vermutlich vom Band. Madlen ließ Thomas' Arm wieder los und seufzte.

Nun gab es hinten in der Kirche beim Portal Unruhe. Im Schein des Strahlers nahmen drei prächtige Figuren in Samt und Brokat Gestalt an. Der Schwarze mit dem Turban hielt einen Sextanten in die Höhe. «Der Komet steht genau über der Gegend von Jerusalem. Wir werden zu Herodes gehen …»

‹Nein!›, dachte Thomas. ‹Wozu denn? Verdammt!› Wenn man schon die drei Weisen aus dem Matthäus-Evangelium brauchte, um das Lukas-Evangelium mit ihrem Kniefall vor der Krippe abzurunden, so mussten sie doch nicht auch noch Herodes in die Sache mit hineinziehen. Die Krippe, die sein Vater unter dem Weihnachtsbaum aufzubauen pflegte, war auch ohne Herodes ausgekommen. Thomas hatte als Kind die Figuren der drei Weisen aus dem Morgenland jeden Tag ein wenig näher an die Krippe schieben dürfen, bis sie am Dreikönigstag dann endlich ankamen.

Madlen hatte gelacht, als er ihr das erzählte. Sie steuerte zur Weihnachtsausrüstung eine Pyramide aus dem Erzgebirge bei, auf deren Etagen Jahresendzeitflügelpuppen hurtig ihre Kreise zogen, und sie kaufte Pflaumentoffel auf dem Striezelmarkt und einen Dresdner Christstollen. Thomas' Mutter schickte ein Paket Gutsles: Zimtsterne, Bärentatzen, Springerle. Beides, sowohl die Gutsles als auch den Stollen, durfte man je nach schwäbischem oder sächsischem Brauch erst an Heiligabend anrühren. Darum hatten sie die Adventszeit mit Nürnberger Lebkuchen überbrückt, aus denen Lucas das Zitronat herauspopelte. Schwieriger war die Verständigung auf ein Essen gewesen. Bei ihm daheim hatte es mittags immer Würstchen mit Kartoffelsalat gegeben. Aber Madlen hatte einen Heringssalat gemacht, den es nach der Bescherung geben sollte.

Und nun musste Herodes hier in der Kreuzkirche der biblischen Wahrheit zu ihrem Recht verhelfen, obgleich der historische Herodes die ganze Wahrheit ohnehin infrage stellte, denn er war schon im 4. Jahrhundert vor Christi Geburt gestorben.

Rechts oben auf der Empore erstrahlte das Gemach des römischen Statthalters. Die drei Tölpel aus dem Morgenland erzählten ihm etwas von einem künftigen König der Juden, der in Bethlehem geboren worden war. Man wollte das Krippenspiel offenbar klassisch mit der Flucht nach Ägypten beenden. Sie konnte nur stattfinden, wenn das Leben des kleinen Jesus vom Tod bedroht war. Und nach dem Prinzip der Rasterfahndung würde Herodes einfach alles schlachten lassen, was im mutmaßlichen Alter des kleinen Königs der Juden war. Und er, Thomas, konnte das Blutbad nicht verhindern.

Während die drei Weisen aus dem Morgenland nun an den Säulen entlang ihren Weg nach Bethlehem aufnahmen, fokussierten die Scheinwerfer die Aufmerksamkeit aller Kinder, Väter und Mütter auf ein Lager von Hirten unter der rechten Chorempore. «Fürchtet euch nicht», sagte der Engel. «Siehe, ich verkündige euch große Freude, die allem Volk widerfahren wird, denn euch ist heute der Heiland geboren. Und das habt ihr zum Zeichen. Ihr werdet finden das Kind in Windeln gewickelt und in einer Krippe liegen.»

Da lag in der Tat im Schein eines übersinnlichen Leuchtens im Chor ein Baby in schneeweißen Laken auf goldenem Stroh. Die Hirten fielen auf die Knie, die drei Weisen ebenso.

«Ist das echt?», erkundigt sich Madlen wispernd.

«Es gibt doch diese Baby-Born-Puppen», raunte Thomas. Aber er war sich nicht sicher. Wenn sogar die Kuh echt war. Irgendwie kam es ihm ungehörig vor. Gab es da nicht ein Jugendschutzgesetz? Hatten sie den Säugling mit Sedativa ruhig gestellt?

Während nun die reichen Herren aus dem ferneren Osten Geschenke überreichten, sah man Herodes in seinem Gemach oben auf der Empore auf und ab gehen. Und als die Weisen schließlich von dannen zogen, rief er einen Diener zu sich und schickte ihn aus, nach den Weisen zu suchen, damit sie ihm verrieten, wo sie Jesus gefunden hatten. Aber die Weisen waren schon über alle Berge.

Auch seine Kinderbibel hatte es so erzählt, erinnerte sich Thomas. Hatte es ihm Albträume beschert? Vielleicht musste man erst erwachsen werden und Polizist, um den Zorn des Herodes und das anschließende Gemetzel zu fürchten.

«Wo waren die Kinder nun?», hatte seine Kinderbibel danach gefragt. «Sie waren im Himmel bei Gott. Dort brauchten sie nie mehr zu weinen. Dort waren sie froh und glücklich.» Aber Lucas konnte er das nachher nicht so erklären. Gott war für ihn kein Vater. Er hatte bereits einen Erstvater, den er, Thomas, vertrieben hatte.

«Will Herodes den Jesus jetzt töten?», erkundigte sich Lucas.

«Aber er schafft es nicht», raunte Thomas. «Schau, da kommt der Engel wieder, während Josef schläft, und spricht zu ihm im Traum.»

Das Portal krachte in die Stille, als eine Mutter hinaus huschte, um einen brüllenden Säugling zu beruhigen.

Josef streckte sich, gähnte und weckte Maria. «Du, wir müssen von hier weg. Ein Engel ist mir erschienen und hat mir gesagt, dass …»

Maria hörte gar nicht richtig zu. Sie raffte schon ihre Gewänder und wandte sich der Krippe zu.

«Das ist doch echt», wisperte Madlen.

Auch Thomas sah es an der Art, wie die Schauspielerin die Hand unter Hals und Kopf des Wesens in der Krippe schob. «Warum schreit er nicht?»

«Wahrscheinlich randvoll abgefüttert», wisperte Madlen.

Da gellte ein Schrei. Er fuhr vom Altarplatz unter das Deckengewölbe hinauf, prallte an den Wänden ab und schoss wie ein Querschläger in die Gemeinde.

Maria taumelte rückwärts. Josef konnte sie gerade noch abfangen, bevor sie die Kulissen umriss. Thomas stellte Lucas neben seine Mutter auf die Bank und sprang auf.

«Er ist tot!», gellte Marias Stimme durch die Kirche. Sie streckte den Arm nach der Krippe aus. «Er ist tot! Er ist tot!»

Ungläubiges Gemurmel wallte auf. Josef strich sich den Bart. Thomas hatte weniger Mühe, die Rolle zu wechseln. Viel zu wenig Probleme, dachte er oft, wenn Madlen ihm vorwarf, er betrete auch privat jedes Lokal wie ein Bulle, der die Arbeitserlaubnis der Küchenhilfen überprüfen will. Mit zwei Sätzen war er vorn und stieg über die Reihen der Kinder auf dem Boden, die noch völlig der Illusion der Geschichte, die sie sahen, vertrauten.

«Jesus ist jetzt bei Gott», murmelte er. «Da muss er nicht mehr weinen.»

Zusammen mit Herodes langte er an der Krippe an, die in der Gloriole einer raffinierten Lichtführung erstrahlte. In den blitzweißen Laken wirkte das stille Gesichtchen des Säuglings gar nicht so blass. Aber als Thomas den Finger an den Hals unters Laken führte, fühlte er sich selbst blass werden. Das Kind war so kalt, dass er gar nicht erst nach einem Puls suchte. Auch fiel ihm auf, dass das Näschen ein wenig schief stand und die Oberlippe über dem einzigen Zahn, den es hatte, blutig war.

«Ist ein Arzt anwesend?», rief Herodes, der im realen Leben wenn nicht König, so wohl wenigstens Vereinsvorsitzender war.

Von der Orgel stürzte der Pastor herbei. «Was ist passiert? Was ist los? Ich war gerade einen Moment ...»

Er strich sich über die Glatze.

«Schaffen Sie die Leute hier raus!», befahl Herodes.

«Nein», sagte Thomas. «Keiner verlässt die Kirche.»

Man starrte ihn an.

«Ich bin Polizist. Polizeihauptmeister Pfeifer.» Er fühlte sich plötzlich elend. Er hatte weder Dienstmarke noch Handy dabei. Er war nicht im Dienst. Er hatte zum ersten Mal seit drei Jahren zu Weihnachten frei. «Hat jemand ein Handy?»

Es war der Priester, der ihm überraschend aushalf.

«Ist sie …» Thomas nickte zu Maria hinüber, die in Josefs Armen schluchzte. «Ist sie die Mutter?», fragte er, während er die Nummer des Reviers eintippte.

Der Priester schüttelte den Kopf.

«Wo ist denn die Mutter?»

Auch Herodes blickte sich kopfschüttelnd um.

«Ist der Vater hier?», fragte Thomas weiter.

Niemand rührte sich.

«Ja, ist denn das Kind vom Himmel gefallen?»

Thomas blickte in verschreckte Augen rundum. Etwas zu ruppig forderte er im Revier Sanitäter und den kriminaltechnischen Dienst an. Währendessen sammelten die Eltern ihre Kinder ein. Die meisten zogen sich in die hinteren Bänke zurück. Aber etliche, die ihre Schaulust nicht zurückdrängen konnten, formierten sich als gaffende Mauer hinter der ersten Bankreihe.

«Sie …!»

«Ich?», erwiderte Herodes.

«Ja. Könnten Sie mal bitte an die Tür gehen und dafür sorgen, dass niemand die Kirche verlässt, bevor die Polizei die Personalien aufgenommen hat.»

Zwischen Kulissen unter den Emporen quollen Helfer hervor, blasse Gesichter im Dämmerlicht der Nebenszenen, Leute in Jeans und Pullovern. Die Gemeindehelferin scheuchte den Kinderchor in die Sakristei.

«Armin», rief jemand. «Armin, wo bist du? Verdammt, komm her. Deinem Sohn geht's nicht gut.»

Der Pastor zuckte zusammen.

Thomas lief im Scheinwerferlicht des Chors der Schweiß die Schläfen herab, aber jenseits des Altarplatzes schienen unermessliche Finsternis und steinerne Kälte zu herrschen. Als sei es für immer Winternacht geworden. Er wollte nach Madlen Ausschau halten, aber in den Reihen der Kulissenträger nahe dem Schafpferch gab es Gerangel. Ein junger Mann wurde ausgestoßen und in den Lichtkreis geschubst. Er eierte mit schuldbewusster Miene heran. Keine fünfundzwanzig, schätzte Thomas.

«Sie sind also der Vater?» Er wartete auf ein Nicken, aber es kam nicht. «Sind Sie's nun oder nicht?»

«Geduld», mahnte der Pastor. «Sie reden mit einem Menschenkind, das soeben seinen Sohn verloren hat.»

«Das glaube ich nicht», sagte Thomas langsam. Er wunderte sich selber über diese Eingebung. «Sie sind auch nur so ein Josef, stimmt's? Sie sind nicht der leibliche Vater.»

Armin nickte.

«Und die Mutter ist Ihre Frau? Wo ist sie?»

«Zu Hause. Es ging ihr nicht gut.»

«Und wer ist der Vater des Kindes?», erkundigte sich Thomas.

«Müssen wir das alles denn hier ...», griff der Pastor ein. «Vor den Kindern, in der Kirche, zu Weihnachten? Am Fest der Freude!»

Der Priester schwankte, drehte sich um und taumelte in Richtung Sakristei davon. Er wenigstens hatte es begriffen, dachte Thomas.

Er wandte sich an den jungen Zweitvater. «Ich denke, Sie sollten Ihre Frau holen. Sie muss uns Auskunft geben.»

Der junge Mann stand wie gelähmt.

«Mann! Ist es Ihnen lieber, wenn ich einen Streifenwagen hinschicke?» Thomas vermisste selbst seine übliche Gelassenheit. Er wandte sich Hilfe suchend an den evangelischen Pastor. «Könnten Sie Armin nicht begleiten und es der Mutter schonend beibringen? Wie müssen wissen, wer der Vater ist.»

«Ich bin nicht sein geistlicher Beistand.»

«Was? Sie weigern sich, ihm ...»

«Nein.» Der Pastor lächelte abbittend. «Ich bin nicht zuständig. Armin ist katholisch.»

Thomas schaute sich nach dem Priester um. Er war wieder da, aber fast hätte er ihn nicht wieder erkannt. Er hatte sich der festlichen Alba und des weißen Messgewands entledigt und stand im schwarzen Anzug an der Krippe, die Augen geschlossen, die Hände zusammengelegt, im Gebet schwankend. Als Thomas sich nun wieder nach Armin umdrehte, war der junge Mann verschwunden.

«Was würden Sie sagen als Fachmann?», wandte sich Thomas erneut an den Pastor. «Josef hätte Maria ja nicht heiraten müssen, nicht? Dass er den Sohn eines vorigen Vaters umbringt, ist Blödsinn.»

Die Äuglein des Pastors zwinkerten.

«Ist es nicht vielmehr so», sagte Thomas, «dass es Gottvater selber ist, der seinen eigenen Sohn … nun … opfert? So sagt man wohl, hm?»

«Das … das will ich nicht glauben», sagte der Pastor. «Ich meine …»

Aber Thomas lachte schon, unwillkürlich und unfroh.

Der Pastor hustete. «Mein Gott, ich weiß, es kommt immer wieder vor, dass ein Vater sein Kind … Falsche Besitzansprüche. Der Mensch ist schwach.»

«Also würden auch Sie sagen, nach einem Herodes brauchen wir hier nicht zu suchen.»

Der Pastor mochte überhaupt nichts mehr sagen.

Wenigstens drei Säuglinge krähten mittlerweile gegen die eisige Finsternis der Kreuzkirche an. Zwischen den Kulissen flüsterten die Leute. Josef stand bei ihnen. Thomas war sich sicher, dass sie klärten, wer eigentlich das Christuskind zur Kirche gebracht hatte. Armin nicht, denn der hatte sicher von morgens an beim Aufbau der Kulissen geholfen. Die kranke Mutter? Wichtiger noch war die Frage, wer es in die Krippe gelegt hatte, als der Chor in Dunkelheit lag und aller Aufmerksamkeit auf die drei Weisen mit dem Sextanten am Westportal gerichtet war. Dem Kleinen hatte man nicht erst in der Krippe ein Kissen aufs Gesicht gedrückt oder auf andere Weise die Nase geknickt, so kalt, wie er sich bereits angefühlt hatte. Wer aber hatte ein totes Jesuskind in die Krippe gelegt?

Eine Bewegung in den dunklen Reihen zwischen den Kirchenbänken holte Thomas aus den Gedanken. Dort öffnete sich eine Bresche und gab Madlen frei. Sie trug den Kleinen auf dem Arm. Wie immer kam sie Thomas zu zierlich dafür vor, und wie stets verliebte er sich noch heftiger in sie. Weiße Lichter jagten über ihr langes Haar. Lucas' Schopf sprühte goldene Funken. Sie kam stracks auf ihn zu.

«Stimmt das? Der Kleine in der Krippe ist …»

Thomas nickte.

«Seid ihr denn so sicher, dass man gar nichts mehr machen kann?» Sie reichte ihm das Kind.

Erst als Lucas den Arm um seinen Hals legte und sich mit der Hand in seinen Jackenkragen krallte, wurde Thomas bewusst, dass Madlens Sohn sich zum ersten Mal nicht gegen ihn sträubte. Jetzt hätte er glücklich sein können, aber er durfte nicht.

Beklommen sah er zu, wie Madlen sich der strahlenden Krippe näherte, an der immer noch der Priester stand und schwankend betete. Was betete der so? Rosenkränze? «Gegrüßt seist du, Maria, voll der Gnade, gebenedeit seist du unter den Weibern …»

Madlen beugte sich über die Krippe.

Lucas' große blaue Augen sprangen von einer der phantastisch gewandeten Gestalten in den Kulissen zur nächsten. Der Engel mit den goldenen Flügeln. Der Bart von Josef. Ein Lächeln huschte über seine Lippen, als sich die Kuh mit der Zunge in die Nasenlöcher fuhr.

Inzwischen hob Madlen den schlaffen Kinderleib aus der Krippe. Thomas hätte es unterbinden müssen, der Spurensicherung wegen. Vor einer Stunde hätte man das Kind vielleicht noch retten können, jetzt nicht mehr. Aber er fühlte sich selbst wie gelähmt, froh, dass er Madlens Gesicht nicht sehen konnte. Wenn dieses Gesicht ernst wurde, dann schien ihm die Rückkehr des Lächelns unmöglich, und Furcht beschlich ihn, es werde am Ende irgendjemandem – womöglich dem leiblichen Vater von Lucas – doch noch gelingen, sein Glück zu zerstören.

«He, Sie!», fuhr Madlen den betenden Priester an. «Helfen Sie mir doch mal!»

Der Priester riss die Augen auf und wich zurück. Jaja, dachte Thomas, das war einfach so ein Reflex, die Urangst der Männer, im nächsten Moment mit einem schnaufenden Bündel im Arm gesegnet zu sein, das Milch auf den Anzug rülpste und dessen Äuglein sich überdies angstvoll weiteten, bevor es losbrüllte. Der Priester, das männliche Ungeschick in Person, per Amt, aus Gründen der Selbstkasteiung.

«Na los!», fauchte Madlen. «Nun nehmen Sie schon die Decke da und legen Sie sie auf den Boden.»

«Ach so.» Hastig riss der Priester das halbe Stroh mit heraus.

«Ist Jesus krank?», erkundigte sich Lucas. «Muss er jetzt sterben?»

«Und sie werden ihn verdammen zum Tode», sagte der Priester mit Tränen in den Augen und erhobenen Händen, «und werden ihn überantworten den Heiden, ihn zu verspotten und zu geißeln und zu kreuzigen, und am dritten Tage wird er auferstehen.»

«Amen», sagte Lucas. Er versuchte dabei Thomas' Tonfall zu imitieren.

Thomas fühlte sein Zwerchfell zucken. Aber schon warf

sich Lucas in seinem Arm vorwärts, im völligen Vertrauen darauf, dass Thomas ihn halten würde, und bohrte seinen kleinen Finger dem entrückten Priester ins Revers des schwarzen Jacketts.

«Du hast da Rotz. Du hast wohl auch ein Baby daheim.»

Der Priester fiel aus den Wolken und blickte an sich herab. Auch Thomas sah den verkrusteten Fleck. Vielleicht Milchreste. Er fing die Hand des Priesters ab, die sich dem Makel näherte.

«Sie sind das», sagte Thomas langsam. «Sie sind der Vater, der leibliche Vater. Das Kind ist von Ihnen. Schauen Sie mich an! Wollen Sie es bestreiten? Hier? Im Angesicht des …» Thomas deutete auf das Gemälde des Gequälten über dem Altar.

Der Priester stöhnte und schlug sich mit beiden Händen auf die Brust. Nicht nur, wer unter den Engeln, Hirten, Königen und Kulissenträgern katholisch war, verstand das: «Durch meine Schuld.»

«Und dann haben Sie ihn …» Thomas senkte unwillkürlich scheu die Stimme. «… getötet.»

«Nein, nein!»

«Aber Sie hatten ihn auf dem Arm. Randvoll gefüttert, damit er während des Krippenspiels nicht schreit. Das brauchen Sie gar nicht zuzugeben. Ein Gentest wird es beweisen.» Thomas' Polizeiohren vernahmen bereits das aus weiter Ferne jenseits der Kirchenmauern herannahende Martinshorn. «Herr Pfarrer. Ich nehme Sie vorläufig fest.»

«Aber ich wollte es nicht. Bei Gott, ich schwöre …»

Thomas schnalzte unwillig mit der Zunge.

«… Ich habe ihn doch nur mal sehen wollen, mal im Arm halten. Hanni hat mir doch nicht mehr die Tür aufgemacht. Und als unsere Gemeindeschwester Gertrud ihn dann brachte und in der Sakristei abstellte, da habe ich einfach nicht anders gekonnt. Ich wollte ihn nur mal kurz an mich drücken, meinen Sohn. Aber er ist aufgewacht und hat angefangen zu weinen. Ich dachte, wenn Gertrud das hört, wenn sie mich so sieht, mit Hannis Kind auf dem Arm … Sie hätte doch gedacht, dass ich … Da muss ich ihn dann etwas heftig gegen mich gedrückt haben, damit man ihn nicht hört.»

Das Martinshorn erstarb draußen auf dem Altmarkt.

«Als ich ihn in den Wagen zurücklegte, da merkte ich, dass er tot ist.»

«Und noch schlimmer als ein Priester, der Vater wird, ist einer, der seinen Sohn tötet. Also haben Sie es vertuscht», sagte Thomas.

«Ich wollte … ich war … ich wusste nicht, was ich tun sollte. Wir hatten alle so lange für das Krippenspiel geübt. So viele Kinder waren gekommen. Ich habe zu Gertrud gesagt, ich würde ihn holen und in die Krippe legen, wenn es so weit ist. Ich dachte, es merkt niemand, bis alles vorbei ist.»

«Und da tat der schlimme, böse König etwas Schreckliches», murmelte Thomas.

«Wie bitte?»

«So hieß es in meiner Kinderbibel.» Thomas packte den Priester am Arm und stieß ihn in die Hände der beiden uniformierten Kollegen vom Revier, die sich soeben den Weg durch die Menge gebahnt hatten.

«Ist das auch ein Papa, der seinen Sohn und die Mama nicht in Frieden lässt?», erkundigte sich Lucas.

«So ähnlich.»

Lucas nickte zufrieden. «Dafür muss er ins Gefängnis.»

Thomas fuhr dem Jungen über den Blondschopf. Während die Polizisten den Priester abführten, langten ein Arzt und zwei Sanitäter bei Madlen an, die neben der Krippe auf dem Boden kniete. Thomas sah sie die Lebensrettungskoffer aufreißen. Doch dann schüttelten sie die Köpfe. «Zu spät.»

Er wandte sich mit Lucas ab. Einen Augenblick später fühlte er Madlens Hand an seinem Arm. Sie sah fürchterlich ernst aus. Aber ihre Züge hellten sich auf, als sie Lucas aus Thomas' Armen nahm. Sie blickte zu ihm auf. Er sah tief in ihren Mundwinkeln den Keim des Lächelns, das sie wieder für ihn haben würde. Ruhe kehrte in seine Seele ein.

Bryan Clarke

Schöne Bescherung

«Zieh ab», grummelte der grantige Gant zu Beryl der Barfrau.

«Es ist Heiligabend», ermahnte sie ihn über den Tresen hinweg. «Eine Zeit, um fröhlich zu sein und so.»

Er zog die Mundwinkel hinunter, wandte sich ab und betrachtete mit harten Augen die weichen Plüschsessel. Ein Tropfen grauen Speichels hing an seiner vorstehenden Unterlippe. Das Lokal füllte sich langsam mit gut gelaunten Leuten.

Schau sie dir an! Als ob sie erst 'ne Erlaubnis brauchen zum Glücklichsein. Den einen Tag stöhnen sie, den nächsten zwitschern sie hier rum, nur weil ihnen einer sagt, es ist Weihnachten. Irgendwie bekloppt das Ganze. Er starrte in sein Bierglas. Nur an das eine denken. Noch viel vor heute Nacht.

Zwei junge Frauen in zueinander passenden Kostümen kamen durch die Schwingtüren. Sie warfen einen Blick in den Raum, dann sahen sie einander an. Eine ging auf den erstbesten Tisch zu, die andere zur Bar. Was sind denn das für komische Vögel, zwei saftige Täubchen? Wörter auf den Brüsten. Ach, Werbetussis. Kommt die eine direkt auf mich zu? Warte mal, die kenne ich doch. Schnell wegschauen. Zu spät, hat mich schon erkannt.

«Na, was treibst du so?» Breites Lächeln unter der großen Nase. Wieheißtdienoch? «Wie geht's Bertha?»

Die Munterkeit des Mädchens schien eine ziemliche Anspannung zu verbergen.

«Keine Ahnung», knurrte er.

«Seid ihr etwa nicht mehr zusammen?»

Peinliches Schweigen. Jetzt erinner ich mich: Als sie noch

kein Täubchen war, hab ich sie manchmal mit Bertha im *Dog and Duck* quasseln sehen. Wie heißt sie noch? Sie sah verlegen weg, weil er keine Antwort gab. Die hat vielleicht 'nen Rüssel, vor allem, wenn du sie von der Seite anschaust, kann man nicht verbergen.

«Wofür machste denn Reklame?», fragte Gant mürrisch und vermittelte ihr damit, dass er nicht gewillt war, sich über weitere Themen zu unterhalten.

«Das ist Zucky, das zackige Täubchen», lächelte sie unvermittelt, als sei sie froh über die Gelegenheit, darüber sprechen zu können. Sie hielt ihm etwas vors Gesicht, ein weiches Spielzeug, ein kuscheliges Kuscheltier in einem T-Shirt, das dem ihren glich. «ZuckyNet. Der schnellste Mailservice im Web. Klick in den Zuck – und zack, bist du drin im Internet. Willst du 'ne Gratis-CD-Rom mit Software zum Einloggen?»

Der grantige Gant starrte sie argwöhnisch an.

«Weißt du? Internet?» Sie wedelte mit dem Vogel vor seiner Nase herum.

«Grnz», grunzte er und kippte den Rest seines Biers hinunter. «Ich muss los.» Er zog sich seinen weiten, zerfetzten Mantel über.

«Hier, nimm einen Zucky mit. Das Täubchen ist niedlich und kuschelig. Hilft dir vielleicht, über Bertha hinwegzukommen.»

«Leck mich», sagte er grob, drehte sich weg und bestellte ein Päckchen Zigaretten bei Beryl der Barfrau.

«Kein Wunder, dass sie dich den grantigen Gant nennen», hörte er sie hinter sich murmeln. «Aber es ist ja Weihnachten, das Fest der Geschenke.»

Als er sich zu ihr umwandte, war sie schon weitergegangen. Sie schien seine Frage nicht mehr zu hören: «Was haste gesagt?»

Freche Ziege. Wenn ich nichts Besseres zu tun hätte, würd

ich ihr eine pfeffern, ihr mal 'ne Runde Manieren beibringen … Also, grantigen Gant nennen sie mich jetzt. Besser als Petze, wie in der Schule. Nur wegen dem Bär, den ich einmal dabeihatte.

Gant stand eine Weile in Erinnerung versunken da. Dann schüttelte er sich, kehrte zurück in die Gegenwart und verließ die Kneipe. Ist immer dasselbe, wenn ich an den scheiß Teddybär denke. Ich alter Schlappschwanz.

Er mäanderte mit einem klaren Ziel vor Augen durch die kalte Nacht. Schließlich erreichte er das vornehme Viertel Pettsborough, wo es gar liebliche Häuser gab. An einem Abend wie diesem warteten sie nur darauf, entkorkt zu werden wie der Weihnachtssherry. Denn Gant war ein Einbrecher. Von einem Stichweg aus betrachtete er die Gartenseiten einiger schöner Häuser und erkannte mit dem Auge des Fachmanns, ob jemand anwesend war oder ob lediglich die Lichter angelassen worden waren, um seinesgleichen abzuschrecken. Schien niemand daheim zu sein, kletterte er über den Zaun, um das Haus in Augenschein zu nehmen. Gab es eine Alarmanlage, schlich er geduldig weiter in den nächsten Garten. Er arbeitete nach der Devise: Gelegenheit macht Diebe.

Mal dieses hier antesten. Einen Garten wie bei den anderen. Das Kribbeln in den Lenden beim Durchqueren eines fremden Grundstücks war wieder da. Bertha war ein großes Mädchen, aber nicht so groß wie dieser Garten. 'ne Birke links, 'ne Birke rechts. Terrasse. Viele Büsche, in der Mitte die Terrassentür. Einladend geschlossen und drinnen alles dunkel. Na, was haben wir denn da? Eine Katzenklappe. Tür ist zugeschlossen, aber der Schlüssel steckt von innen!

Ein wollüstiges Lächeln umspielte Gants feuchte Lippen, als er sich vor die Tür kauerte und in die Klappe griff. Dann streckte er den Arm weit hinein und bemühte sich keuchend, an den Schlüssel zu kommen. Plötzlich krachte das Scharnier der Klappe. Er wurde stockseif, bereit loszurennen, sollte ein Alarm ausgelöst werden oder ein Nachbar auftauchen. Nix. Glück gehabt. Steck ihn noch weiter rein. Den Arm drehen. Hab den Schlüssel. Jetzt umdrehen.

So betrat er das Haus, einzig die Katzenklappe war zerborsten.

Küche neu und sauber. Hier ist nichts, was sich lohnt. Da ist der Flur. Dicke Teppiche. Aah, so warm, so gemütlich, Zuhause. Wo ist denn die Glotze? Alte Möbel, das Holz sieht aus wie neu. Goldfischglas. Komisch, ist ja leer. Ganz vorsichtig hinter die Bilder gucken, manchmal geht dann doch der Alarm los. Ein Safe? Nix. Regale voll mit Nippes. Nichts Interessantes. In den Schubladen nix, von unten bis oben nix. Jetzt im Arbeitszimmer an die Arbeit.

So viel Leder und haufenweise Bücher – lohnt sich das, da mal reinzugucken? Vorsicht, schön staubig. Darf's Frauchen hier nicht ran? Bestimmt 'ne Putze in so 'ner Bude.

Seine Lippen waren feucht, auch wenn er einen trockenen Mund hatte. Er durchsuchte jedes Zimmer mit jahrelanger Erfahrung gründlich. Nich' viel. Hier is schon Geld drin, aber nich' zum Mitnehmen. Steckt in den Bildern mit den schweren Rahmen, in den schweren Möbeln. Kaum zu bewegen, da legst du dich flach. Da kommt mir die Bertha wieder. Da wird mir ganz heiß. Vielleicht ist oben mehr drin. Vielleicht haben sie ihren Lohn im Schlafzimmer gebunkert. Mal sehen.

Müsste mal kacken, aber hier kann ich nicht. Kann's ja nicht auf dem Teppich machen, auch wenn's welche gibt, die das tun. Eklig. Manche scheißen absichtlich aufs Bett, schmieren die Scheiße an die Wand. Dann machen sie sich in der Kneipe damit wichtig. Kann ich nicht, ist erniedrigend, genau, das ist es. Einen gibt's, der macht das öfters. Spaghettifresser, wie heißt der noch? Ach ja, Francesco irgendwas. «Meine Spezialität: Fäkalien aus Italien», sagt er immer.

Fehlanzeige im Schlafzimmer. Das stinkt doch zum Himmel. Das Geld ist hier irgendwo, ich kann's riechen. Aber hier nicht. Links die Kinderzimmer.

Ihr schlauen Schweine! Packt die Knete dahin, wo ich nicht drauf kommen würde, stimmt's? Nun, ihr könnt den alten Gant nicht um seinen wohlverdienten Lohn bringen. Ich wette, es ist im Kinderzimmer. Arme kleine Würmchen, Ausbeutung nenn' ich das! Blaue Tapete für den Jungen. O Gott, es kann überall sein. Okay, nicht aufregen, mit System rangehen. Unten anfangen und sich langsam hocharbeiten. Wie Mum immer gesagt hab. Ich habe mich immer nur an Bertha hochgearbeitet, aber das ist was anderes.

Was war das? Klang, als würde die Katze mit der kaputten Klappe spielen. Jetzt ist es wieder still. Bei dem Schreck krieg ich 'n komisches Gefühl, wie Sodbrennen. Komisch, nach all den Jahren und Häusern, dass das Gefühl nicht weggeht. Es ist schlimmer, *bevor* du erwischt wirst, als wenn es geschieht. Ist schließlich nicht viel dabei. Wenn sie die Schnauze aufmachen, kriegen sie was drauf. Am schlimmsten war der kleine Fette, der da mal plötzlich vor mir stand. Der Junge hat mich so bescheuert angeschielt, dem musste ich einfach eine knallen. Vom Blut gab es ein nettes Muster auf dem Teppich, das Rot passte gut zu den Vorhängen. Ob der da noch gelegen hat, als wer nach Hause kam? Die Nase sah bestimmt nicht gut aus. So wie die geknackt hat. Geschieht ihm recht, was stört der mich bei der Arbeit, der kleine Fettsack?

Hier haben sie die Schätze nich' vergraben, dann müssen sie nebenan sein. Rosa Tapetchen fürs Mädchen, das nenne ich Stil! Jetzt das Ganze von vorn. Wenn ich's hier nicht finde, dann kack ich denen doch noch aufs Bett.

Nachdem er den Schrank und die Kommode durchsucht hatte, griff er hinter das Kopfteil des Bettes. Er zog ein Buch hervor: «Dahlias Tagebuch» stand darauf. Widerwille stieg in ihm hoch, er wollte es gerade zurücklegen, doch dann sah er es sich noch einmal an. Er befeuchtete seine Lippen und überflog ein paar Seiten. Gekritzel, Sauklaue, geschwungene Mädchenschrift mit blauem Füller. Wörter. Timothy. Bäume. Schal. Petzi.

Petzi. Da war sie wieder, die Erinnerung, zweimal in einer Nacht, das wird ja immer schlimmer. Dieses Arschloch, der ihm den Teddybär vom Jahrmarkt mitgebracht hatte. Mum hatte ihn abgeschleppt. Sie war die einzige Mum, die ohne Kinder auf den Jahrmarkt ging. Nicht wie andere Eltern, die ihre Blagen dahin schleppten, aber selber gar nicht fahren wollten. Meine Mum ging einfach hin, weil sie wusste, dass sie da gut wen aufreißen konnte. Sie war immer scharf auf 'ne schnelle Nummer, und ich war 'ne Null für sie. Klotz am Bein. Also hielt sie mir den Teddy, den das Arschloch für sie gewonnen hatte, vors Gesicht. Sagte, sein Name ist Petzi. Dann schubste sie mich raus: «Los, geh spielen. Brauchst 'ne Weile nicht wiederkommen.» Und ich saß stundenlang auf der dunklen Treppe mit Petzi.

Gants Gesicht war vollkommen ausdruckslos, nur seine Augen bewegten sich beim Überfliegen der Zeilen.

«3. März. Timothy hat mich heute so lange geärgert bis ich geweint habe. Ich weiß nicht warum er so gemeihn zu mir ist wenn er so nett sein kann. Er ist viel netter wenn er nett ist. Mummy und Daddy sind auch viel netter wenn sie nett sind. Er hat nie was Böhses über Petzi gesagt wo der noch lebendig war und heute Morgen als Daddy ihn beerdigt hat hat er so schlimme Sachen gesagt. Ich bin so traurig. Petzi war mein Freund. Auch wenn er ein Goldfisch war. Bestimmt ist Petzi jetzt traurig. Weil er tod ist und ich bins jedenfalls. Goldfische haben auch Gefüle, das weiß ich. Er sah gestern so traurig aus, als er so blau geworden ist.»

Gant las mit ausdruckslosem Gesicht weiter. Er setzte sich auf die Bettkante.

«Miss Burnett war so nett zu mir, weil ich in der Schule so traurig war. Sie hat mich in den Arm genommen. Ist denn im Himmel auch ein großer Goldfischteich? Ich mag Goldfische so. Vielleicht kauft mir Daddy einen neuhen. Aber den kann ich dann nicht mehr Petzi nennen nach Pat's End. Wenn wir nach Spottiswood ziehen, wo Anna wohnt, kann ich ihn Spotty nennen. Das muss ich Mummy mal vorschlagen.»

Das Mädchen hat eine Mummy. Die unten auf dem Sofa sitzt und den Kindern zusieht, wie sie auf dem Teppich spielen. Dad kommt vom Büro nach Hause, streichelt den Kids über den Kopf, küsst sein Frauchen. Essen steht auf dem Tisch, «schmeckt super, Darling», alle glotzen. Das Geschirr schon in der Maschine. Und jetzt eine kuschelige Familienserie auf Kanal 5. Alle lächeln, im Kasten, vorm Kasten.

Gants Augen folgten Dahlias Leben zeilenweise. Ein paar Seiten weiter wurde er auf ihren älteren Bruder Timothy wütend, der sich über sie lustig machte, an ihren Haaren zog und sie dauernd terrorisierte. Einmal hatte er sogar den armen Petzi gekidnapped, wie Gant erfuhr, als er das Tagebuch von Anfang las. Erst als Dahlia ihm ein Lösegeld von einem Milky Way bezahlt hatte, verriet er ihr den Aufenthaltsort des Goldfischs. Dann hatte sie große Schwierigkeiten gehabt, ihn aus dem Vogelbad im Garten zu befreien. Deswegen runzelte Gant die Stirn, als Dahlia ein paar Seiten weiter ihre ewige Liebe zu ihrem Bruder verkündete: «weil er so nett ist!»

Genauso missbilligend las er von Dahlias Mathelehrer, der sich offensichtlich gern über den Rücken seiner Schülerinnen beugte, ihre Fehler korrigierte und dabei seinen schlechten Atem verströmte.

Gehst gern ganz nah ran an die Mädchen, stimmt's? Gefällt dir, wie sie riechen? Warme Körper, klein und zierlich. Nicht wie Bertha mit ihrem großen, wabbeligen Körper. Als Bertha klein war, hatte sie bestimmt Babyspeck.

Was'n das für'n Geräusch? Verdammte Inzucht, ich krieg 'nen Anfall. Warte mal, nee, das ist nicht das Pissvieh.

Verdammte Scheiße! Die Familie! Wie spät isses denn überhaupt? Zum Teufel, Viertel vor elf. Bin zu lange hier. Die Kneipen machen gleich zu!

Scharren und Schritte unten im Flur. Gemurmel und eine piepsige Stimme. Gestampf auf der Treppe – –

«Zieh deine Schuhe aus, bevor du nach oben gehst, Dahlia, Liebes.» Eine Aufforderung von Mummy, samtig wie die dicken Teppiche im Haus. Und Liebes ist lieb.

Dann schon wieder das Gestampf die Treppe hoch, kaum weniger leise. Ich sollte wohl mal langsam in Gang kommen. Das kleine Mädchen wird mich finden. Zum Teufel, ich kann's nicht mehr ändern. Er nahm sich zusammen, stand langsam auf, und sein Gesichtsausdruck verfinsterte sich in dem Maß, wie sich sein Körper versteifte.

Das wird 'ne Sauerei. Räum dein Zimmer auf, Liebes.

Die Tür flog auf, und sie erblickte ihn, gerade als er die Niederschrift ihres Lebens hinter sich warf. Sie sahen sich an.

Ach, so sieht die aus? Kleiner als ich dachte. Warum ist sie denn hier reingekommen? Ich hasse das, gestört zu werden. Jetzt ist alles anders. Was für glänzende Augen die Kleine hat. Einer dieser langsamen Momente. Ihr Gesicht ein großes O. Aber jetzt bewegt sich ihr Mund; war so ruhig hier oben, hab ich gar nicht gemerkt. Aber jetzt macht sie den Mund auf, um laut zu schreien. Ich bin müde, ich wär so gern in der Kneipe. Und los geht's.

«Daddy! Mummy!» Komisch, ihr Gesicht sieht so froh aus. «Er ist hier! Er ist immer noch da!» So viel Freude in einem einzigen Gesicht. Sie rennt nicht weg, sondern geht doch glatt auf mich zu!

«Daddy! Mummy! Er ist hier, der Weihnachtsmann ist hier in meinem Zimmer!»

Wer ist in deinem Zimmer?

Der Weihnachtsmann?

Ich?

Das Mädchen griff nach Gants Ärmel und zerrte ihn aus dem Zimmer. Er war zu überrascht, um sich zu wehren. Warte mal. Wo sind die Eltern? Und was soll ich jetzt machen?

«Bist du's wirklich? Aber du hast gar nicht deinen roten Mantel an. Und wo ist dein Bart? Aber ich weiß sowieso, dass die ganzen Weihnachtskarten und das im Fernsehen nur erfunden ist. Im Einkaufszentrum war so ein Weihnachtsmann, aber der war bestimmt nur halb so echt wie du. So klein bin ich nicht mehr, dass ich denke, dass das der richtige Weihnachtsmann war. Mummy! Daddy! Kommt her! Schnell! Ich hab den echten Weihnachtsmann gefunden!»

Vom Treppenabsatz sah er nach unten in zwei hochgereckte Gesichter. Alle Mann halt! Stillgestanden! Er merkte, wie ein Tropfen Speichel aus seinem offenen Mund auf sein zerfleddertes Revers fiel.

Gants Blick fixierte den Mann. Du hast Angst, stimmt's? Und was hast du vor? Überleg's dir jetzt, bitte sehr. Gefällt dir nicht, wie ich aussehe, mit deinem sauberen Anzug und der Krawatte, was? Und hinter jedem großen Mann die Frau, die ihm den Rücken freihält. Blond. Süß, sehr süß. Ich kann sie riechen, deine Angst. Hab ja auch deine kleine Tochter neben mir. Was hast du vor? Überleg's dir jetzt, bitte sehr.

Die zerrt mich schon wieder am Ärmel. Was plappert die da? Die hat überhaupt nicht aufgehört zu quasseln. Was lachst du mich an, mit deinen blauen Augen?

«Komm runter mit mir, iss ein paar Kekse. Komm Tee trinken. Mummy, machst du dem Weihnachtsmann Tee? Bitte komm endlich!»

Mummy und Daddy gehen einen Schritt zurück, starren hoch zu mir. Die Kleine steht zwischen uns auf der Treppe.

Ich fühl mich, als ob ich Fieber hätte. Vielleicht ist Tee besser vorm Schlafengehen, besser als 'n Glas Bier in der Kneipe. Warte mal, was ist denn jetzt mit mir los? Ich muss hier raus! Ist nicht mehr weit bis zur Haustür.

Was sagt sie denn jetzt schon wieder? Frühstück? Hier übernachten? In Timothys Zimmer schlafen?

Der Terrorist? Dem scheiß ich ins Bett.

«Aber ich kann's ja verstehen, Weihnachtsmann. Du hast immer noch ganz viele Kinder auf deiner Liste, stimmt's?»

Weiß auch nicht, wer mehr Angst hat, Freundchen, du oder ich. Ich könnte dich über den Kopf von deinem Töchterchen weg an deinem dürren Hals packen. Und was starrst du mich so an, Frauchen? Etwa noch nie den Weihnachtsmann gesehen?

Das kann so nicht weitergehen. Die machen gleich irgendwas. Ich muss was tun.

Gant machte sich von dem Mädchen los, ging die Treppe hinunter und schlängelte sich zur Tür hindurch. Er beobachtete, wie seine Hand unendlich langsam auf den Türknauf zusteuerte. Dieser war kühl. Gant drehte ihn und zog an der Tür, bis ihm bewusst wurde, dass er drücken musste, wenn er hinaus wollte. Langsam, die Hand auf dem Türknauf, wandte er sich nach den versteinert dastehenden Eltern um. Dann öffnete er die Tür, und eine ernüchternde Kälte schlug ihm entgegen.

«Wie schade, dass Timothy bei Oma geblieben ist! Wartet nur, bis ich's ihm erzähle. Aber er wird's mir nicht glauben, er wird mich ärgern. Aber ihr sagt's ihm, nicht, Mummy, dass der Weihnachtsmann hier war, nicht, ihr sagt's ihm, Daddy?» Dahlia war Gant zur Tür gefolgt und drehte sich jetzt noch immer lächelnd zu ihren Eltern um, die bang, mit weit aufgerissenen Augen nickten.

Wieder hing ihm ein Tröpfchen an der Unterlippe. Arschkalt da draußen. Die Kleine sollte im Bett sein. Nehmen sie die ganze Nacht mit. Das ist doch nicht normal. Ist nicht gut fürs kleine Herz. Er blickte zu ihr hinüber, aber er zögerte, ihr in die klaren blauen Augen zu sehen. Ein Schritt über die Schwelle. Wie lange, o wie lange dauert der Moment? Die Muskeln waren hart, die Glieder angespannt, der Nacken schmerzte.

Immer noch plappert sie vor sich hin.

Ich seh mal zu, dass ich Land gewinne. Die beiden hier wachen gleich auf, keine Ahnung, was die dann machen. Jetzt starren sie mich noch an wie Zombies, und in ’ner Minute sind die wild vor Raserei. Wo ist das Gartentor? Ah, nicht weit. Los geht’s.

Plötzlich hatte die Stimme des Mädchens einen neuen Klang. Fordernd, verwirrt, enttäuscht. Was wollte sie denn noch? Sie sah traurig aus. Das machte ihn ganz schwach.

«Aber du hast doch mein Geschenk vergessen … Ich weiß es genau, in meinem Zimmer war es nicht!»

Die Gartentür schon ganz nah. Ich könnte jetzt losrennen. Bevor sie Hilfe schreien oder die Bullen anrufen können, bin ich längst weg. Geschenk? Was für ein Geschenk? Saukalt ist es. Trotzdem brach ihm am ganzen Körper der Schweiß aus den Poren. Wie soll ich hier wegkommen? Ihre Stimme so traurig. Ich hab nie ’n Geschenk gekriegt, in meinem ganzen Leben nicht, warum sollte sie eins bekommen? Nur das eine hatte ich, mit dem ich im dunklen Treppenhaus spielen durfte. Hab seinen Kopf zwischen die Stäbe gequetscht, war vielleicht nicht so nett. Hätte ich mit dir auch machen können, Kleine.

Sie sah ihn durchdringend an. Es war ein Reflex, mit dem er langsam und hilflos seine Taschen abklopfte. Hab nichts für dich, Mädchen. Hab kein Geschenk, nur die Fluppen. Nichts. Nur, warte mal, was’n das? Unbehaglich, mit zusammengezogenen Brauen fasste er langsam in seine Manteltasche. In der schrecklichen Spannung des Augenblicks sah er dabei den panischen Gesichtsausdruck der Eltern und dann Dahlia, wie sie erwartungsvoll und geduldig auf dem Gartenweg stand. Die Mutter wird nervös. Keine schnellen Bewegungen. Sie denkt, vielleicht hole ich was Gemeines aus der Tasche. Aber was hab ich hier denn, das ist ja so weich?

Der grantige Gant zog einen flauschigen Vogel in einem T-Shirt aus seinem zerfledderten Mantel, niedlich und kuschelig. Er sah ihn an. Das ist doch Zucky, das zackige Täubchen. Wie zum Teufel bist du da reingekommen? Er hörte plötzlich wieder, was die Werbetussi mit der großen Nase zum Abschied gemurmelt hatte, als er gerade Zigaretten bestellte: «Weihnachten ist das Fest der Geschenke!» Hat sie mir den verdammten Vogel untergejubelt? Is ja'n Ding.

Beklommen betrachtete er das Kuscheltier, fast als täte es ihm Leid, sich von ihm zu trennen. Dann sah er Dahlia an. Goldfisch. Timothy. Schlechter Atem von deinem Mathelehrer. Kleines Leben. Hier, nimm's.

Sie nahm das Geschenk eifrig und dankbar aus seiner geöffneten Hand. Wie ein Spatz, der dir aus der Hand frisst. Wohl doch besser als 'ne Taube auf dem Dach. Sie hat's genommen. O Gott, die Eltern stehen ja immer noch da. Haben die 'nen Alarmknopf gedrückt, als ich nicht geguckt hab?

Gant schlich langsam rückwärts aufs Gartentor zu. Er wollte sich gerade umdrehen, als sie rief: «Warte, wie soll ich ihn nennen?»

Er starrte sie entgeistert an. Was spielte das jetzt für eine Rolle? «Zucky», erinnerte er sich mit kratziger Stimme. «Das ist das Täubchen Grantig!» Er blickte in ihre Augen, als er sich rückwärts aus dem Tor schob, und wiederholte: «Es heißt Täubchen Grantig!»

«Aber er sieht doch gar nicht grantig aus!», sagte sie mit Gewissheit. «Überhaupt kein bisschen!»

Ohne die überirdische Nähe des Weihnachtsmanns begann das kleine Mädchen zu zittern. Mummy scheint auch was zu merken, so wie sie zittert, ihr Gesicht ist blass, fast blau. Zum Glück legt Daddy den Arm um sie und zieht sie ganz eng an sich.

«Und du», sagte Dahlia zu Täubchen Grantig, «du bist nicht grantig zu mir, stimmt's? Er hatte noch nicht mal Zeit, dich einzupacken, weil ich ihn gestört hab. Aber einen Bart hat er nicht. Nur so feuchte Lippen. Kein Wunder, ihm muss ja sehr kalt sein, wenn er die ganze Nacht draußen ist.»

Deutsch von Astrid Becker

Paul Auster

Auggie Wrens Weihnachtsgeschichte

Ich habe diese Geschichte von Auggie Wren gehört. Da Auggie darin keine allzu gute Figur macht, jedenfalls keine so gute, wie er es gerne hätte, hat er mich gebeten, seinen richtigen Namen zu verschweigen. Im Übrigen aber entspricht die ganze Sache mit der verlorenen Brieftasche und der blinden Frau und dem Weihnachtsessen genau dem, was er mir erzählt hat.

Auggie und ich kennen uns jetzt seit fast elf Jahren. Er arbeitet als Verkäufer in einem Zigarrengeschäft an der Court Street in Brooklyn, und da dies der einzige Laden ist, der die kleinen holländischen Zigarren führt, die ich so gerne rauche, komme ich ziemlich oft dort vorbei. Lange Zeit habe ich kaum einen Gedanken an Auggie Wren verschwendet. Für mich war er nur der seltsame kleine Mann im blauen Sweatshirt mit Kapuze, der mir Zigarren und Zeitschriften verkaufte, der schelmische, witzelnde Typ, der immer etwas Komisches über das Wetter, die Met oder die Politiker in Washington zu sagen hatte, und das war auch schon alles.

Aber dann blätterte er vor einigen Jahren eines Tages in seinem Laden eine Zeitschrift durch und stieß dabei zufällig auf eine Rezension eines meiner Bücher. Dass ich es war, sagte ihm ein Foto neben der Rezension, und danach änderten sich die Dinge zwischen uns. Ich war für Auggie nicht mehr nur ein Kunde unter anderen, ich war zu einem Mann von Rang geworden. Die meisten Leute hatten keinerlei Interesse an Büchern und Schriftstellern, aber wie sich herausstellte, hielt Auggie sich selbst für einen Künstler. Nachdem er das Rätsel um meine Person geknackt hatte, begrüßte er mich wie einen

Verbündeten, einen Vertrauten, einen Kampfgenossen. Mir war das, ehrlich gesagt, ziemlich peinlich. Und dann kam fast unvermeidlich der Augenblick, da er mich fragte, ob ich bereit sei, mir seine Fotografien anzusehen. In Anbetracht seiner Begeisterung und seines guten Willens brachte ich es einfach nicht übers Herz, nein zu sagen.

Weiß Gott, was ich erwartet habe. Auf alle Fälle nicht das, was Auggie mir dann am nächsten Tag gezeigt hat. In einem kleinen fensterlosen Hinterzimmer des Ladens öffnete er eine Pappschachtel und zog zwölf völlig gleich aussehende schwarze Fotoalben daraus hervor. Dies sei sein Lebenswerk, sagte er, und er brauche nicht mehr als fünf Minuten am Tag dafür. In den letzten 12 Jahren habe er jeden Morgen um Punkt 7 Uhr an der Ecke Atlantic Avenue und Clinton Street gestanden und jeweils aus genau demselben Blickwinkel ein Farbfoto aufgenommen. Das Projekt umfasste inzwischen über viertausend Fotografien. Jedes Album repräsentierte ein anderes Jahr, und sämtliche Bilder waren der Reihe nach eingeklebt, vom 1. Januar bis zum 31. Dezember, und unter jedes Einzelne war sorgfältig das Datum eingetragen.

★

Als ich in den Alben herumblätterte und Auggies Werk zu studieren begann, wusste ich gar nicht, was ich denken sollte. Anfangs hatte ich den Eindruck, dies sei das Seltsamste, das Verblüffendste, was ich je gesehen hatte. Die Bilder glichen sich aufs Haar. Das ganze Projekt war ein betäubender Angriff von Wiederholungen, wieder und wieder dieselbe Straße und dieselben Gebäude, ein anhaltendes Delirium redundanter Bilder. Da mir nichts dazu einfiel, schlug ich erst einmal weiter die Seiten um und nickte voll geheuchelter Anerkennung. Auggie schien ungerührt, er sah mir mit breitem Lächeln zu, aber nachdem ich ein paar Minuten so herumgeblättert hatte, unterbrach er mich plötzlich und sagte: «Sie sind zu schnell. Wenn Sie nicht langsamer machen, werden Sie nie dahinter kommen.»

Er hatte natürlich Recht. Wer sich keine Zeit zum Hinsehen nimmt, wird niemals etwas sehen. Ich nahm ein anderes Album und zwang mich, bedächtiger vorzugehen. Ich achtete genauer auf Einzelheiten, bemerkte den Wechsel des Wetters, registrierte die mit dem Fortschreiten der Jahreszeiten sich ändernden Einfallswinkel des Lichts. Schließlich vermochte ich subtile Unterschiede im Verkehrsfluss zu erkennen, den Rhythmus der einzelnen Tage vorauszuahnen (das Gewühl an Werktagen, die relative Ruhe der Wochenenden, den Kontrast zwischen Samstagen und Sonntagen). Und dann begann ich ganz allmählich die Gesichter der Leute im Hintergrund zu erkennen, die Passanten auf dem Weg zur Arbeit, jeden Morgen dieselben Leute an derselben Stelle, wie sie einen Augenblick ihres Lebens im Blickfeld von Auggies Kamera verbrachten.

Sobald ich sie wieder erkannte, begann ich zu erforschen, wie ihre Haltungen von einem Morgen zum anderen wechselten; ich versuchte aus diesen oberflächlichen Anzeichen auf ihre Stimmungen zu schließen, als ob ich mir Geschichten für sie ausdenken könnte, als ob ich in die unsichtbaren, in ihren Körpern eingeschlossenen Dramen eindringen könnte. Ich nahm mir ein anderes Album vor. Jetzt war ich nicht mehr gelangweilt, nicht mehr verwirrt wie am Anfang. Auggie fotografierte die Zeit, wurde mir klar, sowohl die natürliche Zeit als auch die menschliche Zeit, und dies bewerkstelligte er, indem er sich in einem winzigen Winkel der Welt postierte und ihn in Besitz nahm, einfach indem er an der Stelle, die er sich erwählt hatte, Wache hielt. Auggie sah mir zu, wie ich mich in sein Werk vertiefte, und lächelte vergnügt in sich hinein. Und dann zitierte er, schier als hätte er meine Gedanken gelesen, eine Zeile aus Shakespeare. «Morgen, morgen und dann wieder morgen», murmelte er leise, «kriecht so mit kleinem Schritt die Zeit von Tag zu Tag.» Und da begriff ich, dass er ganz genau wusste, was er da tat.

★

Das war vor mehr als zweitausend Bildern. Seit jenem Tag haben Auggie und ich oft über sein Werk diskutiert, aber erst letzte Woche habe ich erfahren, wie er überhaupt an seine Kamera gekommen ist und mit dem Fotografieren angefangen hat. Darum ging es in der Geschichte, die er mir erzählte, und ich versuche mir noch immer einen Reim darauf zu machen.

Etwas früher in derselben Woche rief mich jemand von der «New York Times» an und fragte, ob ich bereit sei, für die Weihnachtsausgabe dieser Zeitung eine Shortstory zu schreiben. Spontan sagte ich nein, aber der Mann war sehr charmant und hartnäckig, und am Ende des Gesprächs sagte ich ihm zu, dass ich es versuchen würde. Kaum hatte ich jedoch den Hörer aufgelegt, geriet ich in helle Panik. Was wusste ich schon von Weihnachten?, fragte ich mich. Was wusste ich von auf Bestellung geschriebenen Kurzgeschichten?

Die nächsten Tage verbrachte ich in Verzweiflung, rang mit den Geistern von Dickens, O'Henry und anderen Meistern der weihnachtlichen Stimmung. Schon der Ausdruck «Weihnachtsgeschichte» war für mich mit unangenehmen Assoziationen verknüpft, ich konnte dabei nur an grässliche Ergüsse von heuchlerischem Schmalz und süßlichem Kitsch denken. Selbst die besten Weihnachtsgeschichten waren nicht mehr als Wunscherfüllungsträume, Märchen für Erwachsene, und ich wollte mich hängen lassen, wenn ich mir jemals erlaubte, etwas Derartiges zu Papier zu bringen. Und doch, wie konnte sich irgendwer vornehmen, eine unsentimentale Weihnachtsgeschichte zu schreiben? Das war doch ein Widerspruch in sich, ein Ding der Unmöglichkeit, ein unlösbares Rätsel.

Ebensogut konnte man sich ein Rennpferd ohne Beine vorstellen oder einen Spatz ohne Flügel.

Ich kam nicht weiter. Am Donnerstag machte ich einen langen Spaziergang, ich hoffte, an der frischen Luft einen klaren Kopf zu bekommen. Kurz nach Mittag trat ich in das Zigarrengeschäft, um meinen Vorrat wieder aufzufüllen, und Auggie stand wie immer hinter dem Ladentisch. Er erkundigte sich nach meinem Befinden. Ohne es eigentlich zu wollen, schüttete ich ihm plötzlich mein Herz aus. «Eine Weihnachtsgeschichte?», fragte er, nachdem ich fertig war. «Ist das alles? Wenn Sie mir ein Essen spendieren, mein Freund, erzähle ich Ihnen die beste Weihnachtsgeschichte, die Sie je gehört haben. Und ich garantiere, dass jedes Wort davon die reine Wahrheit ist.»

Wir gingen den Block runter zu Jack's, einem engen und lärmenden Imbiss, wo es gute Pastrami-Sandwiches gab und alte Mannschaftsfotos von den Dodgers an den Wänden. Wir fanden hinten einen freien Tisch, bestellten unser Essen, und Auggie begann seine Geschichte.

«Es war im Sommer '72», sagte er. «Eines Morgens kam ein junger Bursche in den Laden und fing an zu stehlen. Er wird neunzehn oder zwanzig gewesen sein, und ich habe wohl in meinem ganzen Leben noch keinen so erbärmlichen Ladendieb gesehen. Er stand vor dem Taschenbuchregal an der hinteren Wand und stopfte sich Bücher in die Taschen seines Regenmantels. Da gerade mehrere Leute an der Kasse standen, konnte ich ihn zunächst gar nicht sehen. Aber sobald ich merkte, was er da trieb, fing ich an zu schreien. Er nahm Reißaus wie ein Karnickel, und als ich endlich hinterm Ladentisch hervorkonnte, stürmte er bereits die Atlantic Avenue hinunter. Ich habe ihn etwa einen halben Block weit verfolgt und es dann aufgegeben. Ich hatte keine Lust mehr, ihm nachzurennen, und da er unterwegs etwas hatte fallen lassen, bückte ich mich danach.

Es war seine Brieftasche. Geld war keins drin, dafür aber sein Führerschein und drei oder vier Schnappschüsse. Ich nehme an, ich hätte die Polizei holen und ihn verhaften lassen können. Sein Name und seine Adresse standen auf dem Führerschein, aber irgendwie tat er mir Leid. Er war doch bloß ein mickriger kleiner Anfänger, und als ich mir die Bilder in seiner Brieftasche ansah, konnte ich einfach keine Wut auf ihn empfinden. Robert Goodwin. So hieß er. Auf einem der Bilder, erinnere ich mich noch, hatte er seine Mutter oder Großmutter im Arm. Auf einem anderen war er als Neun- oder Zehnjähriger zu sehen, er saß da in einem Baseball-Dress und grinste breit vor sich hin. Ich habe es einfach nicht übers Herz gebracht. Jetzt war er vermutlich drogensüchtig, dachte ich mir. Ein armer, chancenloser Junge aus Brooklyn, und wen kümmerten schon ein paar läppische Taschenbücher?

Die Brieftasche habe ich jedenfalls behalten. Ab und zu hatte ich ein leises Bedürfnis, sie ihm zurückzuschicken, aber das habe ich immer wieder aufgeschoben und nie etwas unternommen. Dann wird es Weihnachten, und ich sitze rum und habe nichts zu tun. Normalerweise lädt mich der Chef an diesem Tag zu sich nach Hause ein, aber in dem Jahr war er mit seiner Familie zu Besuch bei Verwandten in Florida. Da sitze ich also an diesem Morgen in meiner Wohnung und bemitleide mich ein bisschen, und plötzlich sehe ich Robert Goodwins Brieftasche auf einem Regal in der Küche liegen. Ich denke, was zum Teufel, warum nicht ausnahmsweise mal was Nettes tun, ziehe meinen Mantel an und mache mich auf den Weg, die Brieftasche persönlich zurückzugeben.

★

Die Adresse war in Boerum Hill, in irgendeiner der Siedlungen da. Es fror an diesem Tag, und ich weiß noch, dass ich mich auf der Suche nach dem richtigen Gebäude ein paar Mal verlaufen habe. In dieser Gegend sieht alles gleich aus, man läuft immer durch dieselbe Straße und denkt, man wäre ganz woanders. Jedenfalls komme ich endlich zu der Wohnung, die ich suche, und drücke auf die Klingel. Tut sich nichts. Ich nehme an, es ist niemand zu Hause, versuche es aber zur Sicherheit noch einmal. Ich warte ein bisschen länger, und grade als ich es aufgeben will, höre ich wen zur Tür schlurfen. Eine alte Frauenstimme fragt, wer da ist, und ich sage, ich möchte zu Robert Goodwin. ‹Bist du das, Robert?›, fragt die alte Frau, und dann schließt sie ungefähr 15 Schlösser auf und öffnet die Tür.

Sie muss mindestens achtzig Jahre alt sein, vielleicht sogar neunzig, und als Erstes fällt mir an ihr auf, dass sie blind ist. ‹Robert›, sagt sie. ‹Ich wusste, du würdest deine Oma Ethel zu Weihnachten nicht vergessen.› Und dann breitet sie die Arme aus, als ob sie mich an sich drücken will.

Sie verstehen, ich hatte nicht viel Zeit zum Denken. Ich musste ganz schnell etwas sagen, und ehe ich wusste, wie mir geschah, hörte ich die Worte aus meinem Mund kommen. ‹Ja, Oma Ethel›, sage ich. ‹Ich bin zurückgekommen, um dich an Weihnachten zu besuchen.› Fragen Sie mich nicht, warum ich das getan habe. Ich habe keine Ahnung. Vielleicht wollte ich sie nicht enttäuschen oder so, was weiß ich. Es ist mir einfach so rausgerutscht, und plötzlich hat diese alte Frau mich vor ihrer Tür in die Arme genommen, und ich habe sie an mich gedrückt.

Dass ich ihr Enkel sei, habe ich nicht direkt gesagt. Jedenfalls nicht mit diesen Worten, aber sie hat es so aufgefasst. Ich wollte sie bestimmt nicht reinlegen. Das war wie ein Spiel, für das wir uns beide entschieden hatten – ohne erst über die Regeln zu diskutieren. Ich meine, diese Frau hat *gewusst*, dass ich nicht ihr Enkel Robert war. Sie war alt und klapprig, aber sie war nicht so weit weggetreten, dass sie den Unterschied zwischen einem Fremden und ihrem eigen Fleisch und Blut nicht gemerkt hätte. Aber es hat sie glücklich gemacht, so zu tun als ob, und da ich sowieso nichts Besseres zu tun hatte, habe ich gerne mitgespielt.

Wir sind dann also rein und haben den Tag zusammen verbracht. Die Wohnung war ein richtiges Dreckloch, sollte ich vielleicht sagen, aber was kann man sonst auch von einer blinden Frau erwarten, die ihren Haushalt ganz alleine macht? Immer wenn sie mich gefragt hat, wie es mir geht, hab ich gelogen und ihr erzählt, ich hätte einen guten Job in einem Zigarrenladen gefunden, ich würde demnächst heiraten und hundert andere nette Geschichten, und sie hat so getan, als ob sie mir jedes Wort glauben würde. ‹Wie schön, Robert›, hat sie gesagt und lächelnd genickt. ‹Ich habe ja immer gewusst, dass du es zu etwas bringen würdest.›

Nach einer Weile bekam ich ordentlich Hunger. Da nicht viel Essen im Haus zu sein schien, bin ich zu einem Laden in der Nähe gegangen und habe einen Haufen Zeug gekauft. Ein gekochtes Huhn, Gemüsesuppe, ein Eimerchen Kartoffelsalat, Schokoladenkuchen, alles Mögliche. Ethel hatte im Schlafzimmer ein paar Flaschen Wein versteckt, und so konnten wir ein ganz ordentliches Weihnachtsessen auf die Beine stellen. Der Wein hat uns ein bisschen angeheitert, das weiß ich noch, und nach dem Essen haben wir uns ins Wohnzimmer gesetzt, weil die Sessel da bequemer waren. Ich musste mal pinkeln, also entschuldigte ich mich und ging durch den Flur zum Badezimmer. Und da nahmen die Dinge plötzlich eine andere Wendung. Meine kleine Nummer als Ethels Enkel war ja schon reichlich absurd, aber was ich dann als Nächstes tat, war absolut verrückt, und ich habe mir das nie verziehen.

Ich komme also ins Bad, und an der Wand gleich neben der Dusche sehe ich sechs oder sieben Kameras aufgestapelt. Nagelneue 35-Millimeter-Kameras, noch in der Verpackung, allerbeste Ware. Ich denke, das ist das Werk des echten Robert, ein Lagerplatz für seine letzte Beute. Ich habe noch nie in meinem Leben ein Foto gemacht, und gestohlen habe ich auch noch nie etwas, aber kaum sehe ich diese Kameras im Badezimmer, beschließe ich, dass eine davon mir gehören soll. Einfach so. Und ohne eine Sekunde nachzudenken, klemme ich mir eine der Schachteln unter den Arm und gehe ins Wohnzimmer zurück.

Ich kann höchstens drei oder vier Minuten weg gewesen sein, aber in dieser Zeit war Oma Ethel in ihrem Sessel eingeschlafen. Zu viel Chianti, nehme ich an. Ich habe dann in der Küche den Abwasch gemacht, und sie hat bei dem ganzen Lärm weitergeschlafen und geschnarcht wie ein Baby. Sie zu stören schien mir vollkommen überflüssig, also beschloss ich zu gehen. Ich konnte ihr noch nicht einmal einen Brief zum Abschied schreiben, schließlich war sie ja blind, und so bin ich einfach gegangen. Die Brieftasche ihres Enkels ließ ich auf dem Tisch liegen, dann nahm ich die Kamera und ging aus der Wohnung. Und damit ist die Geschichte aus.»

★

«Haben Sie die Frau noch mal besucht?», fragte ich.

«Einmal», sagte er. «Etwa drei oder vier Monate danach. Ich hatte ein so schlechtes Gewissen wegen der Kamera, dass ich sie noch gar nicht benutzt hatte. Am Ende beschloss ich, sie ihr zurückzugeben, aber Ethel war nicht mehr da. Ich weiß nicht, was aus ihr geworden ist, aber es war jemand anders in die Wohnung eingezogen, und der konnte mir nicht sagen, wo sie steckte.»

«Wahrscheinlich ist sie gestorben.»

«Tja, wahrscheinlich.»

«Das heißt, sie hat ihr letztes Weihnachtsfest mit Ihnen verbracht.»

«Anzunehmen. So habe ich das noch nie gesehen.»

«Es war eine gute Tat, Auggie. Das war nett von Ihnen, ihr die Freude zu machen.»

«Ich habe sie angelogen, und dann habe ich sie bestohlen. Ich verstehe nicht, wie Sie das eine gute Tat nennen können.»

«Sie haben sie glücklich gemacht. Und die Kamera war sowieso gestohlen. Sie haben sie jedenfalls nicht demjenigen weggenommen, dem sie wirklich gehört hat.»

«Alles für die Kunst, Paul, wie?»

«So würde ich das nicht ausdrücken. Aber zumindest haben Sie die Kamera für einen guten Zweck verwendet.»

«Und Sie haben jetzt Ihre Weihnachtsgeschichte, stimmt's?»

«Ja», sagte ich. «Ich glaube schon.»

Ich unterbrach mich kurz und sah, dass Auggies Lippen sich zu einem boshaften Lächeln verzogen. Ich konnte nicht sicher sein, aber sein Blick war in diesem Moment so rätselhaft, leuchtete so hell von irgendeinem innerlichen Vergnügen, dass mir plötzlich der Gedanke kam, er könnte die ganze Geschichte erfunden haben. Ich wollte ihn schon fragen, ob er mich auf den Arm genommen habe, erkannte dann aber, dass er mir das nie verraten würde. Er hatte mich dazu gebracht, ihm zu glauben, und das war das Einzige, was zählte. Solange auch nur ein Mensch daran glaubt, gibt es keine Geschichte, die nicht wahr sein kann.

«Sie sind ein Ass, Auggie», sagte ich. «Danke, dass Sie mir geholfen haben.»

«Gern geschehen», antwortete er und sah mich noch immer mit diesem irren Leuchten in den Augen an. «Was für Freunde sind das denn, wenn man seine Geheimnisse nicht mit ihnen teilen kann?»

«Dann stehe ich jetzt in Ihrer Schuld.»

«Aber nein. Schreiben Sie es einfach so auf, wie ich es Ihnen erzählt habe, und damit sind wir quitt.»

«Bis auf das Essen.»
«Stimmt. Bis auf das Essen.»
Ich erwiderte Auggies Lächeln, rief dann nach dem Kellner und bat um die Rechnung.

Deutsch von Werner Schmitz

Quellen- und Urheberrechtshinweise

Paul Auster: Auggie Wrens Weihnachtsgeschichte. «Auggie Wren's Christmas Story». Copyright © 1994 by Paul Auster.

Bryan Clarke: Schöne Bescherung. «Gant the Grump». Copyright © 2001 by Bryan Clarke.

Colin Dexter: Das größte Rätsel. «Morse's Greatest Mystery». Copyright © 1987 by Colin Dexter.

Sir Arthur Conan Doyle: Der blaue Karfunkel. «The Adventure of the Blue Carbuncle.» Copyright der Übersetzung © 1984 by Haffmans Verlag AG, Zürich.

Christine Grän: Engel morden nicht. Copyright © 1993 by Christine Grän.

Martha Grimes: Inspektor Jury schläft außer Haus. «The Man With a Load of Mischief». Copyright © 1991 by Martha Grimes.

Wolf Haas: Die Jungfrau und der Weihnachtsmann. Copyright © 1996 by Wolf Haas.

Norbert Klugmann: Zwei Croissants, zwei Mohn. Copyright © 1996 by Norbert Klugmann.

Michael Koglin: Ihr Kinderlein kommet. Copyright © 2001 by Michael Koglin.

Christine Lehmann: Das Krippenspiel. Copyright © 2001 by Christine Lehmann.

Susan Moody: Wo Liebe im Spiel ist, ist alles erlaubt. «All's Fair in Love». Copyright © 1994 by Susan Moody.

Julian Symons: Die Geschichte von den verschwundenen Diamanten. «The Affair of the Vanishing Diamonds». Copyright © 1994 by Julian Symons.

Janwillem van de Wetering: Ein angemessenes Weihnachtsgeschenk. «A Suitable Christmas Present». Copyright © 1993 by Janwillem van de Wetering.

Über die Autoren

Paul Auster wurde 1947 in Newark, New Jersey, geboren. Er studierte Anglistik und vergleichende Literaturwissenschaft an der Columbia University und verbrachte danach einige Jahre in Paris. Berühmt wurde er durch seine «New York-Trilogie» (rororo 12548). Auster ist mit der Schriftstellerin Siri Hustvedt verheiratet, hat zwei Kinder und lebt in New York.

Bryan Clarke wurde 1968 bei Winchester in Großbritannien geboren. Er studierte an der Glasgow University Anglistik und Germanistik und lebt heute als Werber und DJ in Hamburg.

Colin Dexter, 1930 in Stamford, Lincolnshire, geboren, lebt seit 1966 in Oxford. Er veröffentlichte dreizehn Romane mit Chief Inspector Morse, die höchst erfolgreich fürs Fernsehen verfilmt wurden. Die britische Crime Writers' Association zeichnete ihn mit zwei Silver Daggers, einem Gold und einem Diamond Dagger aus.

Sir Arthur Conan Doyle (1859–1930) war Arzt, Parlamentskandidat und Spiritist und schuf mit Sherlock Holmes den berühmtesten Krimihelden unserer Zeit.

Christine Grän wurde 1952 in Weiz (Österreich) geboren. Sie war Redakteurin, lebt nach Aufenthalten in Botswana und Bonn heute in München und veröffentlichte zahlreiche Romane. Ihre Krimis mit der Serienheldin Anna Marx wurden erfolgreich fürs Fernsehen verfilmt.

Martha Grimes, geboren in Pittsburgh, Pennsylvania, studierte Englisch an der University of Maryland und lehrt heute Creative Writing und Literatur am Montgomery College in Takoma Park, Maryland. Martha Grimes gilt mit ihren Fällen für Inspektor Jury als wahre Meisterin des klassischen Detektivromans.

Wolf Haas wurde 1960 in Maria Alm am Steinernen Meer geboren. Nach seinem Linguistik-Studium war er zwei Jahre Uni-Lektor in Swansea (Südwales), anschließend arbeitete er als Werbetexter in Wien. Mehrere seiner Romane wurden als beste deutschsprachige Kriminalromane des Jahres ausgezeichnet. Haas lebt als freier Autor in Wien.

Michael Koglin, Jahrgang 1955, studierte Philosophie und Sozialwissenschaften. Nach Tätigkeiten als Kraftfahrer, Kaffeeröster und Privatsekretär lebt er seit 1982 als freier Journalist und Autor in Hamburg. Er wurde mit verschiedenen Literaturpreisen ausgezeichnet. Seine Homepage im Internet: *www.michael-koglin.de.*

Norbert Klugmann, geboren 1951 in Uelzen, lebt seit 1970 in Hamburg. Seit 1976 ernährt er sich vom Journalismus und von der Literatur. Er veröffentlichte zahlreiche Romane, zum Teil mit Co-Autor Peter Mathews.

Christine Lehmann, 1958 in Genf geboren, lebt in Stuttgart. Sie studierte Germanistik und Kunstgeschichte und arbeitet heute als Nachrichtenredakteurin beim Südwestrundfunk. Seit 1994 veröffentlicht sie Krimis und Romane.

Susan Moody wurde in Oxford geboren und an der Oxford High School for Girls erzogen. Die turbulenten sechziger Jahre verbrachte sie in Tennessee. Sie schrieb zahlreiche Krimis und Kurzgeschichten und lebt heute wieder in Oxford.

Julian Symons (1912–1994), in London geboren, arbeitete als Stenograph und Werbetexter, bevor er zum Mentor der britischen Kriminalliteratur wurde. Seit 1937 verdiente er seinen Lebensunterhalt als Publizist. Er rezensierte Hunderte von Krimis in britischen Zeitungen und verfasste selbst über zwanzig Kriminalromane in bester britischer Tradition.

Janwillem van de Wetering, 1931 in Rotterdam geboren, reiste fünfzehn Jahre durch die Welt und verbrachte davon achtzehn Monate in einem buddhistischen Kloster in Japan. Anschließend verdiente er sein Geld als Kaufmann. Mit seinen Romanen um de Gier, Grijpstra und den Commissaris eroberte er die Leser in aller Welt. Er lebt jetzt mit seiner Familie in Maine/USA.

Martha Grimes

Die Amerikanerin **Martha Grimes** gilt zu Recht als die legitime Thronerbin Agatha Christies. Mit ihrem Superintendent Jury von Scotland Yard belebte sie eine fast ausgestorbene Gattung neu: die typisch britische «Mystery Novel», das brillante Rätselspiel um die Frage «Wer war's?».
Martha Grimes lebt, wenn sie nicht gerade in England unterwegs ist, in Maryland/USA.

Inspektor Jury küßt die Muse
Roman
(rororo 12176 und in der Reihe Großdruck 33129)

Inspektor Jury schläft außer Haus *Roman*
(rororo 15947 und in der Reihe Großdruck 33146)

Inspektor Jury spielt Domino
Roman
(rororo 15948)

Inspektor Jury sucht den Kennington-Smaragd *Roman*
(rororo 12161)

Was am See geschah *Roman*
(rororo 13735)

Inspektor Jury bricht das Eis
Roman
(rororo 12257 und in der Reihe Großdruck 33152)

Inspektor Jury spielt Katz und Maus *Roman*
(rororo 13650 und in der Reihe Großdruck 33135)

Inspektor Jury geht übers Moor
Roman
(rororo 13478)

rororo Unterhaltung

Inspektor Jury lichtet den Nebel
Roman
(rororo 13580)

Inspektor Jury steht im Regen
Roman
(rororo 22160)

Inspektor Jury gerät unter Verdacht *Roman*
(rororo 13900)

Mit Schirm und blinkender Pistole *Roman*
(rororo 13206)

«Es ist das reinste Vergnügen, diese Kriminalgeschichten vom klassischen Anfang bis zu ihrem ebenso klassischen Ende zu lesen.».
The New Yorker

Weitere Informationen in der **Rowohlt Revue**, kostenlos in Ihrer Buchhandlung oder im **Internet: www.rororo.de**

3233/10

Petra Hammesfahr

Petra Hammesfahr, 1951 geboren, lebt als Schriftstellerin und Drehbuchautorin in Kerpen bei Köln. Mit ihren Romanen «Die Sünderin», «Der Puppengräber» und «Die Mutter» eroberte sie auf Anhieb die Bestsellerlisten.

Die Sünderin *Roman*
416 Seiten. Gebunden Wunderlich und als rororo 22755
Ein Sommernachmittag am See: Cora Bender, Mitte Zwanzig, macht mit ihrem Mann und dem kleinen Sohn einen Ausflug. Auf den ersten Blick eine ganz normale Familie, die einen sonnigen Tag genießt. Doch dann geschieht etwas Unvorstellbares ...
«Spannung bis zum bitteren Ende.» *Stern*
«Meisterlich genau zeichnet Hammesfahr in ihrem beklemmenden, intelligenten Roman die Gedankenblitze und wirren Assoziationen einer am Rande des Wahnsinns dahinbalancierenden Frau nach.»
Der Spiegel

Der Puppengräber *Roman*
(rororo 22528)

Lukkas Erbe *Roman*
(rororo 22742)
Der geistig behinderte Ben, der «Puppengräber», wurde im Sommer '95 verdächtigt, vier Mädchen aus seinem Dorf getötet zu haben. Nach einem halben Jahr Klinikaufenthalt kehrt Ben verstört zu seiner Familie zurück. Sofort breitet sich Misstrauen unter den Dorfbewohnern aus.

Das Geheimnis der Puppe
Roman
(rororo 22884)

rororo / Wunderlich

Meineid *Roman*
(rororo 22941)
«Zwei Frauen, die Männer und der Tod... Überraschende Spannung, die man nicht mehr aus der Hand legen will.» *Für Sie*

Die Mutter *Roman*
400 Seiten. Gebunden Wunderlich und als rororo 22992
Vera Zardiss führt ein glückliches Leben: Mit ihrem Mann Jürgen ist sie vor Jahren in eine ländliche Gegend gezogen. Mit den Töchtern Anne und Rena wohnen die beiden auf einem ehemaligen Bauernhof. Die heile Welt gerät ins Wanken, als Rena kurz nach ihrem 16. Geburtstag plötzlich verschwindet ...

Der stille Herr Genardy *Roman*
(rororo 23030)

Der gläserne Himmel *Roman*
(rororo 22878)

«Eine deutsche Autorin, die dem Abgründigen ihrer angloamerikanischen Thriller-Kolleginnen ebenbürtig ist.»
Welt am Sonntag

3723/5